소설집

다크 판타지

북치는마을

다크 판타지

김정진, 김노은, 조웅기,
이희동, 김진호 지음

북치는마을

머리글

  이번에 출간하는 <다크 판타지>라는 중단편집은 현실에서는 있을 수 없는 초자연적이고 비현실적인 이야기들을 주제로 기왕의 판타지 소설 중에서 선악이나 어두운 세계의 존재 등에 초점을 두어 집필되었다. 통상 우리의 경험 현실과는 다른 시공간에서 초자연적 존재들에 의해 펼쳐지는 초자연적 사건을 다루지만, 이번 창작집에서는 작가들이 나름대로의 변화를 시도하였다.

  <다크 메이지>에서는 절대 선으로 알고 있던 대마법사의 몸에 악을 상징하는 흑마법사가 유폐되어 선과 악의 개념이 양가적으로 설정되었다. 소위 양가성이란 논리적으로 서로 어긋나는 표상의 결합에서 오는 혼란스러운 감정. 어떤 대상, 사람, 생각 등에 대하여 동시에 대조적인 감정을 지니거나 그런 삶을 추구하는 것을 말한다. 그리고 <선한 악마씨>에서도 역시 선과 악이라는 문제를 새롭게 다루었다. 전통적으로 종교에서는 선, 악이 객관적으로 실재한다고 본다. 신은 애초에 인간을 선한 존재로 창조했으나, 인간이 자유 의지로 악을 행함으로써 타락하게 되었다고 보는 것이지만 이 작품에서는 그런 문제를 상대적으로 다루었다. 그리고

현실을 초월하는 삶과 죽음 문제를 어둡고도 밀도 있게 다룬 <유령>은 판타스틱한 생과 사의 장면이 환상적으로 그려졌다.

한편 <호문클루스 체이서>에서는 완성된 작품은 아니지만 제 일부가 발표되었다. 소위 유럽의 연금술사가 만들어낸 인조인간, 및 만들어내는 기술을 말하는 호문클루스는 선천적으로 모든 지식을 갖고 있지만 어떻게 사용하느냐에 따라 그의 존재가 달라지게 된다. 다음 연작을 기대하고 있다. <악귀 퇴치>는 신라시대의 비형랑 콘텐츠를 활용한 판타지이다. 역시 선악의 문제가 소설에서 신비롭게 다루어졌다. 우리나라 전통문화 원형 콘텐츠를 활용하면 무궁무진한 소설을 창작할 수 있다. 그런 측면에서 이 작품의 시도는 대단히 의미 있는 작업이라 할 수 있다.

과거에 혹자는 판타지 소설에 대해 위험하고 저속한 것으로 분류된 통속적인 장르로 평가하기도 했다. 그러나 오늘날 판타지 소설의 가능성은 거의 고갈된 전통적인 문학 소재와 양식에 새로운 상상력을 제공할 수 있을 것이다. 예전에 판타지 소설이 천박한 이야기에 황당무계한 환상적 요소를 가미한 수준 낮은 작품이라고 폄하하던 시대는 지나갔다. 클래식과 같은 세계명작들도 당대에는 판타지 소설 같은 대우를 받은 작품들이 너무나도 많았다. 그리고 이제는 명작소설과 판타지 소설 간의 경계도 사라졌다. 이런 측면에서 볼 때 판타지 소설은 나름대로의 수준과 문학세계를 만들어가고 있는 이 시대의 문화적 현상이라 할 수 있다. 작가들의 현실적 경험과 상상력을 결합시킨 이 시대의 중요한 예술 작품 중 하나인 것이다. 때문에 집필진은 많은 독자와의 대화를 통하여 보다 아름답고 의미 있는 판타지 작품들을 창작해 나갈 것이다.

2021년 2월

김정진

목차

호문클루스 체이서   13

악귀 퇴치   97

다크 메이지   147

선한 악마 씨   247

유령   291

작가소개   305

호 문 클 루 스 체 이 서

호문클루스 체이서

김진호

1. 색다른 연구

81은 6의 연구실 문 앞에서 한참을 서성였다. 그가 남의 문 앞을 서성이는 이유는 자신의 의무와 의지가 서로 상반된 곳을 가리키고 있었기 때문이다. 그의 직업적 의무는 어서 방문을 열고 들어가 연구실 안에 있는 6의 실험을 도우라고 지시하고 있었지만 인간으로서의 81의 마음은 그가 문을 여는 것을 꺼려하고 있었다. 그는 장장 10여 분 동안 6의 문 앞에서 고민하고 있는 중이었다. 만약 그가 연구실의 문을 열고 자신이 들고 있는 바실리스크의 심장을 6에게 전해준다면 그들은 지난 500년 동안 그 어떤 연금술사도 도달하지 못한 경지에 발을 들이밀 수 있을 것이다.

'호문클루스'

81은 호문클루스에 대해 생각하자 심장이 흥분되는 것을 느꼈다. 호문클루스는 고대인들이 창조해낸 마법 생명체로 순수한 마력을 원동력 삼아 활동하고 주인을 섬기는 존재이다. 이들은 저급한 골렘 따위와는 전혀 다른 생명체였다. 이들은 월등히 뛰어난 지식, 완벽한 지성, 그리고 자신만의 의지를 가지고 창조자를 섬겼다. 문제는 고대인들이 멸종한 이후, 그 어떤 사람들도 이들을 재현해내지 못했다는 것이다. 물론 많은 사람들이 고대인의 기록에 흥미를 가지고 호문클루스를 복원하려 시도했다. 그러나 대부분의 사람들은 생명체, 그것도 마력을 이용해 지성을 가진 생명체를 창조한다는 것은 정말 고대인들이나 가능한 일이라는 것을 금세 깨달을 수 있었다.

심지어 대륙 최고의 연금술사들 100명이 단체로 모여 살고 있는 이 연금술사의 성에서도 호문클루스 창조에 대해서는 아무도 성과를 내지 못하고 있었다. 사실 대부분의 연금술사들은 이제 호문클루스 제조에 대해서는 불가능이라 치부하고 있었다.

그러나 세상에는 언제나 불가능에 흥미를 느끼는 자들이 있었다. 연금술사 6은 그중 한 사람이었다. 그는 몇 년 전 81이 난생처음 보는 비약을 그에게 가져왔다. 그리고 이것이 바로 호문클루스의 열쇠라고 속삭였다.

81은 처음에는 6이 장난을 친다고 생각했다. 그러나 이어지는 6의 설명에 그는 6이 정말 미쳐버렸다고 생각했다. 6의 비약은 너무나 위험천만한 것이었기 때문이다. 6의 비약은 그 비약을 복용한 대상을 배양 분으로 삼은 후 그 배양 분을 통해 증폭된 마력을 창조해낸다는 것이었다. 물론 그 배양분이라는 것은 당연히 사람이었다.

"그건 안 됩니다. 무고한 사람들을 죽여 호문클루스를 만들다니... 1이 절대 허락하지 않을 겁니다."

1은 연금술사 성의 지도자나 다름없는 사내였다. 그는 다른 연금술사들과는 차원이 다른 능력을 가지고 있기에 다른 연금술사들은 사실 1이 고대인의 핏줄을 이어받은 것이 아니냐고 수군대기도 할 정도였다.

"어차피 부랑자나 거지들일 뿐일세, 무엇이 문제인가? 게다가... 1에게 굳이 밝힐 필요는 없지."

6의 말은 지나치게 냉랭했다.

"하지만..." 6의 말에 반박하려던 81은 문득 의문이 들었다. "그런데 왜 절 찾아오신 겁니까?"

81의 의문은 타당한 것이었다. 81 역시 뛰어난 연금술사이긴 하지만 6보다는 한참 아래의, 두 자릿수 끄트머리에 간신히 붙어있는 수준의 연금술사였던 것이다. 물론 그것만으로도 대륙 전체에 이름을 날리기에는 충분했다.

"자네의 연구가 마음에 들었네, 신체를 강화 시키는 연구를 진행하더군."

81은 그제야 6이 왜 자신에게 접근한 것인지 알아차렸다. 6이 만든 비약은 너무나 강해 일반적인 사람들은 그 비약을 투여하는 즉시 죽어버리고 말았다. 하지만 호문클루스의 가장 기본적인 조건은 그것이 살아있어야 하는 것이기 때문에, 81의 연구로 희생자가 되는 사람들의 신체를 강화시켜 비약을 버틸 수 있게 만들겠다는 것이 6의 목표였다.

"그렇게 되면... 비약이 효력을 완전히 발휘할 때까지, 그리고 그 후로도 복용 자는 죽지 않겠지. 그 후 비약이 증폭된 마력으로 복용 자를 뒤덮을 걸세, 그럼 자아를 가진 마력 생명체가 완성되는 것이고."

결국 81은 6의 실험에 동참하기로 결정했다. 성공만 한다면 엄청난 명예를 얻을 수 있는 것이다. 게다가 81은 연금술의 끝을 보고 싶었다. 그 순수한 욕망은 81에게 6의 희생시키는 부랑자들을 무시할 수 있는 힘을 주었다.

그리고 몇 년의 시행착오와 수십여 명의 부랑자들을 희생시킨 덕분에 마침내 81은 단 한 명의 부랑자를 성공적으로 강화시키는데 성공했다. 6은 기뻐하며 실험의 최종단계에 돌입했다. 부랑자에게 비약을 투여한 뒤, 바실리스크의 심장을 박아 넣어 마력을 안정화 시키는 것이다.

6은 81에게 자신은 계속해서 비약의 마력을 통제해야 하니 대신해서 창고에 가 바실리스크의 심장을 가져오라고 명령했다.

'실험이 성공한다면 6은 앞으로 얼마만큼의 부랑자들을 희생시킬지...'

81은 어째서 자신이 그 실험에 참가한 것인지, 그리고 1이나 다른 연금술사들에게 6의 만행을 알리지 않은 것인지 후회했다. 물론 그 역시 마음

한편에는 고대인의 기술을 재현하고 싶다는 욕망이 있었다. 문제는 그 욕망이 인간으로서의 존엄성을 넘어섰다는 것이었다. 81은 바실리스크의 심장을 들고 있는 손이 부들부들 떨리는 것을 느꼈다. 만약 1분 안에 심장을 6에게 전달하지 않는다면 실험은 실패할 것이었다. 그렇게 된다면 81은 그동안의 연구 자료를 가지고 다른 연금술사들에게 6을 고발할 수 있었다. 그러나 81의 발걸음은 움직이지 않았다. 실험이 실패한다면 여태까지의 희생이 물거품이 된다는, 연금술사의 속삭임이 머릿속을 헤집었던 것이다. 이미 죽은 사람들을 위해서라도, 어떠한 성과를 봐야 하지 않겠냐는 생각... 물론 말도 안 되는 망상이었으나 81에게는 그런 것을 생각할 여유 따위는 없었다. 결국 81은 마음을 먹었다. 호문클루스는 만들어져야 했다.

81은 결국 실험실 문을 열었다. 그런데 81의 예상과는 달리 6의 방문은 절반만 열렸다. 그리고 기다랗고 삐쩍 마른 팔 하나가 문틈으로 나왔다.
81은 얼떨결에 자신이 가져온 심장을 그 손에 올려놓았다. 그러자마자 문이 닫히고 81은 멍하니 서있는 처지가 되었다.

81은 그런 상태로 1시간을 더 기다렸다. 그리고 그때쯤 81의 마음속에서도 슬슬 불안감이 피어나기 시작했다. 한참을 망설이던 81은 다시 한 번 6의 실험실 문을 열었다. 이번에는 문이 완전히 열렸다.

81은 천천히 안으로 들어갔다. 자신의 실험실과는 크기나 규모면에서 완전히 차이가 났다. 81은 조심스럽게 실험실 이곳저곳을 살폈다.

헉!

81은 그의 시선에 무언가가 들어오자마자 마법 방어막을 펼쳤다. 마법을 잘 사용하지 않는 연금술사라고 해도 몇 가지 기초 마법 정도는 사용할 수 있었다. 그러나 81은 곧바로 마법을 거두었다. 그것은 그저 실험체의 시체였다. 가슴에 큰 구멍이 뚫려있는 시체는 뭐라 형용할 수 없는 흉측한 모습으로 변해있었다.

'실패인가...' 81은 중얼거리며 복잡한 감정을 느꼈다. 지금의 자신으로써는 실험을 실패하는 것이 더 이로운 것인지, 아니면 성공해 호문클루스를 양산하는 것이 더 좋은 것일지 확신할 수 없었다.

'그런데 6은 어딜 간 거지?'

81은 문득 의문이 들어 고개를 돌려 이곳저곳을 살폈다. 분명 1시간 전부터 자신이 실험실 문 앞에서 있었기 때문에 성 외곽으로 나 있는, 무려 지상으로부터 50m 이상 떨어진 창문으로 나가지 않는 이상 6은 이 방에 있어야 했다.

'설마?'

81은 어떤 생각이 들어 황급히 창가로 다가가 목을 빼서 창문 너머를 내다봤다. 다행히도 땅에는 6의 시체가 없었다.

'대체 어디로 사라진 것이지...'

81은 계속해서 창문 너머를 바라보며 대체 6이 어디로 사라졌는지 고민해 보았다. 어쩌면 새로운 희생자를 구하러 사라졌는지도 몰랐다. 6의 성격이라면 단순히 부랑자 뿐만 아니라 같이 일하는 다른 연금술사를 실험 대상으로 사용할 수도 있었다. 게다가 그렇게 될 경우, 연금술사라는 좋은 신체(연금술사는 마력에 익숙한 신체기 때문에 따로 강화를 시킬 필요가 없을 것이다)를 이용해 더 좋은 기회를 갖게 되는 것이다.

81은 그것만은 막아야 한다고 생각하고는 서둘러 실험실 입구 쪽으로 몸을 돌렸다. 아니, 돌리려 했다. 그러나 81이 몸을 돌려 실험실 입구 쪽으로 달려가려는 찰나, 엄청난 충격이 81의 몸을 휩쓸었다.

'크윽!'

81은 괴성을 지르며 연구실 바닥을 나뒹굴었다.

'으으으... 대체 무슨?'

81은 흘러내리려 하는 안경을 잡아 간신히 고쳐 쓰고는 대체 무엇이 자신을 날려버린 것인지 확인했다. 그리고 그는 엄청난 충격을 받게 되었다. 눈앞에 있는 대상은 6... 아니 6이었던 존재였다. 그는 온몸이 푸른 마력으로 뒤덮여 있었고 눈은 충혈 되어 시뻘겠다, 게다가 그의 가슴 부분에는 커다란 바실리스크의 심장이 꿈틀거리며 박동하고 있었다.

'으아아악!'

81은 자신에게 다가오는 6을 보며 황급히 뒷걸음질 쳤다. 6, 아니 6이 었던 존재는 한걸음 한걸음 발걸음을 움직였다. 그리고는 푸른 빛이 감도는 두 손을 천천히 들고선 81에게 달려들었다.

"왁!"

"끼아악!"

카이린의 기습적인 고함에 방금 전까지 무서운 옛이야기를 듣고 있던 아이들은 괴성을 지르며 널브러졌다.

"크하핫, 놀랐지 이 녀석들!"

카이린은 방금 전까지 아이들에게 이야기를 들려주던 할먼 영감과 손뼉을 한 번 치고는 영감에게 지부장이 방에 있냐고 물어봤다.

"아마 지금쯤 술이라도 마시고 있을 거다." 할먼 영감은 낄낄거리며 대답했다.

"좋은 정보 고마워."

카이린은 할먼 영감에게 동화 한 닢을 던져주고는 그를 지나쳐 지부장의 방으로 들어갔다. 오늘은 상납금을 내는 날이었기 때문에 카이린의 기분은 그다지 좋지 않았다. 그녀가 일하는 곳은 사실 평범한 길드는 아니었다. 바로 까마귀들의 지붕이라는 도둑길드였다.

그녀는 지난 며칠 동안 시장바닥에서 다른 사람들의 주머니를 털어 상납금을 준비했다. 상납금은 은화 한 닢, 4인 가족이 한 달 정도는 근근이 살아갈 만한 금액이었다.

'젠장, 갈수록 상납금이 올라가는데... 이거 확 질러봐?'

카이린은 쓸데없는 생각을 하며 지부장 실(그래봐야 식료품 가게로 위장한 한 칸짜리 방일 뿐이었지만)의 문을 박차고 들어갔다. 그리고 카이린의 그 행동 덕분에 방 안에서 술을 병째로 들이켜고 있던 도둑 길드 지부장 막스에게는 막 목구멍을 넘어가던 술 대부분을 바닥에 흘려버리는 생소한 경험을 하게 되었다.

막스는 도시의 어느 식료품점에서나 있을 법한 푸근한 인상의 중년 사내였다. 실제로 그는 도시의 식료품점을 운용하는 가게 주인이었다. 그렇기 때문에 많은 사람들은 그가 인심 좋고 덤을 많이 챙겨주는 가게 주인인줄만 알았다. 그러나 뒤쪽 생활을 하는 사람들의 대부분은 그의 정체가 사실 15년 전 카라조크 후작의 보물을 훔쳐 달아난 대륙 최고의 까마귀라는 사실을 알고 있었다. 물론 그렇기 때문에 40대 초반이라는 젊은 나이에 까마귀들의 지부장이 될 수 있었다.

물론 그러한 사실들은 조금 전 그가 흘린 술의 양에 전혀 영향을 주지 못했다. 흘린 술이 꽤나 값나가는 것이었던 듯 막스의 눈가에는 촉촉하게 눈물이 맺히고 있었다.

"...이익! 노크 할 줄 모르냐?"

"돈 내러 온 건데 노크를 왜 해?"

카이린은 이상한 사람 다 보겠다는 듯 부루퉁한 표정으로 막스에게 다가갔다.

지부장 막스는 딱히 할 말이 떠오르지 않는 것인지 입맛만 쩝쩝 다신 후 카이린에게 손바닥을 내밀었다. 카이린은 그 두툼한 손에 은화를 하나 올려놓았다. 막스는 그제야 흡족한 듯 웃으며 남은 술을 들이켰다.

"이제 가 봐, 다음번에는 조금 더 빨리 내고."

막스의 축객 령에 카이린 역시 이런 곳에는 조금도 더 있고 싶지 않았기 때문에 고개만 까딱 숙인 후 곧바로 방에서 나왔다. 언제 와도 손해만 보는 곳이었다.

방문이 닫히자 막스는 들고 있던 술병을 다시 탁자에 내려놓았다. 그리고는 한숨을 푹 내쉬었다.

"젠장, 들킬 뻔 했구먼."

그의 말이 신호였던 듯 방에 달려있던 긴 커튼을 젖히며 사내가 나타났다. 사내는 허름한 갈색 로브를 입고 있었고 머리 또한 로브와 비슷한 색의 밝은 갈색이었다. 사내는 탁자 맞은편에 있는 의자에 털썩 주저앉아 막스가 내려놓은 술병을 들이마셨다.

"다행이군요. 그럼 마저 일 이야기를 진행할까요?"

술을 한 모금 넘긴 사내는 서둘러 일을 진행하고 싶은 듯 황급히 서두를 꺼냈다. 막스 역시 그러자는 듯 고개를 끄덕이며 조금 전 두 사람이 마무리 하지 못한 주제로 돌아갔다.

"그래서 결국 용병들을 이용하는 일은 수포로 돌아간 건가?"

"예, 사르프 백작이 대비를 잘 해둔 모양이더군요, 단 한 명도 돌아오지 못했습니다."

"안타깝군, 하지만 자네가 이곳에 온 이유는 아마 다음 계획이 있기 때문이겠지?"

막스의 어투는 조금 전 카이린과 장난을 칠 때와는 완전히 다른, 그야말로 진중하기 그지없었다.

"예, 스승님께선 그 물건을 훔치는 것이 어떻겠냐고 하셨습니다."

막스는 그제야 사내가 자신을 찾아온 이유를 알게 되었다. 그러나 안타깝게도, 자신은 사내의 부탁을 들어줄 수 없었다. 막스는 15년 전 후작의 보물을 훔칠 때 만들어진 다리의 상처(막스에겐 일종의 훈장이었다)를 사내에게 보여주었다.

"... 도둑질을 할 수 없으신 겁니까?"

"일상생활에는 문제가 없지만 아주 세밀한 움직임은 못 해." 막스는 어쩔 수 없다는 듯 고개를 저었다. 사내는 한참을 고민하더니 이내 한숨을 내쉬고는 그럼 이만 돌아가서 다른 방법을 강구해 보겠다는, 아주 형식적인 말을 남기며 일어나려 했다.

"... 그래도 도움을 줄 순 있을 것 같은데."

막스의 말에 사내는 일으켜 세우려던 몸을 다시 의자에 앉혔다. 그리고는 막스의 입을 뚫어져라 쳐다보기 시작했다.

그 시선이 조금 부담스러웠던 막스는 헛기침을 몇 번 한 뒤에야 입을 열 수 있었다.

"방금 전 나간 놈, 그 놈을 추천하지."

막스의 말에 사내는 인상을 찌푸렸다. 최고의 도둑에게 이번 일을 맡겨야 한다는 스승의 지시와 어긋나는 일이었기 때문이었다.

"왜, 마음에 안 드나?"

사내의 얼굴에서 나타난 불만을 읽은 듯 막스는 피식거리며 물었다.

"정말 저 소녀가 적임자입니까?" 사내는 영 미덥지 못하다는 듯 떨떠름한 어조로 되물었다.

"왜, 너무 어려 보여서?"

"그... 런 것은 아닙니다."

"이 바닥에서 나이를 먹는다는 것은 물론 대단한 일이긴 하지만... 그렇다고 해서 어린 도적이 도둑질을 못하는 것은 아니란 말이지." 지부장은 말을 하며 엄지로 스스로를 가리켰다. "이 몸 역시 보물을 훔친 것은 10대 때였으니 그건 문제 될 것이 없지."

지부장의 진지한 태도에 사내는 자신도 모르게 고개를 조금 끄덕였다. 막스는 그런 사내를 안심시키려는 듯 말을 이어갔다.

"책임질 가족이 있는 계집이기 때문에 위험한 일은 잘 하지 않으려 하지만 그 년의 실력은 내가 보장해, 조심스럽게 행동하는 건 오히려 그 때의 나보다 낫다고." 막스는 술로 목을 축이고 다시 말을 이어갔다. "만약 정 불안하다면 몇 명 더 붙여주면 되니 걱정하지 말게."

"알겠습니다, 그리 추천하시니 믿고 이번 계획을 추진하지요. 하지만 조심하셔야 합니다, 50명이 넘는 용병대가 깡그리 몰살당했어요."

"꽤 실력이 쓸만한 놈이 그쪽에도 있나보군, 하지만 그자와 직접 칼을 맞대지는 않을 거니 상관없어."

"그럼... 부탁드리겠습니다." 갈색 머리의 사내는 고개를 숙여 인사를 건넨 후 가게 밖에 지나다니는 사람이 없는지 확인한 다음 조심스럽게 가게 밖으로 나가 순식간에 인파 속으로 묻혀 사라졌다. 앉은 자리에서 창 너머로 사내가 무사히 사라지는 것을 본 막스는 그제야 다시 술병으로 눈을 돌릴 수 있었다. 절반 이상 남은 술이 술병에서 찰랑거렸다.

'이번 일이 끝나면 완전히 은퇴해야겠군.' 막스는 홀로 술병을 들어 올리며 중얼거렸다. 20년산 에클로의 맛은 그 어느 때보다 풍미 있었다.

2. 불합리한 계약

"백작, 서류를 해독하는 일이 너무 느려 아무래도 신세를 조금 더 져야겠습니다..."

사프란 백작은 상대방의 목을 비틀어 꺾지 않기 위해 최대한의 인내심을 발휘해야 했다. 아무리 적게 잡아도 자신보다 10살 이상 어려보이는 애송이가 자신에게 이래라 저래라 한다는 것은 너무나 아니꼬운 일이었다.

"일이 더디다니... 그럼 얼마나 더 오래 머물 생각이요?"

백작은 오크나무로 만들어진 자신의 집무실 책상에 걸터앉은 후, 잔에 커피를 따르며 애써 태평함을 유지한 채로 질문을 던졌다. 부디 애송이의 체류가 짧기를 속으로 기원하며. 그러나 안타깝게도, 행운은 백작의 편이 아니었다.

"글쎄요... 기계공의 말에 따르면 아무리 못해도 2주가량은 더 있어야할 것 같습니다."

쩍

백작이 들고 있던 커피 잔에 미세한 실금이 생겼다. 백작은 속으로 심호흡을 한 뒤에야 다시 입을 열 수 있었다.

"... 그렇게 오래 교단을 비워도 괜찮겠나?"

백작의 질문에 상대는 신경을 써주서서 고맙다는 듯 씩 웃었다.

"아, 물론 저는 이만 가봐야지요. 스승님을 모셔야 해서 이만 가봐야 합니다."

백작은 속으로 쾌재를 불렀다. 이런 짜증나는 작자와 더 이상 얼굴을 맞대도 되지 않는다니... 그는 오늘 주방장에게 돼지 통구이와 고급 와인을 따르고 지시할 생각을 하며 만면에 웃음꽃을 피웠다.

"그래서 아마 저를 대신할 분이 오실 겁니다."

백작의 기분은 그대로 수직으로 낙하해 땅에 쳐 박히고 말았다. 백작은 입을 열면 욕이 튀어나오리라는 것을 깨닫고는 그저 간신히 고개를 끄덕였다.

"그나저나 연회 전인데 신세를 끼치는 것 같아 너무 죄송스럽군요. 저희가 머무르는 곳이 아무리 한적한 공간이라 하더라도... 조금 있으면 이 제국의 쟁쟁한 귀족들이 몰려올 텐데요."

상대는 진정으로 걱정이 되는 듯 한 표정을 지어보이며 백작을 위로했다. 물론 백작으로서는 상대의 얼굴이 지독하게도 가증스러워 보일 뿐이었다.

"... 맺은 계약은 끝내야겠지. 물론 아직도 어째서 해독을 내 성에서 해야 하는지는 모르겠지만."

백작의 가시 돋친 태도에도 불구하고 상대는 전혀 신경 쓰는 기색이 아니었다. 오히려 이제는 입가에 슬며시 미소를 띠우고 있었다.

"하하... 백작께서도 소식을 들으셨지 않습니까, 그 물건을 노리는 자들이 있다는 것을요. 천만다행으로 제가 병사들과 동행했기에 망정이지... 하마터면 눈뜨고 코 베이는 일이 일어날 뻔 했습니다."

"그 점은 나도 다행이라고 생각하고 있소."

"지난번에는 용병단의 기습이었지만 다음번에는 어떤 공격을 가해올지 모르니 어쩔 수 없는 노릇이지요... 저희 역시 가급적 백작님과의 계약은 비밀로 유지하고 싶습니다."

백작의 미간이 움찔거렸다. 상대의 말 중 그의 심기에 거슬리는 단어가 섞여 있었기 때문이었다.

"유지?"

"아, 예. 아직은 저도 잘 모르지만... 문서의 해독된 부분에 따르면 '그것'의 핵심적인 제조 방식은 다른 던전에 묻어두었다더군요, 정말 귀찮은 일이지요?"

"설마... 또 다른 던전을 탐색하러 가야 한다는 거요?"

"예, 다행스럽게도 이번에는 국내입니다. 지난번 던전은 하필 외국에 있어서 정말 고생했었죠..." 상대는 그전의 고생이라도 머릿속에 떠오른 듯 고개를 저었다.

"이제는 그만 하고 싶소만."

백작의 말에 상대는 무슨 말을 그렇게 하냐는 듯 눈을 휘둥그레 떴다. 아무리 봐도 과장된 것이, 백작의 눈에는 상대방의 행동에 조롱기가 섞여 있는 듯 느껴졌다.

"백작님..." 상대방은 혀를 한 번 찬 뒤 말을 이어갔다. "계약은 양측 모두 만족할 때에 종료될 것입니다. 저희가 원하는 것은 '그것'의 제조 방식을 손에 넣는 것이고요. 백작님이 해야 할 것은 저희의 탐색을 대신 진행해 주시는 것이고요."

"허나 오그림에 있던 던전을 탐사하는 것이 당초 우리의 계약 아니었소?"

"백작 각하... 저희와의 관계를 조금이라도 빨리 청산하고 싶은 것은 알겠습니다만... 이번이 마지막일 겁니다. 아마도요."

백작은 깊은 한숨을 내쉬었다. "부디 그랬으면 좋겠군. 지금으로써는 당신들과 연관 지어졌다는 소문만으로도 잡혀갈 지경이란 말이오."

상대는 백작의 마음을 다 알고 있다는 듯 고개를 주억거렸다. 사실 제국과 교단의 관계는 그 어느 때보다 위태로웠다.

"그래도 백작 각하께서는 저희와의 계약을 통해 많은 것을 얻게 되시지 않으셨습니까?"

"그건 그렇지..." 백작 역시 그 말에는 수긍할 수밖에 없었다.

백작은 7년 전, 일개 지방의 백작에 불과했던 자신을 찾아 온 어떤 복면인을 떠올렸다.

그 복면인은 백작에게 백작이 한 번도 생각해 보지 못한 계약을 제공했고, 백작은 계약을 받아들였다. 복면인은 백작에게 그의 병사들을 대륙 곳곳에 보내 어떤 특정한 던전을 발견해 달라고 부탁했고, 만약 그 던전을 발견하고 그 던전에서 복면인이 원하는 물건을 가져다준다면, 그를 로랑디아 제국의 3번째 공작으로 만들어 주겠다고 약속했다. 백작은 반신반의 하면서도 그 계약을 받아들였다.

2년이 지나고, 백작은 이웃나라인 오티온 왕국에 외곽지역에서 그들이 원하는 던전을 발견했다. 오래전 죽은 연금술사가 만들었다는 던전이었다. 그러나 한 가지 문제가 있었다. 던전은 외국에 있었고, 백작은 그 던전을 발굴할 수 없었다. 백작이 그 사실을 복면인에게 말하자 복면인은 빙그레 웃으며 이제 백작 당신을 영웅으로 만들어주겠다고 호언장담했다.

그리고 7년 후, 백작은 정말로 제국의 영웅이 되었다. 그것도 그가 전혀 예상하지 못했던 방식으로.

복면인과의 대면 이후, 오티온 왕국과 로랑디아 제국의 관계는 급속도로 악화되었다. 결국 두 나라 사이에 전쟁이 일어났고, 백작은 복면인과 한 번 더 대면했다.

"병력을 빌려주는 게 아니라면 대체 나에게 뭘 준단 말이지?"

사르프 백작은 검은 색 로브를 뒤집어쓰고 있어 턱의 아랫부분만 살짝 드러난 상대방을 노려보며 물었다. 백작은 상대가 허튼 소리를 할 경우 매고 있는 검으로 상대를 두 동강 내어 버릴 생각도 충분히 가지고 있었다.

"성격이 급하시군 백작. 단명하겠소." 상대의 도발에 사르프 백작은 자신의 오른손을 슬쩍 왼쪽 허리에 가져다댔다. 상대는 백작의 행동에 피식 웃었다.

"설마 당신의 지원자를 죽일 셈이요 백작?"

"헛소리, 자네들은 아직 나에게 그 어떤 것도 제공하지 않았어. 그러니 나로서는 지금 당장 당신을 베어버리고 이 방을 나서도 아무런 상관이 없단 말이지. 그 빌어먹을 수색 역시 당장 중단해버리는 것은 물론이고."

검은 색 로브의 사나이는 백작의 위협에 아무런 반응을 보이지 않았다. 오히려 그는 이해가 되지 않는 듯 갸우뚱거렸다.

"대체 무엇이 문제란 말이요? 우리가 말한 대로 전쟁이 일어나지 않았소?"

"그건 그렇지만..." 백작은 상대방의 말이 맞았기에 우선은 고개를 끄덕였다. 물론 그것만으로는 아무런 문제가 없었다. "하지만 애당초 지원해주겠다고 약속한 병력들은 어디 있는 거지? 설마 전쟁이 일어나리라는 것을 미리 알려준 것만으로 우리의 계약이 이행된 거라 보는 건가?"

사내는 백작의 말이 타당하다는 듯, 허나 그와 동시에 그가 너무나 답답하다는 듯 제스처를 취했다.

"물론 아니오 백작. 허나 생각해보시오, 만약 우리가 드러내놓고 당신을 지원한다면 어떻게 되겠소? 교단이 직접적으로 백작을 지원하는 것이 만천하에 알려 퍼지지 않겠소? 그게 당신이 원하는 거요? 우리와 손을 잡았다는 것을 황제에게 알리는 것이?"

백작은 아무런 반박도 하지 못하였다. 사실 이 계약은 그 누구에게도 밝혀지면 좋을 것이 없는 계약이었다. 한창 기세를 불려나가는 교단과 로랑디아 제국의 관계는 언제나 최악이었다.

"그럼 대체 어쩌자는 거요, 나는 계약에서의 의무를 충실히 이행 했는데... 설마 이제와 던전에 대한 정보만을 얻고 그만 둘 생각은 아니겠지?"
거듭되는 백작의 분노에 상대는 진정하라는 듯 양손을 뻗어 백작을 자제시켰다.

"설마, 당연히 우리는 당신을 지원해줄 생각이요... 허나 대놓고 지원할 수는 없단 말이지."

상대의 미적지근한 답변에 백작은 이제야 알겠다는 듯 빈정거리는 웃음을 지었다.

"하, 그러니까 고작 포션 몇 병, 회복 주문 스크롤 몇 개 던져주고 퉁 치겠다는 것 아니오? 젠장, 역시 교단 놈들은 하나같이 싸가지가... 뭐요?"

백작은 자신의 말에 포복절도를 하며 쓰러지는 상대의 반응에 미간을 찌푸렸다.

"크하하하하... 크.... 크허허헉!"

상대는 이제 손바닥으로 로브를 내려치며 광소를 터트리고 있었다.

"... 뭐요."

"고작 '포션 몇 병'이라고? 크하하하하하! 백작, 당신 정말 웃기는 양반이로군! 그 포션 몇 병이면 당신의 그 허접한 군대를 황제의 정예들도 이길 수 있는 괴물들로 만들 수 있는데? 고작 '포션 몇 병'이라니! 정말 웃겨!"

백작은 이제 상대가 미치지 않았는지 진지하게 고민하기 시작했다. 물론 백작은 상대의 정체에 대해 어렴풋이나마 짐작은 하고 있었기 때문에 그런 고민은 아주 잠깐 동안만 이루어졌다. 그리고 백작이 그런 고민을 하는 동안 상대는 어느새 안정을 취하고 있었다.

"나를 무슨 미친놈처럼 보는군, 백작." 상대는 아직도 피식거리며 말을 이었다. "믿기 힘들다면 확인시켜줄까?"

"확인?"

"그래... 실험을 해 보자고."

잠시 후 그들은 백작성 밖의 조그마한 외딴 공터에 나와 있었다. 공터에는 그 둘 말고도 백작이 평소 애지중지하며 기르고 있는 백작의 사냥개 두 마리, 그리고 사냥개를 다루는 백작의 하인이 동행했다.

"대체 무엇을 보여주겠다는 거요?"

백작은 시간이 아깝다고 느끼며 상대에게 툴툴대었다.

상대는 백작의 말에 대꾸하지 않고 백작을 지나쳐 하인이 데리고 온 두 마리의 개들 중 훨씬 덩치가 작은 개에게 다가갔다. 그는 팔을 로브 안에 집어넣고 로브에서 어떤 액체가 담긴 손가락만한 약병을 꺼내어 내용물을 개에게 먹였다.

"이봐, 지금 뭐 하는!"

사내는 백작의 고함에도 아랑곳 하지 않고 두 마리 개의 목줄을 잡고 있던 하인에게 목줄을 놓으라 지시했다. 그리고 그 순간, 하인이 개들의 목줄을 풀어진 순간, 백작의 눈은 화등잔 만해졌다.

'크르르르르....'

사내가 약을 먹인 개는 목줄이 풀리자마자 자신보다 월등히 큰 개에게 달려들어 순식간에 목줄을 끊어놓았다. 목숨을 잃은 개는 별다른 저항조차 하지 못할 정도로 압도적으로 밀렸다. 백작은 방금 죽은 개가 어떤 개인지 똑똑히 기억하고 있었다. 한 달 전, 멧돼지와 일기토를 벌일 정도로 흉포하고 강력한 사냥개였다.

"으아악!"

가까이서 들려오는 비명소리에 백작은 황급히 상념에서 벗어나 주변을 둘러보았다. 단말마의 주인은 사냥개들을 데려온 하인이었다. 어느샌가 복면의 사내가 하인의 뒤로 돌아가 목을 꺾어버렸던 것이다.

"무... 무슨 짓이오!"

"보지 말아야 할 것을 본 죄이지... 그나저나 놀랍지 않소?" 복면인은 한 손으로 사냥개를 가리켰다. 사냥개는 이미 죽어버린 다른 사냥개를 뜯어먹는 것에 열중하는 중이었다.

"대체 어떻게 한 거요? 저 사냥개는 다 늙어빠진 놈이었는데?"

복면인은 검지를 위로 치켜세우며 말했다. "보시다시피... '포션 몇 병'의 효과라오."

"당신... 정체가 뭐요. 교단에서 그따위 포션을 다룬다는 이야기는 들어 본 적도 없소."

그러나 복면인을 추궁하는 백작의 말에서는 조금 전과는 달리 맥이 빠져있었다. 심지어 그의 손끝은 미세하게 떨리기까지 하였다. 그만큼 백작이 받은 충격은 상당한 것이었다.

"내가 누구냐... 그것은 참으로 어려운 질문이군..." 복면인은 짧은 수염이 자라있는 자신의 턱을 매만지며 중얼거렸다. 백작의 질문이 그에게는 진정으로 난제였던 것인지 한참을 고민하던 복면인은 드디어 자신이 누구인 것인지 기억이라도 차린 듯 고개를 끄덕였다.

"내가 누군지 궁금하오?"

복면인의 말에 백작은 자신도 모르게 침을 삼켰다. 복면인은 양손으로 천천히 로브를 넘겼다. 그러자 로브 안에서는 새치가 수북한 회색 머리의 얼굴이 드러났다. 백작은 의외라고 생각했다. 그 전까지의 복면인의 행동거지에서 느껴지던 반사 신경과 움직임은 아무리 봐도 다 늙은 영감탱이의 것은 아니었던 것이기 때문이었다.

"내 소개를 다시 해보지..." 복면을 벗은 상대는 씩 웃었다.

"교단의 세 번째 추기경이자 이젠 다 늙어버린 늙은이.... 그리고..." 상대는 눈을 번쩍였다.

"이 대륙 최후의 연금술사라오."

*

3. 도둑 길드의 모순

대부분의 도둑 길드들이 가장 중요시하는 것은 일확천금의 보석이나 온 대륙에 퍼지는 명성 같은 것이 아니다. 오히려 정신머리가 똑바로 박힌 도둑 길드라면, 그런 것들은 지양해야 마땅한 것일 터이다. 왜냐하면 명성이 높아진 도둑 길드들은, 나라에서 병력을 보내 길드를 완전히 박살 내버리기 때문이다. 그러나 아이러니하게도, 명성이 높지 않은 길드들은 고위험 고수익의 의뢰(살인과 협박, 그리고 상대 진영 귀족의 암살, 등)를 받을 수 없었다. 그렇기 때문에 오늘도 많은 도둑 길드의 길드장들은 이러한 밸런스를 맞추기 위해 밤잠을 설치고 있었다.

로랑디아 제국 내부에 있는 도둑 길드 중 절반 이상의 비율을 자랑하고 있는 지붕 위의 까마귀들 역시, 이러한 모순을 해결하기 위해 각 지부들마다 많은 노력을 하고 있었다. 그 중, 필버텐 지부는 아주 색다른 방식을 통해, 수비대의 각종 검열과 감시에도 살아남을 수 있었다.

필버텐 까마귀 지부는, 아예 지부의 건물들을 일반적인 상가에 위치시켰다. 가령 지부장 실은 상점가의 식료품점에, 도둑들이 잠을 자는 곳은 선술집 2층과 푸줏간 건물 4층. 그리고 그들이 연장을 보관하는 곳은 대장간 지하에 만들어져 있었다. 이러한 방식으로 운영되는 길드였기 때문에, 그동안 수많은 순찰대의 불시 검문에도 그들은 무사할 수 있었다. 그들을 잡기 위해서는 상점가 하나를 통째로 뒤집어 놔야 했으니 말이다. 그만큼 필버텐 지부는 명성보다는 안전에 더 신경을 쓰는 지부로 소문이 자자했다.

그러나 언제나 예외는 있는 법이었다. 그리고 매우 안타깝게도, 그 예외적인 상황은 조금 전 침상에서 강제로 깨워진, 카이린이라는 낭랑 17세 소녀에게 몹시 기쁜 마음으로 다가갔다.

"내가 뭘 해야 한다고?" 질문을 하는 카이린의 얼굴은 그보다 더 부루퉁할 수 없을 정도였다. 사실 대부분의 사람들 역시 강제로 침대에서 나오게 된다면 이런 표정을 지을 것이었기 때문에 그녀의 표정은 정상참작의 여지가 충분했다.

"도둑질" 지부장 막스의 답변은 짧았다. 그는 술을 마시기 전에는 말을 길게 늘이는 법이 없었다. 그는 그것이 자신이 경제적인 사람인 이유라고 생각했다.

"아침에 말하면 안 되는 거였어?"

"미안하군, 하지만 한시가 급한 일이라서."

"뭘 훔쳐야 하는데?"

"사르프 백작의 물건."

카이린은 신음을 흘리며 오른손으로 머리를 짚었다.

"후... 막스." 한숨을 내쉰 카이린은 막스를 똑바로 쳐다보며 말을 이어 갔다.

"내가 귀족 물건은 안 훔친다고 말했었잖아."

카이린은 대부분의 경우 귀족의 물건에는 손을 대지 않았다. 그들의 물건을 훔친다면 그 순간에는 큰돈을 벌 수 있겠지만 귀족들이 그녀 자신의 목에 현상금을 걸거나 한다면 죽는 것은 순식간이었다. 그렇기 때문에 카이린은 막스의 제안을 거절하고 다시 잠이나 자러 가려 마음을 먹었다.

"금화 20닢, 거기다가 예비 지부장 자격까지 얹어주마."

지부장 막스의 말에 카이린은 다시 자세를 돌려, 막스의 말을 경청하겠다는 마음가짐을 먹었다.

카이린의 태도가 바뀌자 지부장은 그제야 일에 대해 설명하기 시작했다.

"우리가 우연히 입수한 정보에 따르면(물론 여기서 '우연'이란 모종의 거래를 통했다는 뜻이라고 카이린은 생각했다) 사르프 백작은 오티온 왕국과의 전쟁이 끝나기 전, 그 나라에 있는 던전을 하나 발굴했다고 한다. 그리고 그는 그곳에서 아주 귀중한 물건 하나를 건졌다고 하더군."

"그 물건이 대체 뭐기에?"

"글쎄... 그건 사실 잘 몰라. 하지만 정보 제공자에 따르면, 그 물건만 있으면 왕국의 10분의 1정도는 살 수 있다고 하더군."

카이린은 그제야 막스가 자신을 이 밤중에 깨운 것인지 이해가 조금 가기 시작했다.

"어떻게 생겼는데?"

"푸른 상자. 그 안에 물건이 들었다더군."

"그 정보만으로는 부족해, 상자 안의 내용물을 바꿔 칠 수도 있다고."

카이린의 지적에 막스는 고개를 끄덕였다.

"웬일로 옳은 말을 네가 하는구나. 물론 맞는 말이지. 그래서 내가 이걸 준비했다."

막스는 카이린에게 조그마한 손거울 하나를 건네었다. 카이린은 의심스러운 표정으로 손거울을 쳐다봤지만, 그저 평범한 손거울일 뿐이었다.

"그 손거울은 상자 안에 있는 물건과 반응한다고 하더군. 정말 어렵게 구한 거다."

"이것도 그 '정보 제공자'에게서 얻은 건가?"

막스는 그저 한쪽 입꼬리를 올렸다. 비밀이라는 뜻이었다.

"좋아, 하지... 하지만 만약 내가 실패한다 하더라도 계약금의 절반을 내 동생에게 줘."

카이린에게는 3살 터울의 여동생이 있었다. 그녀의 여동생은 특이한 병을 앓고 있었고, 그렇기 때문에 지속적인 진료와 치료가 필요했다. 금화 10닢이라면 아마 십수 년 정도는 그녀의 치료에 필요한 금액을 댈 수 있을 것이었다.

"그러지." 막스는 이번에도 짧게 답했다.

막스는 집무실 책상 위에 계약서를 올려놓았다. 계약서에는 조금 전 막스가 말한 보상들이 적혀 있었고 막스는 계약서 하단에 카이린이 실패할 경우, 동생에게 금화를 지급한다는 내용을 추가시켰다.

둘은 아무 말 없이 계약서에 사인을 맺었다. 그 후, 카이린은 다시 자신의 숙소(푸줏간 4층 가장 구석이었다)에서 도둑질에 필요한 개인적인 물건 몇 가지를 가져왔다.

잠시 후, 카이린이 다시 지부장의 방(식료품점이었다) 앞으로 오자 지부장은 그사이 길드에 딱 1대 있는 마차를 준비해놓고 있었다.

"걸어가는 것보다는 빠를 거다."

마차는 카이린이 타자마자 힘차게 출발했다. 카이린은 이런 때 아니면 또 언제 마차에서 잠을 자는 호사를 누리겠냐고 생각하며 그대로 드러누웠다. 백작의 영지까지는 무려 5만 큐빗이 넘는 거리가 남았고, 그녀는 조금 전 일생일대의 계약을 맺었기 때문에 몹시 피곤한 몸이었다.

*

백작의 연회

사르프 백작의 영지의 고급 숙박시설들은 때 아닌 호황을 누리고 있었다. 벌써 며칠째 고급 마차와 귀족들이 백작의 영지로 물밀 듯이 쏟아져 들어오고 있었던 것이다.

그들이 한낮 백작의 영지에 있는 고급 숙박시설들에 갑자기 관심이 생긴 것은 아니었다. 다만 백작의 성에서 5년 전쟁의 종전을 기념하는 연회가 열렸기 때문에 어쩔 수 없이 평소의 3배가 넘는 값을 치르고 영지에 머물 수밖에 없었다.

물론 이런 경우는 일반적인 하급 귀족들에게만 해당되는 일이었고, 소위 명문가라 불리는 유서 깊은 귀족들의 경우 진작부터 백작 성에 방문해 편의를 보장 받으며 연회를 즐기고 있었다. 로랑디아 제국의 두 기둥 중 하나이자 문관을 대표하는 테리안 공작 역시 방금 전 하인들을 시켜 자신의 방에 짐을 풀게 하고 자신은 연회의 개최자를 찾는 중이었다.

"아, 테리안 공작각하!"

멀리서 그를 발견한 사르프 백작은 서둘러 뛰어와 와인 한 잔을 그에게 올렸다.

"나 같은 늙은이가 뭐가 반갑다고 이렇게 서둘러 뛰어와 와인을 따라주는 건가. 백작."

그러나 공작의 표정은 말과는 달리 흐뭇해져 있었다. 물론 그 이유에는 사르프 백작이 따른 와인이 최고급 와인인 부르세뉴 40년산이었다는 것도 포함되었다.

와인을 한 모금 들이켠 테리안 공작은 그야말로 전형적인 주당의 미소를 보여주었다.

"와인 맛이 기가 막히는군. 부르세뉴 40년산이라... 구하기 어려웠을 텐데 어떻게 구했나?"

백작은 속으로 쾌재를 불렀다. 까다로운 공작의 취향을 저격하는 데에 성공한 것이었다.

"지엄하신 공작각하께서 드실 와인인데 당연히 이 정도 격은 있어야 하지 않겠습니까.

공작은 그 대답이 마음에 든 것인지 호탕하게 웃으며 사르프 백작의 공을 치하했다. 사르프 백작은 이번 전쟁에서 엄청난 전과를 세웠다. 그렇기 때문에 고작 백작의 지위임에도 불구하고 종전 연회를 여는 기회를 선사받았던 것이다. 물론 다른 때였다면 그가 아무리 높은 전공을 세웠다 하더라도 불가능 한 일이었을 것이다. 그러나 이번 경우에는 무관을 대표하는 카사드노 공작의 아내가 갑자기 병에 걸려 안식을 취해야 하는 상황이 벌어졌고, 그래서 전쟁 중 가장 큰 공을 세운 사르프 백작이 종전 기념 연회를 열 수 있었던 것이었다.

"비록 병중이라 오래 연회를 즐기지는 못하시겠지만 카사드노 공작 역시 잠시 들릴 걸세."

공작의 말을 들은 사르프 백작은 입이 헤벌쭉 벌어지려는 것을 간신히 제어할 수 있었다.

"허, 제국의 두 기둥을 뵙는다니... 정말 무한한 영광일 것입니다."

"나 역시 전쟁 영웅을 직접 봐서 영광이네. 그래, 어디 한 번 유폴리스 진격 작전에 대해 자랑 좀 해보겠나? 카사드노 공작조차 도저히 믿을 수 없는 속도로 진격했다는 그 작전 말이야."

이후 백작은 장장 20분에 걸쳐 험하기로 유명한 유트나 사막을 관통해 적의 배후에서 적을 몰살 시켜버린 것에 대해 세세하게 설명했다. 백작의 설명을 다 들은 테리안 공작은 감탄을 금하지 못했다.

"정말 대단하군! 아직 젊은데도 병사들을 그리 다스릴 수 있다니, 정말 대단한 지도력이야. 카사드노 말대로 정말 훌륭한 인재가 제국에 들어왔어."

"과찬이십니다." 백작은 과하지 않은 겸양을 표했다.

테리안 공작은 그 후 사르프 백작의 기세를 세워주는 칭찬을 몇 마디 더 하고서는 자신도 이제 연회를 좀 즐겨야겠다며 후에 카사드노 공작이 도착하면 다시 셋이서 이야기를 하자는 말을 하고서는 먹을 것이 차려진 장소로 발을 옮겼다.

'휴, 간신히 넘겼군... 그런데 과연 카사드노에게도 통할까?'

사르프 백작은 알 듯 모를 듯한 혼잣말을 하고서는 이내 다시 다른 손님들을 맞이하러 돌아다녔다. 사흘 후 열릴 본 연회에는 300여 명이나 되는 귀족들이 추가로 백작의 성을 방문할 예정이었다.

*

4. 노인과 소년

아르모스 대륙에서 보통 교단이라 말하면 대부분의 사람들은 안식의 신을 추종하고 섬기는 코로스 교단을 지칭하는 말이라고 생각한다. 왜냐하면 코로스 교단을 제외한 거의 모든 신앙은 역사 속에 묻혀버렸기 때문이다.

어쨌든 유일하게 살아남은 코로스 교단은 날로 그 위상을 높여 이제는 거의 한 제국과 맞먹을 정도의 위세를 가지게 되었다.

특히 아르드노파에 있는 코로스 교단의 교황청은 교단의 위세를 말해주는 듯 어마어마한 높이의 탑과 궁전 못지않을 정도로 화려한 건물들이 세워져 있었고, 그렇기 때문에 이곳에 처음 방문하거나 갓 부임한 사제들은 길을 자주 잃어버리기 일상이었다.

그러나 소년은 별 어려움 없이 자신이 가고자 하는 목적지에 무사히 도착할 수 있었다. 소년은 화려한 교황청 본 건물 뒤편에 세워져 있는, 교단의 총 본산에 있는 건물들 중 거의 유일하게 화려하지 않은, 솔직하게 말하자면 조금 누추한 편에 더 가까운 조그마한 2층탑 앞에 도착해 문을 열고 들어섰다.

"스승님, 다녀왔습니다."

탑 내부 역시 외관과 크게 다르지 않았다. 금방이라도 무너지지 않을까 싶은 갈라진 실내 벽부터 식탁과 의자, 등 대부분의 가구들은 금방이라도 부서질 듯 삐걱거렸다.

"생각보다 늦었구나, 나간 김에 바깥세상이라도 구경하고 온 것이냐?"

상대의 목소리는 2층에서 들려왔다. 사내는 씩 웃으며 입고 있던 망토를 벗어던져 1층 구석에 설치되어있는 벽난로에 걸쳐 놓고는 계단을 타고 2층으로 올라갔다.

"조만간 계단을 수리해야 하지 않을까 싶구나."

2층에서 들리던 목소리의 주인공은 노인이었다. 노인의 생김새는 평범한 노인들과 다를 것이 없었다. 이제는 원래 색깔을 알아볼 수 없을 정도로 새치가 섞여 있는 머리, 적당히 짧은 턱수염, 이마에 자글거리는 주름까지. 그리고 이런 평범한 인상착의로 인해, 대부분의 경우 노인과 이야기를 나누던 상대들은 그가 밝히기 전까지는 그가 코로스 교단에 단 3명만 존재하는 추기경이라는 사실을 몰랐다.

"제가 나중에 하죠." 소년은 자신이 조금 전 밟고 올라온 부실한 나무 계단을 돌아봤다. 추기경은 자신과 같이 있으니 소년이 더 어려보인다고 생각했다. 사실 소년의 정확한 나이는 둘 중 그 누구도 몰랐다. 소년은 고아였기 때문이다. 소년은 10년 전 노인의 제자로 들어왔다. 대부분의 경우, 교단에서는 스승과 제자라는 관계가 매우 드문 편이었다. 고위 성직자들은 제자가 아니더라도 그의 시종을 들어줄 하인들을 고용하지 못할 정도로 돈이 부족한 것도 아니었기 때문이었다. 그러나 베엘지크 추기경의 경우, 다른 고위 성직자들과는 조금 상황이 달랐다. 그에게는 많은 비밀이 있었고, 그 비밀을 적당히 공유하면서도 자신을 도와줄 조수가 꼭 필요했던 것이다.

"어째 표정이 좋아보이지는 않는구나?"

추기경은 자신의 제자의 표정을 보며 백작과의 일이 어떻게 진행되었는지 알만 하다는 듯 고개를 끄덕였다.

"백작은 거래의 정도를 모르더군요. 스승님께서 지급한 물약들의 가치를 분명 느꼈을 텐데 저를 이리 문전박대 하는 것을 보니 말입니다."

"백작으로서는 이제 우리에게 얻어 낼 것이 없다고 느껴지겠지. 전쟁 영웅이 되었고, 우리가 힘을 써서 그의 집에서 종전 연회가 열리게 만들어 줬으니 말이다."

"너무 괘씸합니다만."

소년의 말에 베엘지크는 별 것 아니라는 표정을 지었다.

"어차피 받아 낼 것은 우리도 거의 받아내지 않았느냐? 앞으로 문서만 완벽하게 해독이 되고 그 제조 방식만 손에 넣을 수 있다면 그 정도 모멸은 감내할 만하지."

"헌데... 백작의 병사들을 습격한 자는 누구인 것 같습니까? 제 입으로 이런 말을 하는 것도 우습지만... 제가 백작의 병사들과 동행하지 않았다면 순식간에 물건을 뺏길 뻔했습니다."

소년의 말에 추기경은 심각한 표정을 지었다. 사실 그들을 습격한 것은 일반적인 뜨내기 용병단이 아니었다. 꽤나 잘 훈련된 놈들이었고, 그들의 기습은 정말 위협적이었다. 마치 누군가가 자신들의 계획을 눈치 채고 그 계획을 방해하는 것처럼.

"설마 스승님의 계획을 교단에서 눈치 챈 것 아닐까요?"

소년의 말에 추기경은 인상을 찌푸렸다. 그러나 잠시 고민하던 베엘지크는 곧 그럴 리 없다고 결론 내렸다. 왜냐하면 현재 교단은 다음 교황을 선출하기 위한 암묵적인 경쟁 상태였기 때문이다. 이전 교황이었던 레오파 2세가 죽어가고 있었고, 그로 인해 대주교와 주교들은 다음 교황이 누구일지에 대해 관심이 쏠린 상태였다. 그런 와중 저 멀리 타국에 있는 왕국에 용병을 보낼 리 없었다.

"글쎄... 역시 그건 아닌 것 같구나."

소년 역시 조금 전의 말은 그냥 해본 것이었던 듯 스승의 부정적인 답변에도 그다지 실망한 표정을 짓지 않았다.

"그럼 대체 어느 곳에서... 알아챈 것일까요. 설마... 다른 연금술사가?"

"그럴 리가." 추기경은 소년의 말을 단칼에 부정했다. 그럴 리 없었다. 자신이 이 대륙에 마지막으로 남은 진정한 연금술사였다. 지금으로써는 자신 역시 이 교단에 몸을 숨기고 있는 상태였지만 곧, 이 답답한 곳에서 벗어날 수 있을 것이었다.

"어쩌면 그저 과민반응이었는지도 모르지. 떠돌이 용병단이 우연히 백작의 부하들이 던전을 발굴했다는 소식을 들은 것일 수도 있지 않느냐."

"... 그럴 수도 있겠군요. 괜한 걱정인지도 모르겠습니다." 소년은 스승의 말이 옳다는 듯, 그러나 완전히 의혹이 사라지진 않은 표정을 하며 고개를 주억거렸다.

"그럼 이만 물러나 보겠습니다." 소년은 이만 가보겠다는 듯 고개를 숙여 스승에게 인사를 올렸다. 베엘지크 추기경은 그러라는 듯 손을 가볍게 까딱거린 후 제자가 오기 전 읽고 있었던 책을 다시 읽기 시작했다.

계단을 절반쯤 내려가던 소년은 문득 무엇이 생각난 것인지 고개를 돌려 스승을 쳐다봤다. 제자의 시선을 느낀 추기경은 읽고 있던 책에서 시선을 때서 자신의 제자를 쳐다봤다.

"시체는 언제쯤 백작의 영지에 도착할까요?"

베엘지크 추기경은 입꼬리를 슬쩍 올렸다.

*

5. 도둑의 일과

카이린은 단 하루 만에 사르프 백작의 영지에 도착할 수 있었다. 그리고 그녀는 그곳에 도착하자마자 해야 할 일에 대해 듣고는 이번 임무를 취소하는 것을 진지하게 재고했다.

'젠장! 내가 왜 남의 집 청소를 해야 하는 거야!'

카이린은 들고 있던 걸레를 땅바닥에 처박고는 씩씩거렸다. 그녀의 임무는 백작의 물건을 훔치는 것이었지 결코 백작성에서 걸레를 들고 손님방을 닦는 것이 아니었다.

"쉿, 목소리가 너무 커."

카이린 옆에서 그녀와 같이 걸레질을 하고 있던 캐서린이 입에 손가락을 가져다 대며 카이린에게 경고했다. 캐서린은 미리 백작 성에 파견되어 있던 도둑들 중 한 명이었다.

"백작 성에 들어오기 위해선 어쩔 수 없다고. 게다가 물건을 찾으려면 이곳저곳을 둘러봐야 하는데 그러려면 이 방법밖에 없다는 것 너도 알잖아?"

캐서린의 말에 카이린은 간신히 화를 참고서는 다시 걸레를 들고 백작 성의 귀빈실을 청소하기 시작했다. 그녀는 입고 있는 하녀 복이 익숙하지 않은 듯 자꾸만 몸 이곳저곳을 뒤틀며 옷을 고쳐 입었다.

'젠장... 지부장 녀석... 돌아가기만 하면 가만두지 않을 테다!'

카이린은 마음속으로 자신을 이런 처지로 만든 지부장에게 증오의 화살을 보내며 열심히 방바닥을 닦아나갔다.

카이린이 백작 성에 하녀로 들어온 지도 벌써 며칠째, 본격적으로 연회가 시작된 백작 성은 귀족들과 귀족들을 시중드는 하인들로 발 디딜 틈조차 없을 정도였다.
카이린은 그동안 낮에는 연회 시중 및 청소를 하다 연회가 종료된 밤에는 몰래 빠져나와 성 이곳저곳을 수색해 나갔다. 그녀는 오늘 밤도 변함 없이 성 안 이곳저곳을 돌아보고 있었다.

'젠장 이 정도면 성 대부분은 다 둘러 본 것 같은데... 대체 어디에 물건을 숨겨 놓은 거지?'

카이린은 손에 들고 있는 조그마한 손거울로 2층 복도 이곳저곳을 비춰보며 인상을 찌푸렸다. 아무래도 오늘도 허탕을 칠 것 같다는 느낌이 강하게 머릿속을 스치고 지나갔던 것이다.

'그나저나 이놈의 거울은 대체 작동하긴 하는 건가? 지부장 놈이 줘서 받아오기는 했다만...'

카이린은 주머니에 넣고 있던 손거울을 꺼내 던졌다 받으며 중얼거렸다. 카이린은 이곳에 하녀로 잠입한 후부터 내내 손거울을 들고 백작 성 곳곳을 비춰보고 다녔지만 모두 허사였다. 손거울은 진동은 커녕 미동조차 하지 않았던 것이다.

'설마 백작 놈 지 집무실에 가져다 놓은 것은 아니겠지.'

카이린은 설마 하는 생각에 3층 가장 중앙에 있는 백작 개인 집무실 방향으로 손거울을 내밀어봤다. 하지만 다른 곳과 마찬가지로 손거울에는 아무런 반응도 일어나지 않았다.

사실 백작의 집무실은 이미 다른 길드원이 그들이 백작 성에 도착하자마자 먼저 조사했었다고 했으니 무언가 있었다면 카이린이 이곳에 오기도 전에 일이 끝나있었을 것이었다. 현재 백작 성에는 카이린을 제외하고도 4명의 까마귀들이 머물러 있는 상태였다. 이들은 카이린이 마차를 타고 백작의 영지에 도착하자마자 그녀를 백작 성에 하녀로 고용시켜버렸다. 얼떨결에 하녀가 된 카이린은 자신이 백작 성의 청소와 연회에서 시중을 들어야 한다는 사실을 알고 길길이 날뛰었다. 물론 카이린으로서도 사실 한밤중 백작 성의 담을 넘어 그의 물건을 훔치는 것보다는 하녀로 위장해 정식으로 성에 들어가는 것이 몇 배나 쉬운 방법이라는 것은 알고 있었다. 그럼에도 불구하고 카이린이 그렇게 격렬하게 반응한 이유는 그녀가 그전까지 단 한 번도 청소라는 것을 해본 적이 없었다는 것이 문제였다. 그녀가 길바닥 생활을 한 이후, 그녀는 단 한 번도 자신만의 공간을 가져본 적이 없었기에 그것을 치우는 방법도 몰랐다. 그리고 그 후 지난 이틀 동안 백작 성을 청소하며 느낀 청소에 대한 카이린의 거부반응은, 차라리 어둠을 틈타 백작의 물건을 훔치는 것을 진지하게 고려할 수준으로 떨어졌다.

*

6. 일생일대의 거래

대주교 릴랑드몽은 코로스 교단의 대주교였다. 그는 그의 업적과 교단을 향한 열의를 인정받아 무려 40대 초반이라는 경이로운 나이에 대주교로 임명되었고, 그 후 각종 로비활동과 재산축재에 열심인 나날들을 보내고 있었다. 릴랑드몽이 대주교가 된 이후 깨달은 점들은 수천 명이 넘지만 어느 정도 비슷한 세력과 영향력을 보유하고 있는 주교들과는 달리, 교단 내에 단 200명밖에 되지 않는 대주교들은 각각의 영향력과 보유한 세력들이 천차만별이라는 것이었다. 게다가 대주교들은 원칙상 추기경이나 교황의 자리에 즉위할 수 있었기 때문에, 줄을 잘 서는 능력이 필수적이었다.

그리고 릴랑드몽이 대주교로 임명된 지 2년 만에 그는 난생처음으로 자신에게 기회가 왔음을 느낄 수 있었다.

"어서 오시지요 베엘지크 추기경, 갑작스러운 방문이라 준비가 미흡한 점 사죄드립니다.."

릴랑드몽은 눈앞의 상대에게 사과를 올렸다. 그도 그럴 것이 아무리 자신이 교단에 200여 명밖에 없는 대주교의 위치에 오른 유망주라 하더라도 상대 역시 그에 전혀 꿀리지 않는, 아니 오히려 그보다 훨씬 더 높은 직급의 사제였기 때문이었다.

추기경 베엘지크. 교단에 단 3명뿐인 추기경이었지만 지난 15년 동안 그 어떤 외부 활동도 하지 않아 교단원 대부분이 존재를 잊고 있다는 인물이었다. 그런 자가 자신을 찾아온 것이다. 릴랑드몽은 그가 오늘 아침 자신을 찾아왔다는 말을 들었을 때 너무나도 당황해 평소 하던 아침기도문마저 버벅거릴 정도였다.

"... 차는 입에 맞으신지요?"

릴랑드몽은 부디 자신이 준비한 다과가 상대의 입맛에 맞기를 빌었다. 한 번도 만나본 적이 없는 상대의 취향에 맞는 다과를 준비하는 것은 너무나 어려운 일이었다.

"향기가 괜찮군." 베엘지크 추기경은 차를 입에 대지도 않은 채로 말했다. 릴랑드몽 대주교는 쓴웃음을 지었다.

"어차피 자네도 짐작하겠지만 노부가 이곳에 온 것은 차를 마시기 위함이 아니지 않나."

릴랑드몽 대주교는 상대가 바로 본론으로 들어가자 흠칫 놀랐다. 사실 교단 내의 원로들은 이런 식으로 직설적으로 말하는 것보다는 빙빙 돌려 말하는 성가신 화법을 더 즐겨 사용했기 때문이었다. 상대가 이런 식으로 나온다면 릴랑드몽으로서는 몹시 편한 일이었다. 상대의 제안을 듣고, 자신이 원하는 것을 말하면 되었으니까. 그는 차를 한 모금 들이키며 추기경의 입에서 나올 말을 기다렸다.

"자네... 교황이 되고 싶은 생각 없나?"

크흡!

릴랑드몽은 마시던 차를 그대로 내뿜었다. 상대의 질문은 자신의 예상과 한참 동떨어진 것이었다.

"크허헉.... 그게.... 컥... 무슨 말씀이... 십... 까?" 릴랑드몽은 황급히 자신의 추태를 숨기려 했으나 그러기에는 그의 입에서 뿜어져 나온 차의 여파가 지나치게 강력했다. 허나 릴랑드몽이 다 데어버린 그의 목구멍과 입천장에 관심을 갖기에는 상대의 제안이 너무 거대한 것이었다. 사실 그는 베엘지크 추기경의 제안이 기껏 해봐야 추기경이 원하는 후보를 지지하거나 후원하는 정도일 것이라고 생각했었다. 설마 40대 초반의 어린 나이의 자신을 교황 후보로 점찍을 줄은 몰랐던 것이었다.

"내 말이 그렇게 어려웠나? 교황이 될 생각이 있냐고 물은 것뿐인데."

"그... 그게..." 릴랑드몽은 머뭇거리며 지난 1년 중 최대한의 속도로 머리를 회전시키기 시작했다. 대체 어떤 의도로 추기경은 나에게 저런 질문을? 심문인가? 아니면 협상? 그것도 아니라면... 꽤 오랜 시간 상대의 의도를 파악해보려던 릴랑드몽 대주교는 결국 상대에게서 정보를 조금 더 끌어내야겠다는 생각을 하게 되었다.

"글쎄요... 전 언제나 코로스 신을 한 발짝 가까이서 모시고 싶다는 욕심이 있기는 합니다만... 경의 질문이 정확히 어떤 뜻인지 알기 어렵군요. 제가 교황이 된다고요? 대주교가 된 지 10년도 되지 않은 제가 말입니까?"

릴랑드몽의 말에 베엘지크 추기경은 아무렇지도 않다는 듯 고개를 끄덕였다.

"그래, 자네가 내 부탁 몇 가지를 들어준다면 그쯤은 어렵지 않지... 하지만 난 지금 자네의 의견을 묻고 있는 걸세. 자네는 교황이 되고 싶은 건가?"

"설마... 진심이십니까?"

베엘지크 추기경은 릴랑드몽의 말에 미간을 살짝 찡그렸다. 릴랑드몽은 침을 꿀꺽 삼켰다. 베엘지크 추기경의 입이 움직이기 시작했다.

"만약 생각이 있다면 평신도들이 있는 곳으로 가 내 제자에게 말하면 되네. 기한은 이틀을 주지."

베엘지크 추기경은 할 말이 끝났다는 듯 자리에서 벌떡 일어나 벗어놨던 로브를 집어 들었다.

"자... 잠깐!"

베엘지크 추기경은 무슨 일이냐는 듯 나가는 문의 손잡이를 잡은 상태로 다시 릴랑드몽 대주교를 쳐다봤다.

"대체 제가 어떻게 교황이 된다는 겁니까? 설마... 당신이 그런 능력이 있단 겁니까?"

릴랑드몽의 말에 베엘지크 추기경은 김이 샜다는 듯 한심스러운 표정을 지었다.

"어리석은 질문이로군, 그럼 차 잘 마셨네."

멀어져가는 발소리를 들으며 릴랑드몽은 고뇌에 잠겼다. 당연히 교황은 탐이 나는 자리였다. 나름 탄탄대로를 지나며 대주교의 자리까지 올라온 릴랑드몽으로서는 언젠가(한 20여 년 후쯤) 교황이 될 수 있을 것이라는 욕심을 가지고 있었다. 하지만 그의 예상보다 20년이나 앞당겨 자신의 목표를 달성할 수 있는 길이 생긴 것이다. 물론 자신의 연차나 세력은 다른 대주교들에 비해 결코 대단한 편도 아니었고 고위직들과의 인맥도 남들보다 떨어졌다.

'그런데 어째서 나에게 접근한 것이지?'

알 수 없는 일이었다. 어쩌면 함정일지도 몰랐다. 곧 교황이 죽고 자리 다툼이 본격적으로 시작되기 이전 미리 꿍꿍이가 있는 자들을 제거해 버리는... 생각만 해도 모골이 송연해지는 함정일 수도 있었다.

릴랑드몽은 자신이 가지고 있는 이점, 추기경씩이나 되는 자가 아침부터 찾아와 이런 말을 할 정도의 장점이 무엇이 있는지 곰곰이 생각해봤다.

숨겨둔 세력... 물론 들키지 않았겠지만 어쩌면 베엘지크 추기경은 자신이 숨긴 자금줄과 세력들을 파악했는지도 몰랐다. 하지만 그걸 감안하더라도 자신은 다른 대주교들에 비해 특별한 점이 없었다.

'... 골치가 아프군... 대체 왜 이런 말을 들어서...'

차라리 추기경의 말을 듣지 않았다면 이런 고민을 할 필요도 없었으리라. 그는 자신에게 바람을 불어넣은 베엘지크를 원망하며 머리를 싸맸다. 한참 동안 고민하던 릴랑드몽은 결국 어떻게든 정보를 더 획득해야겠다는 마음을 먹고서는 나갈 채비를 시작했다. 그에게는 아직 이틀의 여유가 있었고, 이틀이면 자신의 정보력을 통해 감춰진 사실들을 알아낼 충분한 시간적 여유가 있었다.

'우선 놈의 제자부터 심문해봐야겠군.' 릴랑드몽은 서둘러 발걸음을 옮겼다.

*

안타깝게도 릴랑드몽은 원하던 목적을 이루지 못했다. 추기경의 제자라는 자는 자리를 비운 상태였던 것이었다.

"언제쯤 돌아오겠나?"

릴랑드몽은 비어있는 방을 턱짓으로 가리키며 건물의 관리인에게 물었다.

"글쎄요... 녀석은 일반적인 신도가 아니라... 아마 추기경님만이 아실 겁니다."

관리인은 대주교의 심기를 거스르지 않기 위해 쩔쩔대며 릴랑드몽의 질문에 답을 했다. 하지만 그의 입에서 나온 대답이 전혀 영양가가 없자 릴링드몽의 표정은 굳어졌고 관리인은 흘러내리는 땀방울을 닦기 위해 손으로 연신 이마를 훔쳤다.

"방을 같이 쓰거나 녀석의 행선지를 알 만한 아이는 없는 건가?"

한층 더 냉랭해진 대주교의 목소리에 관리인은 자신이 알아볼 테니 잠시만 기다려달라고 말하며 어디론가 급히 뛰어갔다.

남겨진 릴랑드몽은 저런 무능한 놈이 교황청 본부에 있는 것은 교단의 지나친 은혜라고 생각하며 자신이 교황이 된다면 반드시 저런 무능한 자들을 모조리 색출해 내겠다고 다짐했다.

잠시 후 정말 보기 안쓰러울 정도로 땀을 흘리며 돌아온 관리인은 추기경의 제자와 친하게(관리인은 이 부분을 아주 강조했다) 지내는 아이의 말에 따르면 추기경의 제자는 약재를 사러 근처 도시인 하라이 쪽으로 내려갔을 것이라고 말했다.

"고맙군." 릴랑드몽은 땀내가 진동하는 관리인과 한시라도 빨리 떨어지고 싶은 마음에 간단하게 그에게 성의를 표한 후 뒤도 돌아보지 않고 교단 기숙사를 나왔다.

'스승과 똑같이 성가신 놈이군... 그나저나 무슨 약초를 사러 간 것이지? 어지간한 약초라면 교단의 창고에서 꺼내 쓰면 될 터인데?'

릴랑드몽은 의아함을 느꼈지만 이내 지금은 그런 사소한 것을 생각하기에는 시간이 너무 촉박하다고 판단하고는 서둘러 마차를 호출했다.

"도시 약재상으로 가지."

릴랑드몽은 최고급 마차에 선사하는 안락한 탑승감을 즐기며 추기경의 제자란 놈을 어찌 요리할지 고민하기 시작했다.

어지간한 놈이라면 돈으로 회유하면 될 일이었다. 하지만 어딘지 찜찜했다. 우선 추기경의 제자라는 점이 걸렸다. 일반적으로 코로스 교단에서는 스승과 제자라는 개념이 잘 존재하지 않았다. 사제라는 직업이 세습이 되는 것도 아닌 데다 주교 이상의 고위사제들은 필요하다면 일반 평신도

들에게 얼마든지 지시를 내릴 수 있었기 때문이었다. 그 중 보잘 것 없는 주교조차 몇 명의 일반 신도들을 거느리는데 교단에서 한 손 안에 드는 추기경이 고작 한 명의 제자를 두다니... 어쩌면 그 둘 사이는 생각보다 밀접할지도 몰랐다.

'그거야 만나보면 될 일이고.'

릴랑드몽은 지레짐작하지 말자고 마음을 굳혔다. 상대는 지난 15년 동안 그 어떤 활동도 하지 않았던(그래서 죽었다는 소문이 돌 정도로) 베엘지크 추기경이었다. 우선 그의 능력에 대해 확인을 하는 것이 중요했다. 그가 그렇게 자신의 생각을 정리할 동안 어느새 마차는 히라이의 약초시장에 도착했다. 릴랑드몽은 어렵지 않게 베엘지크 추기경의 제자를 찾을 수 있었다. 추기경의 제자를 제외하고는 약재상에 있는 사람들은 모두 허리가 굽은 노인들이었던 것이다.

"네가 베엘지크 추기경님의 제자냐?"

릴랑드몽은 약재를 고르고 있는 소년에게 다가가 물었다.

"그건 맞습니다만... 누구신지요?"

릴랑드몽은 헛기침을 몇 번 하고서는 마부에게 턱짓을 해 자신을 소개하라는 신호를 보냈다.

"이분으로 말하실 것 같으면 교단의 대주교 릴랑드몽님 이시다, 당장 고개를 숙여라."

마부의 말에 소년은 황급히 허리를 숙였다. 그리고 주변에 있던 다른 노인들도 마찬가지로 그에게 고개를 숙였다. 릴랑드몽 대주교는 문득 조금 무안해지는 것을 느끼고는 서둘러 주변 상황을 정리했다.

"흠, 그럴 것 없네, 자넨 이만 마차로 돌아가 봐." 릴랑드몽은 하인 겸 마부로 데려온 자를 돌려보내고는 길게 얘기할 것 없다는 듯 곧바로 본론 으로 들어갔다.

"조금 전 네 스승이자 추기경이신 베엘지크님께서 나에게 어떤 제안을 하고 가셨는데... 내가 잘 모르는 부분이 많아서 말이다. 혹시 조금 도움 을 줄 수 있겠느냐."

"대주교께서 원하신다면 당연히 도움을 드려야지요... 그런데 이런 곳 에서 할 만한 이야기입니까?"

소년의 말에 릴랑드몽은 약재상 주변을 쓱 훑었다. 마침 조금 떨어진 구석에 조용하고 한적한 카페가 열려 있는 것이 그의 눈에 들어왔다. 릴 랑드몽은 턱짓으로 카페를 가리켰고, 소년 역시 알겠다는 듯 발걸음을 카 페 쪽으로 옮겼다. 잠시 후, 커피 두 잔을 들고 자리에 앉은 소년은 릴랑 드몽에게 무엇을 도와드려야 하냐고 물었다.

"네 스승님의 제안에 대해 조금 더 자세히 듣고 싶어 온 것이다."

"...아! '제안' 말씀이시군요... 어떤 부분이 궁금하신 겁니까?"

소년은 잠시 생각하는 듯하더니 이내 알겠다는 듯 이내 반문을 던졌다. 릴랑드몽은 입이 마르는 것을 느끼며 테이블에 올려져 있는 커피를 한 모금 홀짝인 후 입을 열었다.

"베엘지크님께서는 나를 어떤 '자리'에 앉히시려 하는 것 같은데... 문제는 그 자리가 내게는 너무 높다는 것이지."

"스승님께서 릴랑드몽님을 무척 높이 평가하신 것 같군요. 스승님의 안목은 틀린 적이 없으십니다." 소년의 답은 똑 부러졌다. 릴랑드몽은 베엘지크 추기경의 능력에 대해서는 몰라도 소년이 그에게 가지고 있는 신뢰와 존경은 확실하게 알 것 같았다.

"흐음... 허나 그분께서는 최소 지난 10년 동안 그 어떤 공식석상에도 나오지 않고 계시지 않느냐... 그런 분께서 갑자기 나에게 제안을 하다니... 나로서는 의심이 먼저 드는 것이 당연하지 않겠느냐?"

소년은 이번에는 한참 동안 입을 열지 않았다. 소년이 다시 말을 하기 위해 입을 열었을 때는 이미 릴랑드몽이 커피잔의 바닥을 보았을 때였다.

"딱 하나만 말씀드리지요."

"무슨?"

"16년 전, 스승님께서 마지막으로 교단에 모습을 비추었을 때를 확인해 보시지요. 그럼 확신이 서실 겁니다."

릴랑드몽 대주교는 소년의 말에 그냥 편하게 말해주면 어디가 덧나냐고 호통을 칠 뻔했다. 놈과 베엘지크 추기경이 자신을 시험하는 것처럼 느껴졌던 것이다.

"... 알겠다." 그러나 릴랑드몽의 입에서 나온 말은 그의 속마음과는 전혀 다른 것이었다. 베엘지크 추기경의 제안은 그만큼 달콤하고 거대한 것이었다. 릴랑드몽은 서둘러 옛날부터 교단에 있었던 늙은 사제들을 찾아보기 위해 자리에서 일어났다. 그러자 소년 역시 자신 앞에 있던 커피를 다 비우고는 떠날 준비를 하는 릴랑드몽에게 안녕히 가시라고 인사를 올렸다. 성의 없이 소년의 인사를 받던 릴랑드몽은 문득 자신이 소년의 이름조차 모르고 있었다는 생각이 들었기에 소년에게 질문을 던졌다.

소년은 무언가를 잠시 고민하는 듯싶더니 이내 슬쩍 웃으며 답변했다.

"안타깝게도 미천한 신분이라 이름 따위는 없습니다. 그럼 이만."

7. 가고일과 시체, 그리고 도둑

"대체 어디 있는 거야?"

그동안 침착함을 유지하고 있던 캐서린조차 이제는 넌더리가 난다는 듯 한숨을 내쉬며 투덜거렸다. 그보다 조금 침착함이 부족했던 카이린은 이미 3층 복도 벽에 머리를 부딪치고 있는 중이었다.

"머리 깨질라 살살해라."

하인으로 위장한 다른 도둑이 카이린을 건성으로 말리며 카이린의 앞에 있는 방으로 들어가려 했다.

"할아범, 그곳은 이미 5번이나 뒤져봤다고... 거긴 없단 말이야!"

드디어 폭발한 카이린은 드디어 성질을 이기지 못하고 호주머니에 쑤셔 박았던 손거울을 꺼내어 바닥에 내팽개쳤다.

손거울은 바닥에 부딪친 뒤 몇 번 튕겨나갔지만 원체 튼튼한 물건이었던지 아니면 마법 물품이라 단단한 것인지 거울 부분에 조그마한 실금조차 생기지 않았다.

우웅

'어?'

카이린은 방금 자신이 잘 못 들은 것인가 싶어 주변을 둘러봤다. 그러나 다른 도둑들의 표정을 본 카이린은 방금 들은 진동을 자신만 들은 것이 아니라는 사실을 알 수 있었다.

"방금 나만 들은 거 아니지?"

다른 도둑들 역시 똑똑히 들었다는 표정을 하고 있었다.

카이린은 바닥에 떨어진 손거울을 서둘러 집어 들고 다시 한 번 성 안 곳곳을 비춰봤다. 그러나 손거울에는 그 어떤 반응도 일어나지 않았다.

카이린은 그럴 줄 알았다는 듯 고개를 끄덕이고는 누가 말릴 세도 없이 땅바닥에 손거울을 매다 꽂았다.

웅

이번에는 아까보다 짧긴 하지만 분명히 진동이 울렸다.

"창가 쪽이다!"

한 도둑이 카이린의 뒤편에 있는 창가를 가리키며 달려 나갔다. 카이린 역시 손거울이 튕겨나가며 창가 쪽을 비출 때 진동이 발생했다는 것을 눈치 챘기 때문에 손거울을 들고 창가 쪽을 비추며 따라갔다.

우웅 – 우웅

창가 쪽으로 가까이 갈수록 진동은 아주 조금씩 더 크게 울렸고 마침내 창에 도착하자 카이린의 손이 살짝 떨릴 정도로 꽤 강한 진동을 퍼트렸다.

"그나저나 이 창 근처에 무언가를 숨길만한 장소가 있긴 한 건가?"

한눈에 보기에도 그저 일반적인 창일 뿐 무언가를 숨길만한 장소나 공간 같은 것은 전혀 없어보였다. 카이린은 혹시나 해서 방향을 살짝 비틀어 창 옆 벽면들을 비춰보았다. 그러자 손거울에서 나오는 진동은 현저하게 줄어들었다.

"젠장. 이 창 자체가 무슨 마법 도구라도 되는 건가?"

늙으수래한 도둑이 중얼거리며 무의식적으로 창에 달린 커튼을 활짝 열었다. 그러자 칠흑처럼 보이는 심야의 하늘과 으스스해 보이는 백작 성의 거대한 정원이 모습을 드러냈다.

"설마..."

캐서린과 카이린은 동시에 눈을 마주쳤다.

"정원이군." 그리고 한 발짝 늦게 사실을 깨달은 다른 도둑이 말을 맺었다. 물건은 정원에 숨겨져 있었던 것이다.

"어쩐지 성 안쪽을 쥐 잡듯 뒤져도 아무런 소득이 없었던 이유가 있었군…"

도둑들은 조심스럽게, 하지만 서둘러 성을 빠져나와(다행스럽게도 이곳에 온 첫날 미리 개구멍을 만들어두었다) 정원에 도착했다. 그러나 정원은 정말, 지나치게 넓었다.

"이거… 기한 내로는 찾을 수 있는 거야?"

카이린은 정원의 규모를 깨닫고는 질겁한 목소리로 말했다.

그러나 조금 전 가장 먼저 창 쪽으로 이동했던 도둑이 슬며시 입술을 삐죽이며 웃었다.

"내가 정원 관리사로 일하면서 지켜본 바로는 백작이 가끔 정원에 들릴 때마다 옷이나 망토에 장이 이파리가 묻어서 나오더라고, 내 생각이지만 아마 물건은 장미가 피어있는 곳 근처에 숨겨져 있을 거야."

"좋네, 정원 내에 장미가 피어있는 공간이 어디지?"

카이린의 질문에 정원사로 일했다던 도둑은 곧바로 답변했다.

"북서쪽 끄트머리 부분, 그쪽에 조그마한 장미 군락이 가꿔져 있지. 그다지 큰 공간이 아니니까 한 사람만 가도 충분할 거야."

정원관리사로 위장한 도둑의 말에 카이린은 고개를 끄덕이며 자신이 가겠다고 말했다. 혼자 일하는 것이 편했다. 그녀의 말에 나머지 도둑들은 그럼 떠날 채비를 하고 있겠다며 물건을 손에 넣으면 즉시 성에서 탈출해 약속장소로 오라는 말을 하고는 떠났다.

'연회가 끝나기 전에 찾아서 다행이군.'

카이린은 서둘러 정원 속으로 걸어갔다. 동료에게 받은 지도가 있었기 때문에 장미 군락까지 가는 길은 생각보다 오래 걸리지 않았다. 칠흑처럼 어두운 밤이었지만 워낙 밤일에 단련된 눈을 가지고 있는 카이린으로써는 오히려 편할 따름이었다.

'여긴가? 들었던 것처럼 그다지 크지는 않군.'

카이린은 백작성 정원의 규모를 생각해봤을 때 정말 볼 것이 없는 크기의 장미군락에 도착했다. 그래도 정원사들이 나름 신경 써서 다듬은 것인지 군락은 꽤나 맵시 있게 형성되어 있었다.

카이린은 들고 있던 손거울을 천천히 움직여 군락 곳곳을 비추었다.

우웅 - 우웅-

여태껏 느꼈던 진동 중 가장 커다란 진동이 느껴지자 카이린은 느낌이 오는 곳으로 천천히 다가갔다.

'어?'

그러나 카이린은 군락 안으로 들어갈 수 없었다. 보이지 않는 어떤 막 같은 것이 그녀를 밀어내는 듯한 느낌을 받아 들어갈 수 없었던 것이다.

'흠... 물건을 훔치는 걸 막는 장치인가?'

카이린은 골치 아프다고 생각하며 손바닥으로 가상의 막을 밀어보려 했다. 손에서는 팽팽한 천을 미는 듯 한 느낌이 전해졌다.

'좋아, 이판사판이지.' 잠시 머리를 두드리며 고민하던 카이린은 이내 결정을 내렸다.

카이린은 가져온 단검을 꺼내 장미 군락 한가운데에 휘둘렀다.

부우욱

다행히도 장치는 단순히 야생동물이나 외부인이 실수로 들어오는 것을 막는 장치였던 듯 손쉽게 사라졌다. 그리고 막이 없어지자마자 카이린은 군락 밑에 조그마한 문이 나타난 것을 확인할 수 있었다. 그녀는 망설임 없이 문을 열었고, 그 안에는 지하로 내려가는 계단이 있었다.

짧게 심호흡을 한 카이린은 지하로 뻗어있는 계단을 내려갔다. 다행스럽게도, 계단은 그리 길지 않았다. 그러나 계단이 끝나는 지점부터는 끝을 알 수 없을 정도로 긴 땅굴이 이어져 있었다.

'대체 얼마나 진귀한 물건이기에 이정도로 관리하는 거야?'

카이린은 중간 중간 발광석까지 박혀있는 굴을 보며 혀를 내둘렀다. 다만 카이린이 의아한 점은 물건을 감추고 보관하는 시도에 비해 함정이나 경비원이 없다는 것이었다.

'설마... 이곳이 아닌 걸까?'

생각보다 너무 허술한 보안 상태에 카이린은 잠시 고민에 빠졌다. 그러나 카이린은 오래 고민하는 것에 익숙하지 않았다. 그녀는 이내 될 대로 되라는 식으로 굴 안쪽으로 내달렸다. 어차피 이곳이 아니라면 훔칠 운이 아니었다고 생각하며.

카이린은 한참을 달려 드디어 굴에서 빠져나올 수 있었다. 굴의 끝 부분은 커다란 공터로 이어져 있었다. 공터는 동굴 안이라는 것이 믿어지지 않을 정도로 거대했다. 카이린은 어쩌면 백작성에서 연회가 열리던 파티룸과 비슷한 크기일지도 모른다고 생각했다.

그리고 그 공터 한가운데에는 그녀가 찾고 있던 푸른 상자가 책상 위에 올려져 있었다. 푸른 상자는 한눈에 봐도 그녀가 찾고 있던 것임을 알 수 있을 정도로 호화롭게 꾸며져 있었다. 카이린은 혹시 감시자가 있을까 싶어 공터에 들어가기 전 이곳저곳을 관찰했으나 천장에 매달린 가고일 석상(꽤나 우습게 생긴)을 제외하고는 그 어떤 인기척도 느껴지지 않았다.

카이린은 감시인들이 자러 갔을 것이라 생각했다. 자신이 동굴에 들어오기 전 바깥 시간은 늦은 밤이었기 때문이다. 그녀는 감시인들이 다시 오기 전 서둘러 물건을 빼내오기 위해 공터 한가운데로 전력을 다해 뛰어갔다.

'네가 금화 20닢 짜리구나!'

마침내 푸른 상자를 손에 넣은 카이린은 환호성을 지르고 싶은 것을 간신히 억누르며 다시 왔던 길을 돌아가려 몸을 돌렸다.

투둑

'응? 웬 돌멩이가?' 카이린은 자신의 발 앞으로 떨어진 돌 부스러기들을 의아하게 쳐다봤다.

토독

아까보다 조금 더 굵은 돌덩이들이 카이린의 머리 위로 떨어져 내렸다.

카이린은 머리를 털어 내리며 대체 무슨 일인지 확인하기 위해 고개를 천장으로 치켜들었다. 그리고 그 순간 카이린은 두 개의 적갈색 눈과 마주쳤다.

크아아아악!

카이린의 고함소리와 정체불명의 괴물이 내지르는 소리가 동굴 안 공터를 꽉 메꾸었다. 카이린은 귀청이 떨어질 것 같은 고통을 느끼며 서둘러 출입구로 뛰어갔다. 아니 뛰어가려 했다. 그러나 천장에 매달려 있는 괴물은 그 정도는 예상하고 있었다는 듯 그녀가 뛰어나가는 방향 앞쪽으로 뛰어내린 후 2m가 넘는 날개를 펼쳐 카이린을 나뒹굴게 만들었다.

"가... 가고일."

카이린은 그제야 어째서 공터에 생뚱맞아 보이는 조각상만이 있었는지 알 수 있었다. '가고일', 오래전 성직자들이나 마법사들이 돌이나 금속으로 만들어낸 생명체. 가고일 들은 제작자들조차 함부로 통제할 수 없을 정도로 흉포하다고 알려져 있으며 평소에는 조각상으로 변해있다 상대가 자신의 주변에 나타날 때만 작동하는 괴물로 알려져 있었다.

'제... 젠장, 그런 것 다 옛날이야기에서만 나오는 거 아니었냐고!'

카이린은 정신을 잃어버릴 것 같은 충격을 느끼면서도 대체 어떻게 하면 저 2m가 훌쩍 넘는 괴물로부터 살아날 수 있을지 궁리하기 시작했다.

그리고 그녀는 주사위를 던져보기로 결정했다.

카이린은 어렸을 적 교단의 고아원에서 수녀들이 들려준 옛날이야기들을 떠올렸다. 그리고 그중에는 기지를 발휘해 가고일을 물리친 맥의 이야기도 있었다.

카이린은 주변에 굴러다니는 주먹만 한 돌덩이를 잡고는 신중하게 가고일을 향해 겨눴다. 가고일은 카이린이 든 돌멩이 따위는 신경도 쓰이지 않는다는 듯이 거대한 입을 벌린 상태로 천천히 그녀에게 다가갔다.

카이린은 마지막으로 심호흡을 한 뒤 있는 힘껏 돌덩이를 던졌다. 그녀가 던진 돌멩이는 그대로 가고일의 입 속으로 빨려 들어갔다.

크륵?

가고일은 다가오는 것을 멈추고는 얼떨떨한(돌덩이 괴물에게 표정이 있다면) 표정을 지었다.

'서... 성공인가?'

크르르... 크륵!

가고일은 몹시 괴로워하며 자신의 양 손으로 목을 부여잡으며 쿨럭 거렸다.

카이린은 자신의 계획이 들어맞는 듯 보이자 그제야 숨을 쉴 수 있었다. 옛 이야기가 정말 통한 것이었다. 이야기에 따르면 대부분의 가고일들은 몸 속까지 제대로 만든 것이 아닌, 겉면만 대충 만든 것이기 때문에 가고일에게 자신의 텅 빈 속을 인식시켜준다면 혼란에 빠진다는 것이었다.

'좋아... 그럼 이틈에...'

카이린은 가고일이 혼란한 상태에서 벗어나기 전 조용히 빠져나가려 천천히 몸을 일으켰다. 다행스럽게도 가고일은 아직까지 괴로워하며 발버둥을 칠 뿐 카이린에 대해서는 완전히 망각한 상태로 보였다.

카이린은 가고일이 자신에게 관심을 가지지 않는다는 것을 확인하고서는 조심스럽게 몸을 일으켜 출구 쪽으로 천천히 걸음을 옮겼다.

크와악!

'... 무슨!'

카이린은 순식간에 자신의 몸이 붕 뜨며 날라가는 것을 느꼈다. 가고일이 다시 자신에게 관심을 가지게 된 것일까? 카이린으로서는 다행스럽게도 그런 것은 아니었다. 가고일은 여전히 자신의 빈 몸통 송에 대해 혼란에 빠져있는 상태였다. 그러나 카이린이 간과한 것은 가고일은 평상시 때보다 혼란에 빠졌을 때가 훨씬 더 과격하고 위험한 상태라는 것이었다. 가고일은 혼란에 빠진 상태에서 카이린이 움직이자 적이 자신에게 접근하는 것으로 착각하고선 최대한 스스로를 방어하기 위해 거대한 날개를 이리저리 휘두르며 발버둥을 쳤다. 물론 가고일의 입장에서는 그저 방어를 하기 위한 발악이었을 뿐이지만 가고일과 단 10m 정도밖에 떨어지지 않은 상태였던 카이린은 그만 엄청난 충격을 받고 날아간 것이었다.

물론 카이린은 갑자기 균형을 잃은 사람답게 이 모든 사실을 파악하지는 못했다. 그리고 그녀가 카이린 자신이 지금 붕 떠있는 상태라는 것을 인지하려는 순간 그녀는 동굴 공터 벽면에 쳐 박히며 엄청난 충격을 받게 되었다.

'큭!'

카이린은 의식의 끈을 놓기 전 저 멀리 보이는 입구에서 누군가가 들어오는 것 같다는 느낌을 받았다. 카이린은 살려 달라 빌기 위해 어떻게든 입을 열어 목소리를 내려 했지만 그녀의 입에서 나오는 것은 아주 미약한 신음소리 뿐이었다.

*

'젠장, 이거 골치 아파졌는데.'

사내는 귀찮은 것은 딱 질색인 성격이었다. 그래서 사내는 27년 전 은둔을 택했다. 그리고 그는 그 대가로 누군가와 계약을 맺었다. 계약은 간단했다. 죽어가는 사내를 살려주는 대신, 그 대가로 그의 심부름을 해주는 것이었다. 사내는 계약을 받아들였고, 상대가 원하는 일을 해치워 주었다. 사내의 일은 은밀하고 조용했으며 변수가 없는, 적성에 맞는 일들이었다.

그러나 지금, 사내의 눈앞에서 일어나고 있는 일은 완전히 변수 그 자체인 일이었다.

날뛰고 있는 가고일, 세상에 이것보다 더 큰 변수 덩어리는 없을 것이었다. 물론 최악의 경우에야 대충 남의 성이 무너지는 선에서 마무리될 터이지만... 어찌 됐든 예정된 일정이 틀어지게 될 수도 있었기 때문에 사내는 서둘러 변수를 제거하기 위해 공터 안으로 들어섰다.

'이봐, 좀 진정하라고! 침입자는 이미 쓰러졌단 말이다!'

사내는 어떻게든 날뛰는 가고일을 진정시키기 위해 말을 걸었다. 그러나 흥분한 가고일에게 사내는 그저 위협을 가하는 대상일 뿐이었다. 게다가 사내의 등에는 꽤나 거대한 대검이 매어져 있었다. 가고일은 시야에 사내와 대검이 들어오자마자 순식간에 적으로 간주하고는 그대로 사내를 향해 돌진했다.

2m가 훌쩍 넘는 돌덩이가 달려온다는 것은 상당히 독특한 장면이었다. 또한 그 돌덩이가 흔히 볼 수 있는 원형의 형태가 아닌, 와이번을 그대로 빼다 박은 돌덩이라면 거의 대부분의 사람들은 모두 냅다 도망칠 것이었다.

그러나 세상에는 진리로 여겨지거나 당연시 되는 것을 거부하고 반대로 행동하는 사람들이 언제나 있었다. 와이번에게는 안타깝게도, 사내 역시 그런 류의 종자였다. 아니, 정확히 말하자면 사내로써는 그저 도망칠 필요를 느끼지 못했다는 것에 가깝겠지만.

쾅!

사내와 가고일의 충돌은 엄청난 충격파를 만들어냈다. 사실 어지간한 사람이라면 그대로 날아가는 것이 맞는 일이었겠지만 갑주로 무장하고 단단히 버티고 있던 사내는 고작 몇 걸음 뒤로 물러서는 것만으로 균형을 잃지 않고 버텨낼 수 있었다.

"돌덩이 주제에 제법이구나... 그럼 이번엔 내 차롄가?"

사내는 말이 끝나자마자 앞으로 달려가며 그대로 주먹을 가고일의 얼굴을 향해 뻗었다.

쩡!

조금 전과 별 다르지 않는 규모의 소음이 공터에 울려 퍼졌다.

대체 어떻게 인간의 손아귀에서 그 정도의 힘이 나온 것인지는 모르겠지만 사내의 주먹은 가고일의 몸통을 무려 10여도 가까이나 돌리는 것에 성공했다. 그러나 사내는 그것으로 만족하지 못한 듯 짧게 기합을 다지더니 이번에는 두 손을 모아 깍지를 낀 채 방금 전과 반대로 휘둘렀다.

크라라라라!

한 번의 공격 이후 연달아 두 번의 공격을 허용한 가고일은 손해를 봤다고 생각한 것인지 흉포한 고함을 내질렀다. 허나 만약 이 싸움에서 관전자가 있었다면 관전자는 그 고함이 그저 발악이라는 것을 눈치 채고도 남았을 정도로 가고일의 기세는 꺾여있었다.

"안 들어오나? 그럼 내가 가지."

사내는 조금 전까지 귀찮아하던 모습은 어디로 간 것인지 이번에는 등에 매고 있던 대검을 빼들었다.

"어라? 날이... 많이 무뎌졌군. 이거 좀 창피한걸?"

사내의 말처럼 대검의 날은 무뎌진 것을 넘어 뭉툭한 수준이었다. 그렇지만 사내는 상관없다는 듯 검을 두 손으로 잡고 크게 기합을 내질렀다.

흡!

그러자 놀라운 일이 발생했다. 사내의 손에서부터 독특한 색채의 빛이 조금씩 흘러나오는 것이었다. 빛은 이내 대검을 타고 올라가 대검의 날 부분을 감싸기 시작했다. 잠시 후 빛이 대검의 날을 완전히 뒤덮자 사내는 만족스러운 웃음을 흘렸다.

"네놈이 이걸 받아내면 인정해주지."

사내는 아무렇지 않게 대검을 크게 휘둘렀다. 가고일 역시 한낱 인간 따위에게 지지 않겠다는 듯 상체를 살짝 숙이며 그대로 사내의 검을 피한 후 역으로 맞받아쳤다.

크흡!

방심하던 사내는 불의의 일격을 맞고서는 짧은 신음을 흘리며 몇 걸음 뒤로 물러섰다. 사내는 비록 갑옷을 입은 상태였었기 때문에 다행히 죽지는 않았지만 그가 입었던 갑옷의 전면부는 이미 너덜너덜한 상태였다.

사내는 거추장한 짐만 되어 버린 갑옷의 상반신 부분을 내동댕이쳤다. 이미 절반쯤 부서진 상태였기 때문에 갑옷은 단숨에 벗겨졌다.

꾸륵?

사내의 상반신을 본 가고일은 이상하다는 듯 잠시 머뭇거렸다. 그도 그럴 것이 사내의 상반신은 온몸이 썩어 들어간 상태였던 것이었다.

사내는 그런 가고일의 시선을 인지한 것인지 피식 웃고는 검을 한 바퀴 돌리며 가고일에게 자신 있다면 들어오라는 신호를 보냈다.

쿠웨엑!

가고일은 더 볼 것도 없이 그대로 돌진했다. 행동하는 것을 보니 썩거나 죽은 인간은 아닌 것 같았고, 그렇다면 먹어도 별 탈은 없을 것이라는 계산이 모두 이루어진 것이었다.

잠시 후 엄청난 굉음과 함께 공터의 종유석들이 모두 쏟아져 내렸다.

'헉... 헉... 헉'

카이린은 정신없이 발을 움직였다.

'대체 저 괴물은 뭐지?'

카이린은 조금 전 공터에 울려 퍼진 충격 덕분에 간신히 정신을 차린 이후 웬 사내가 가고일과 일대일로 맞서 싸우는, 아니 거의 압도하는 모습을 볼 수 있었다. 사내는 어지간한 사람들이라면 꿈에서도 만나기 싫어할 만한 몬스터를 어린아이 가지고 놀 듯 여유롭게 상대하며 즐기고 있는 것처럼 보였다.

다행스럽게도 가고일과 사내 모두 둘 간의 싸움에 집중한 상태인 듯, 벽 구석에 쓰러져 있는 카이린에게는 아무도 신경을 쓰지 않았다.

카이린은 천만다행이라고 생각하며 부서질 듯한 몸을 억지로 이끌어 조심스럽게 공터 밖으로 빠져나왔다. 그녀가 공터를 빠져나와 계단 쪽으로 가는 동굴을 뛰어가는 사이에도 둘의 싸움은 계속 되고 있는 듯 동굴 전체가 조금씩 떨렸다.

카이린은 가고일도 가고일이지만 사내에게도 똑같은 공포를 느꼈다. 어찌 보면 가고일은 그저 거대한 몬스터였고 그 정도의 파괴력을 지녔을 것이라 예상이 가능했지만 사내가 보여준 힘은 그 이상이었다.

카이린은 그 사내야말로 괴물임에 틀림없다고 생각했다. 그녀는 씨근거리는 숨을 고르기 위해 잠깐 이동하는 속도를 줄였다. 사실 지금도 뛴다기 보다는 거의 걸어가는 수준의 속도였지만 몸의 상태가 말이 아니라 어쩔 수 없는 선택이었다.

'젠장... 온 몸이 썩은 상태로 어떻게 싸우는 거지?'

카이린은 공터를 나서기 직전, 사내의 상반신이 온통 썩어있는 상태라는 것을 보게 되었다. 하마터면 소리를 지를 뻔 했지만 간신히 입을 틀어막을 수 있었고, 다행스럽게도 들키지 않고 탈출할 수 있었다. 그리고 카이린이 통로를 절반쯤 지났을 때, 동굴의 진동이 멈추었다.

'설마... 쓰러트린 건가?'

카이린은 아무리 그래도 고작 사람 한 명이 어떻게 3m가 넘는 가고일과 싸워 이기겠냐고 생각하면서도 자신도 모르게 이동하는 속도를 높였다. 카이린의 육감은 그 사내로부터 도망치는 것을 원했던 것이다.

몇 분 후 간신히 계단을 타고 정원으로 올라온 카이린은 서둘러 집합장소로 이동했다. 하늘을 보니 벌써 동이 트고 있었고 다른 길드원들이 한참을 기다리고 있을 것이다.

그러나 200년 전 사람이었던 로랑디아 제국의 현자 자르모프 아구렐리오가 말했듯 '사람은 언제나 서두르다 보면 실수를 저지르기 마련'이었다.

'.... 이미 빠져나간 건가.'

사내는 씁쓸한 표정을 지으며 장미군락에 걸터앉았다. 침입자가 죽지 않고 빠져나가려는 것을 눈치 채지 못한 것은 아니었지만 침입자가 공터를 빠져나가는 찰나의 순간에 가고일이 달려들었기 때문에 침입자를 저지할 틈을 놓쳤다.

'뭐 그래도 이거면 놈을 추적하는 것은 어렵지 않겠군.'

사내는 왼손에 들고 있던 조그마한 단검을 들어 올려 눈 쪽으로 가까이 가져갔다. 단검에는 조그마한 까마귀의 얼굴이 새겨져 있었다.

사내는 어쩌면 이번에야말로 자신을 다시 깨울 만한 자극을 받을 수 있지 않을까 생각했다. 27년 전 그자와 계약을 맺은 후로는 한 번도 느껴본 적이 없었다.

사내는 씩 웃으며 자리에서 벌떡 일어났다.

'사냥의 시간이군.'

*

8. 에필로그 - 얽힌 별자리

길드에 무사히 도착한 카이린은 난생 받아보지 못한 칭찬을 지부장 막스에게 받았고 카이린은 무척이나 기분이 좋아졌다. 물론 그녀의 기분이 좋아진 이유는 막스의 쓸데없는 칭찬이 아닌, 그가 몰래 건네준 묵직한 주머니 덕분이었다.

'크흐흐... 이 돈이면 정말 10년 이상은 먹고 살겠는걸?'

도둑들이 임무를 완수하고 돌아온 것을 축하하는 기념식에서 몰래 빠져나와 주머니 안을 확인한 카이린은 기쁨이 넘치는 웃음을 터트릴 수 있었다. 이 돈이라면 동생의 병을 고칠 비싼 약을 살 수도, 동생과 살 수 있는 조그마한 집을 살 수도 있었다.

"이봐, 카이린! 술 안마시고 거기서 뭐해!" 캐서린의 고함에 카이린은 금방 가겠다고 회답하고는 조심스럽게 주머니를 옷 깊은 곳에 넣었다. 이만하면 주머니가 빠질 염려는 없다고 생각한 카이린은 서둘러 술과 음식들을 먹기 위해 테이블로 뛰어갔다. 백작 성에서 열리던 연회 못지않은 만찬이었다.

"그나저나 혹시 영감 못 봤어?"

고기를 야무지게 뜯어 먹으면서도 눈을 굴려 할먼 영감을 찾던 카이린은 옆에서 술잔을 비우고 있던 다른 도둑에게 할먼 영감의 행방을 물었다. 이런 자리라면 빠지는 사람이 아니었던 것이다.

"... 그러게? 이때쯤이면 모닥불 피워놓고 애들 모아서 옛날이야기나 하고 있을 텐데... 이봐, 할코즈! 할먼 영감 못 봤어?"

질문을 받은 할코즈라는 도둑은 조금 전 할먼 영감이 길드 건물 옥상으로 올라갔다고 카이린에게 말해주었다.

"여, 여기서 뭐해요? 술 안마시고, 고기 안 먹고? 혼자 맛있는 거라도 꿍쳐놓셨나?"

카이린은 옥상에서 밤하늘을 바라보고 있는 할먼 영감 옆에 털썩 주저 앉으며 물었다.

"... 잠깐 밤하늘을 좀 보고 있었다."

"하늘...?"

카이린은 왜 그런 쓸데없는 짓을 하냐는 표정을 지어주고는 들고 온 술병을 할먼 영감에게 던졌다.

"크... 시원하구먼... 막스가 이것까지 풀었나?"

"아니, 그건 그냥 내가 막스 창고에서 빼 온거, 밑에 놈들은 싸구려 맥주를 마시고 있지."

카이린은 자신의 범죄 행각을 할먼 영감에게 알려주며 공범으로 만들었다.

"아, 영감 나 궁금한 게 있는데." 한참동안 잡소리를 하며 시간을 보내던 카이린은 별 것 아니라는 듯 슬쩍 질문을 던졌다.

"혹시 옛날이야기 잘 알아?"

"... 옛 이야기 말이냐? 웬일이냐? 평소에는 관심도 없더니."

할먼 영감은 의외라는 듯 카이린을 쳐다봤다. 카이린은 백작 성에서 옛날이야기에 나왔던 아주 희귀한 유물을 봤다는 식으로 둘러대며 혹시 가고일에 대해서 아는 것이 있냐고 물었다.

"가고일? 백작 성에 그런 것도 있었냐? 그거 오래된 거라면 꽤 비쌀 텐데... 그림의 떡이긴 하다만."

"혹시 옛 이야기 중에 가고일이랑 싸워서 이긴 사람도 있어?"

카이린의 질문에 할먼 영감은 잠시 의아한 표정을 지었지만 이내 기억을 더듬기 시작했다.

"글쎄... 내가 알기로 가고일은 원체 다양해서 말이다... 거의 집채만 한 것도 있지만... 사람 크기의 절반만한 것들도 있거든? 그런 놈들은 기사들이 죽이기도 했다지?"

"그럼 집채만 한 놈은? 그런 놈도 잡은 기록이 있어?"

"... 이상한 걸 묻는구나... 혹시 백작 성에서 그런 일이라도 목격한 거냐?"

질문을 던지는 할먼 영감의 눈은 카이린이 봐왔던 그 어떤 영감의 눈보다 진지하고 강렬했다. 카이린은 간신히 더듬거리며 백작 성의 벽화에서 그런 것을 봤다고 말했다.

"벽화라... 글쎄다. 어쩌면 내가 모르는 이야기들 중 그런 이야기가 있을 수도 있지. 나도 내가 아는 이야기들은 다 할아버지에게 들었던 내용들이라... 어쩌면 다른 지방의 이야기일 수도 있고."

"가능은 한 건가?"

할먼 영감은 피식 웃으며 중얼거렸다.

"자칭 떠돌이 연금술사였던 내 할아버지 말에 따르면 말이다... 연금술사들은 때로 피닉스의 가호를 받거나 바오닉스의 폐를 섭취해 트롤 같은 힘을 사용할 수도 있었다고 하더구나. 아! 페가수스의 심장도."

"내일부터 페가수스나 찾으러 돌아다녀야겠어."

카이린은 영감의 말에 웃으며 적당히 농담을 던지고는 일어나 아래로 내려가는 계단으로 발걸음을 옮겼다.

"카이린."

할먼 영감의 말에 막 계단에 발을 내딛던 카이린은 무슨 일이냐는 듯 고개를 돌려 영감을 바라봤다.

"혹시나 해서 하는 말이지만... 조심하거라, 별들의 움직임이 심상치 않아."

"걱정해줘서 고마운데... 그래도 영감보단 더 오래 살 테니까 너무 질투하진 말라고." 카이린은 별 시답잖은 이야기를 한다는 듯 새삼스레 넘기며 계단을 내려갔다. 홀로 남은 할먼 영감은 무엇이 그리 불안한지 그 후로도 한참동안 옥상에서 내려오지 않으며 칠흑같은 밤하늘을 관찰했다.

"별들이 이리 엉키다니... 카이린... 정말 조심해야 한다..."

악

귀

퇴

치

악귀 퇴치

김노은

0.

붉은 달이 뜬 밤. 까마귀들의 울음소리가 울려 퍼졌다. 까마귀들은 울음소리를 내며 급히 이동하고 있었다. 한밤중에 이루어진 까마귀들의 이동에 사람들은 공포에 떨었다. 단 한 사람을 빼고, 말이다. 유일하게 공포에 떨지 않은 자는 어머니는 살아있는 인간이고 아버지는 귀신인 반인반귀인 비형이었다. 비형은 깊은 산속에서 누군가로부터 도망을 치고 있었다.

"비형, 왜 도망을 가는 것이오?"

도망을 치고 있는 비형을 쫓는 자는 한때 친우였던 길달이었다. 친우였던 길달은 악귀가 되어 비형을 죽이기 위해 그를 쫓고 있었다.

"비겁하게 도망을 가지 말고 내 손안에서 최후를 맞이하시게."

비형을 죽이기 위해 단단히 미쳐버린 길달은 눈앞에 있는 나무들을 모조리 없애버렸다.

"비형, 어디 있는 건가? 혹시 무서워서 숨어 있는 건가?"

길달은 비형을 부르며 도망친 그를 찾기 위해 산 정상까지 올라갔다. 산 정상까지 올라간 길달은 다시 비형을 불렀다.

"비형, 이제 그만하고 나오게. 지금 나오지 않으면 자네를 곱게 죽이지 못할 것 같네. 그러니, 어서 나오시게. 어서... 나오시게... 어서 나와, 어서 나오라고! 네 놈에 사지를 찢어버리기 전에 나오라고!"

부드럽게 비형을 부르던 길달은 인내심에 한계를 느끼고 앙칼지게 비형을 불렀다. 앙칼지고 분노에 찬 길달의 목소리는 땅이 흔들릴 정도로 위협적이었다.

"길달, 자네가 내게 할 수 있는 화풀이는 여기까지라네."

길달의 분노를 지켜보던 비형은 차분하게 말하고는 길달을 뒤에서 안았다. 길달을 꽉 안은 비형은 길달의 복부에 단검을 찔렀다. 비형이 단검으로 자신을 찌르자 길달은 비형을 비웃었다.

"내가 이딴 것에 당할 것... 커헉..."

비형의 공격에 비웃던 길달은 갑자기 각혈을 했다. 각혈한 길달은 당황하다가 분노하며 말했다.

"지금, 나한테 무슨 짓을 하는 거지?"

"무슨 짓이긴 당연히 죗값을 치르는 거지. 나를 제물로 삼아서 말이야."

"제물이라니... 그게 무슨..."

"길달, 나와 함께 땅으로 돌아가세."

비형은 말을 끝낸 후, 귀신의 언어로 주문을 외쳤다. 귀신의 언어로 말한 주문은 일반 사람들이 듣기에는 해석할 수 없는 언어였다. 비형이 주문을 외치자 비형의 손과 팔이 나뭇가지가 되고 비형의 발이 뿌리가 되어 땅에 박히었다. 비형의 육체가 나무가 되자 길달은 빠져나오기 위해 발버둥을 쳤다. 하지만, 발버둥을 칠수록 길달의 의식이 흐려져 갔다. 길달은 의식을 잃기 전 비형에게 말을 남겼다.

"언젠가 내가 다시 깨어나면 너는 물론이고 인간들을 없애버리겠다."

길달은 마지막 발악을 하고 의식을 잃었다. 길달이 의식을 잃은 후, 비형의 육체는 서서히 나무가 되어갔다. 나무가 되어가던 비형은 의식을 잃기 전, 인기척을 느꼈다. 비형은 인기척이 느껴지자 입술을 세게 깨물었다. 입술을 세게 깨무니 비형은 의식이 더디게 흐려지는 기분을 느꼈다. 그렇게 비형이 버티고 있을 때, 그리운 목소리가 들려왔다.

"비형! 길달!"

그리운 목소리가 들려오자 비형은 큰소리로 외쳤다.

"가까이 오지 말게."

비형은 그리운 목소리의 주인공을 가까이 오지 못하게 하였다. 하지만, 그리운 목소리의 주인공은 비형의 말을 무시하고 비형 앞에 나타났다. 그리운 목소리의 주인공은 놀란 표정을 지었다.

"이런 모습은 보여주고 싶지 않았는데."

비형은 그리운 목소리의 주인공에게 부드러운 미소를 지으며 마지막 말을 남겼다.

"미안하네. 매화."

비형은 그 말을 끝으로 의식을 잃었다. 의식을 잃은 비형의 육체는 길달과 함께 커다란 나무가 되었다. 커다란 나무는 빛을 내더니 길달에 의해 베어진 나무들을 원상복구 시켰다. 산에 있는 자연을 치유한 커다란 나무는 본인의 일을 끝내고 더는 빛을 내지 않았다. 커다란 나무가 할 일을 끝낸 후, 매화는 나무 앞에서 주저앉고는 짐승의 울음소리와 같은 절규를 했다.

"안 돼!"

혼자 남겨진 슬픔에 매화는 해가 뜨기 전까지 목 놓아 울었다. 그렇게 혼자 남겨진 매화는 천 년 이상 지난 후에도 그 자리를 지켰다. 외롭게 그 곳을 지키던 매화는 그 자리를 지키다가 지독한 외로움에 지쳐 깊은 잠에 빠졌다. 매화는 깊은 잠에든 사이 백 오십 년이란 세월이 흘렀다. 백 오십 년이란 세월이 흐른 현재는 왕도 신분도 없는 세상이 되었고 나무들이 울 창하게 있던 산은 사람에 의해 민둥산이 되었다. 울창한 나무가 있던 산이 민둥산이 된 이유는 사람들이 살기 위한 아파트라는 주거지를 만들기 위 해서였다. 사람들은 민둥산에 마지막 남은 나무 한 그루를 파헤치기 위해 삽을 들었다. 원래라면 나무를 베겠지만 그 나무는 아주 오래된 나무였기 에 사람들은 그 나무를 다른 곳에 옮기기 위해 삽으로 땅을 파헤쳤다. 사 람들은 삽이 뿌리에 닿을 정도로 파헤쳤고 마침내 사람들의 눈에 나무뿌 리가 보일 때쯤, 맑은 하늘에서 벼락 하나가 나무에 떨어졌다. 벼락을 맞 은 나무는 빛을 내고는 사라져버렸다. 마치 처음부터 없던 것처럼 말이다.

다행히 인명피해는 없었지만, 그날의 일이 뉴스에 나오고 말았다. 뉴스 에서는 그날의 일을 기이한 현상이라고 속보를 보냈으며 그 속보를 본 최 태선은 저녁 시간에 친구들에게 알려주었다. 괴담을 주제로 인터넷 방송 을 하는 최태선은 몹시 흥분한 상태로 말했다.

"내가 카메라를 들고 가서 그 현장을 찍어볼까?"

생기 있는 눈으로 반짝이며 최태선은 친구들의 반응을 기다렸다. 하지 만 최태선의 기대와는 달리 친구들의 반응은 부정적이었다.

"별로, 찍어도 재미없을 것 같아."

최태선의 친구인 서도훈은 냉정하게 말했다.

"그 뉴스에 나온 곳, 공사 재개한다던데, 찍으러 가도 허탕만 칠걸?"

"도훈이 말이 맞아. 그곳에 가도 인터뷰 같은 건 못할 거야."

서도훈 옆에 앉아있던 김운이 서도훈의 말을 지지한 후, 선한 웃음을 지으며 말했다.

"근데, 태선이 너 6월 모의고사 수학 등급이 6등급이지 않았어?"

"어, 그랬지?"

김운의 선한 웃음을 본 최태선은 시선을 식판에 옮겼다. 시선을 식판으로 옮긴 최태선은 식은땀을 흘렸다.

"저번에 본 9월 모의고사도 못 봤던데... 아무리 모의고사여도 그렇지... 나랑 도훈이가 옆에서 수학을 가르쳐줬는데, 수학 등급을 이런 식으로 받으면 안 되지."

"물론 그렇게 받으면 안 되지... 하하... 다 먹었으니깐, 치워야겠다."

방학 때, 서도훈과 김운에게서 수학을 배웠던 최태선은 김운이 잔소리를 더 하기 전에 식판을 치운다는 명목으로 자리를 피했다. 최태선이 자리를 피하자 김운은 최태선의 속내를 눈치를 채고는 피식 웃었다.

"장난인데 좀 심했나?"

김운은 입꼬리를 올리고 눈웃음을 치며 서도훈을 보았다. 그런데, 서도훈은 김운의 웃음을 보고는 경직이 되고 말았다. 김운은 경직된 서도훈의 모습을 보고는 의아한 표정을 지었다.

"왜 그래?"

"아니야, 아무것도 아니야."

"뭐야? 궁금하게?"

김운은 새침하게 말한 후, 서도훈을 보았다. 그러자 서도훈은 한숨을 쉬고는 입을 열었다.

"너 말이야, 가끔 선하게 웃을 때, 무서운 거 알아?"

"내 웃음이?"

"어, 가끔 무표정일 때보다 더 무서워."

"정말? 그럼 나, 무표정으로 다닐까?"

"아니, 그냥. 네 편한 데로 다녀."

김운과 대화를 하던 서도훈은 질색을 하며 손사래를 쳤다. 서도훈이 손사래를 치자 김운은 아까 전처럼 입꼬리를 올리고 눈웃음을 쳤다. 서도훈은 그런 김운의 웃음에 소름을 느꼈다. 아무리 착한 친구지만 가끔 농담이지만 서늘한 진담을 내뱉은 김운을 서도훈은 무섭게 느껴질 때가 있었다.

"너는 살면서 사람한테는 사기는 안 당할 것 같아."

"응?"

김운은 뜬금없는 서도훈의 말에 의아해하지만, 그는 특유에 눈웃음을 치며 말했다.

"태선이도 그렇지만 너도 가끔 엉뚱한 말을 하는 것 같아."

"아, 최태선 같다는 말. 하지 마. 기분 나빠."

서도훈은 정색을 하며 말했다. 그러자 식판을 치웠다가 온 최태선이 나타나서는 징징대기 시작했다.

"나랑 같다는 게 기분 나빠? 같다는 게 뭐가 어때서."

"에이, 이렇게 징징대는 녀석이 여자 친구가 있다니, 믿기지 않다. 네 여자 친구인 민진아는 보살이야. 만약에 걔가 너랑 결혼한다고 그러면 나는 민진아를 존경하며 살 거야."

"뭐라고? 다시 한번 말해봐!"

"민진아가 너랑 결혼하면 내가 보살님이라 부르면서 평생 걔 존경하며 살 거야."

"야, 내가 뭐 어때서!"

"너보다는 민진아가 더 아깝다!"

서도훈은 최태선의 머리를 숟가락으로 때린 후, 식판을 들고 도망을 갔
다. 서도훈이 도망을 가자 최태선은 씩씩거리며 서도훈을 쫓아갔다. 고등
학교 3학년인데도 초등학생 같은 서도훈과 최태선을 본 김운은 피식 웃
었다. 아까와는 다른 자연스러운 미소로 말이다.

그 자연스러운 미소를 창문을 통해 본 서도훈은 깨달았다. 방금 본 김
운의 웃음이 진실한 웃음이란 것을 말이다. 김운이 억지로 웃으며 지낸다
는 것을 직감적으로 알게 된 서도훈은 김운이 웃는 가면을 벗을 때까지
기다리기로 했다.

하지만, 서도훈의 바람과는 달리 김운은 웃는 가면을 벗지 않았다. 오
히려 과하게 반응을 하거나 예민하고 불안해하는 모습을 보였다. 그런 김
운의 모습에 서도훈은 걱정이 되기 시작했다. 그래서 점심시간 때, 탈의
실에서 김운과 이야기를 했었다.

"요즘 무슨 일 있어?"

"아니, 없는데."

"사실대로 말해봐. 내가 들어줄게."

"진짜로 없어."

아무 일도 없다는 듯이 김운이 입꼬리를 올리며 말하자 서도훈은 인상
을 쓰고는 말했다.

"그렇게 웃고 다니는 거, 힘들지 않아? 억지로 웃고 다니는 거, 나한테
는 보여."

서도훈이 입을 다문 후, 김운은 올라갔던 입꼬리를 내렸다. 김운은 표정 관리를 하지 못한 체, 입을 열었다.

"내가 웃고 다니든 말든. 무슨 상관이야."

김운은 싸늘하게 말한 후, 탈의실을 나왔다. 그 후, 김운은 단둘이 있을 때만 서도훈을 차갑게 대했다. 그렇게 김운과 갈수록 멀어져 가던 서도훈은 자신의 성급함을 탓했다.

야자를 끝내고 집으로 가던 서도훈은 무심코 하늘을 보다가 공중에 떠 있는 두 명의 사람을 보았다. 사람이 공중에 떠 있는 것을 본 서도훈은 자신의 눈을 비빈 후, 하늘을 올려다보았다. 다시 하늘을 보니 아까 봤던 사람에 모습이 안 보였고 서도훈은 자신이 잘못 봤다고 생각을 하고 다시 걸었다. 집으로 가던 서도훈은 무심코 주머니에 손을 넣었다가 지갑이 없다는 사실을 깨닫고는 방향을 틀어서 지나갔던 길을 다시 걸었다. 바닥을 유심히 살피면서 걷던 서도훈은 마침내 학교 근처까지 가서야 떨어진 지갑을 찾았다. 지갑을 찾은 서도훈은 안심을 하고 가방에다 지갑을 넣었다. 서도훈은 지갑을 챙긴 후, 가방을 메다가 쿵! 하는 소리가 들렸다. 쿵 소리가 나자 서도훈은 주위를 둘러보았다. 주위에 건물과 산 말고 아무것도 없자 서도훈은 안심을 했다. 그런데, 서도훈이 안심을 하자마자 엄청나게 큰 새 한 마리가 길바닥에 떨어졌다. 서도훈은 큰 새 한 마리를 보고는 잘못 본 것이라고 부정을 했다. 세뇌하다시피 부정을 하던 서도훈은 눈 앞에 나타난 현실에 놀라고 말았다.

"마... 말도 안 돼... 쟤가 왜 저기 있는 거야?"

서도훈은 공중에 떠 있는 사내의 옆에 있는 김운을 보고는 기겁을 했다. 서도훈 눈 앞에 펼쳐진 상황을 멍하니 보았다.

공중에 떠 있던 김운이 큰 새 한 마리 쪽으로 떨어지더니 어떤 도구로 큰 새 한 마리를 찔렀다. 그러자 큰 새 한 마리가 괴로워하다가 잿더미가 되었다. 잿더미 속에 떨어진 김운은 힘들게 일어났다. 힘겹게 일어난 김운은 잿더미에서 나오다가 서도훈을 발견하고는 도망을 쳤다. 김운이 도망을 치자 서도훈은 김운을 따라갔다. 달리기가 빨랐던 서도훈은 체력적으로 지친 김운을 따라잡았다. 서도훈은 김운의 팔을 붙잡고는 간신히 김운과 마주할 수 있었다. 서도훈과 마주한 김운은 불안감이 가득한 표정을 지었다. 붙잡힌 김운은 수전증이 있는 사람처럼 손을 덜덜 떨다가 들고 있던 도구를 떨어뜨렸다. 바닥에 떨어진 도구는 커터 칼이었다. 서도훈은 바닥에 떨어진 커터 칼을 줍고는 김운의 손에 쥐여주며 말했다.

"말하기 힘들면 나중에 말해도 돼. 네가 무슨 말을 하든. 다 들어줄게."

서도훈은 떨고 있는 김운을 안심시켰다. 그러자 떨고 있던 김운이 서도훈을 밀쳤다. 서도훈을 밀친 김운은 뒤로 물러가고는 말했다.

"가까이 오지 마. 오면 나한테 죽어."

커터 칼을 들고 있던 김운은 손을 덜덜 떨다가 자신의 오른쪽 허벅지를 커터 칼로 찔렀다. 커터 칼을 허벅지에 찌른 김운은 고통스러운 표정을 짓고는 서도훈에게 말했다.

"부탁이야, 제발 도망가."

김운이 애처롭게 말하자 서도훈은 잠시 머뭇거리다가 김운에게 다가갔다. 조심스럽게 김운에게 다가간 서도훈은 재빨리 김운이 손에 들고 있던 커터 칼을 빼앗은 후, 김운을 꽉 안아주었다. 서도훈에게 안겨진 김운은 주먹으로 서도훈의 등을 때렸다. 하지만, 서도훈은 김운을 놓아주지 않았다.

"말하고 싶지 않으면 안 해도 돼, 나는 너랑 계속 친구로서 지낼 테니깐. 무서워 하지 마."

서도훈은 김운에게 따뜻하게 말해주었다. 서도훈의 말을 들은 김운은 서도훈의 등을 때리는 행위를 멈추었다. 안정을 되찾은 김운은 눈물을 흘리다가 각혈을 하고 말았다. 각혈한 김운은 서도훈의 품에서 서서히 의식을 잃어갔다. 의식을 잃어가던 김운은 자신에게 오고 있는 사내를 보고는 완전히 의식을 잃었다.

1.

야자를 끝내고 김운은 집에 가고 있었다. 가로등 하나만 덩그러니 있는 골목길을 가던 김운은 어두운 빈 주차장에 있는 어린 남자아이를 발견했다. 밤 10시도 넘은 늦은 시간에 맨발로 있는 어린 남자아이를 본 김운은 이를 이상하게 생각하고 어린 남자아이에게 다가갔다.

"꼬마야, 집에 안 가고 왜 여기에 있어?"

김운은 걱정스러운 표정으로 어린 남자아이에게 말을 걸었다. 하지만 어린 남자아이는 김운의 물음에 대답을 하지 않았다. 김운은 아무 말도 하지 않는 어린 남자아이에게 다시 한번 말을 걸었다.

"꼬마야, 집이 어디야? 형이 경찰 아저씨 불러줄게."

어린 남자아이는 여전히 아무 말도 하지 않았다. 어린 남자아이가 말을 하지 않자 답답함을 느낀 김운은 주머니에 있던 휴대폰을 꺼내 들었다.

"형이 경찰 아저씨 부를 테니까, 경찰 아저씨 오면 집이 어디인지 말해야 돼! 알겠지?"

맨발로 있는 어린 남자아이가 마음에 걸렸던 김운은 경찰서에 신고를 하기 전, 어린 남자아이에게 경찰을 부를 것을 알렸다. 그러자 어떠한 말도 하지 않던 어린 남자아이는 갑자기 웃기 시작했다. 그 웃음은 어린 남자아이의 웃음치고는 소름이 끼쳤고 공사장 소리보다 소음이 큰 기분 나쁜 웃음소리였다. 어린 남자아이는 영화의 나온 조커처럼 입이 찢어진 체, 김운에게 한 걸음, 두 걸음. 천천히 다가왔다. 김운은 자신에게 다가오는 어린 남자아이에게서 위협감을 느꼈다. 김운은 한 걸음, 두 걸음. 뒤로 물러갔다. 어린 남자아이는 자신에게서 위협감을 느끼는 김운을 보며 희열을 느낀 체, 김운에게 계속 다가갔다. 희열을 느낀 어린 남자아이는 어두운 형체를 드러내고는 초식동물을 사냥하기직전에 맹수처럼 김운을 향해 두 손을 뻗었다. 어린 남자아이는 어두운 형체와 함께 몸이 커지더니 김운에게 달려들었다. 김운은 급작스러운 상황에 자신의 운동신경으로 간신히 달려드는 어린 남자아이를 피했다. 어린 남자아이는 김운이 피하자 소름 끼치는 웃음을 멈추고는 몹시 분노에 찬 눈빛으로 사내에게 다시 한번 달려들었다. 김운은 달려드는 어린 남자아이를 다시 한번 피하려고 했지만, 실수로 발목을 삐끗하고 넘어졌다. 김운이 넘어지자 어린 남자아이는 김운을 짓누르기 위해 빠른 속도로 달려들었다. 김운은 어린 남자아이가 다가오자 제 죽음을 직감했다.

'나, 여기서 죽는 건가.'

경직된 몸을 움직이지 못하고 김운은 체념을 하였다. 체념한 김운은 다가오는 죽음에 자신의 두 눈을 감았다.

'이제 너를 만날 수 있는 건가.'

눈을 감으니 그리운 옛 친구의 얼굴이 떠올랐다. 팔과 다리에 반창고가

붙어 있는 해맑게 웃고 있는 9살인 옛 친구의 모습에 김운은 눈물이 날 것 같았다.

옛 친구는 김운을 보더니 입을 벙긋거렸다. 벙긋거린 옛 친구의 입에서 성인 남성의 목소리가 나왔다.

"눈을 떠라, 너는 죽지 않을 것이니."

김운은 갑자기 들린 목소리에 눈을 떴다. 눈을 뜬 김운은 흰옷을 입은 사내를 발견했다. 그 사내는 사극에 나올법한 복장을 한 체, 검은 형체로 휩싸인 어린 남자아이와 대치 중이었다. 검은 형체로 휩싸인 어린 남자아이는 먹잇감을 놓친 육식동물처럼 괴성을 질렀다. 김운은 기분 나쁜 괴성에 귀를 막았다. 아이는 우는 소리와 함께 "먹을 거야, 먹을 거야, 짓눌러서 먹을 거야!" 떼를 쓰는 말을 하고는 사내에게 달려들었다. 검은 형체로 휩싸인 어린 남자아이가 달려들려고 하자 김운은 사내에게 큰 소리로 말했다.

"도망쳐! 어서 도망쳐!"

김운이 큰소리로 도망가라 외친 후, 옆에 떨어진 자신의 휴대폰을 검은 형체로 휩싸인 어린 남자아이에게 던졌다. 김운이 던진 휴대폰이 검은 형체로 휩싸인 어린 남자아이 머리에 정확히 맞추었다. 검은 형체로 휩싸인 어린 남자아이는 "으아악!"하는 소리와 함께 방향을 틀어서 사내가 아닌 김운에게 달려들었다. 검은 형체로 휩싸인 어린 남자아이가 달려들자 김운은 경직이 풀린 몸 상태로 어린 아이괴물을 피했다. 김운이 피하자 사내는 속으로 김운의 운동 신경을 감탄하고는 검은 형체로 휩싸인 어린 남자아이 앞에 나타나며 말했다.

"네 상대는 그 애가 아니라 나다."

사내는 단검을 검은 형체로 휩싸인 어린 남자아이에게 던졌다. 사내가 던진 단검은 빛을 내더니 검은 형체의 어린 남자아이의 눈에 맞았다. 검은 형체의 어린 남자아이는 괴로워하며 눈에 박힌 단검을 빼고는 재빠르게 공중으로 도망을 갔다. 검은 형체의 어린 남자아이가 도망을 간 후, 김운은 사내에게 가까이 다가갔다.

"방금 그 아이는 대체 정체가 뭐죠?"

"어둑시니. 사람이 공포를 느낄수록 몸이 커지는 악귀지. 겉으로는 드러내지 않았지만 네 내면에는 공포감이 있었나 보구나. 다음에 마주하게 된다면 어둑시니의 발을 보거라, 그리한다면 어둑시니가 작아져서 도망을 칠 것이다."

"네, 구해주셔서 감사합니다."

김운이 감사 인사를 하자 사내는 자신에게 가까이 온 김운을 빤히 보며 말했다.

"그런데, 참으로 드문 일이구나. 사람이 요괴를 보고 말이다. 게다가 무모한 짓까지 하다니... 배짱이 두둑하구나... 사람 주제 말이야."

사내가 이해할 수 없는 말을 하자 김운은 의문을 품다가 사내가 공중에 뜬 것을 보고 기겁을 했다. 김운은 눈앞에 나타난 현상에 믿기지 않아서 자신의 왼쪽 뺨을 때렸다. 한 대, 두 대, 세 대. 김운이 자신의 뺨을 때리자 당황한 사내는 김운을 막기 위해 김운의 손목을 잡았다.

"지금 뭐 하는 것이냐!"

사내가 호통을 치자 김운은 탁한 눈으로 사내를 보았다. 사내는 김운의 탁한 눈을 보고는 김운의 손목을 놓아주었다. 사내가 손목을 놓자 김운은 뒷걸음치고는 사내로부터 멀어지기 위해 뜀박질을 했다. 김운은 발목을 삐었다는 사실을 잊은 체, 정신없이 밤길을 뛰어갔다. "헉, 헉." 거친 숨을 몰아쉬며 김운은 자신의 거주지인 건물로 들어갔다. 집이 3층인 김운은 한 걸음, 두 걸음, 세 걸음. 계단을 올라가다가 자신이 계단이 아닌 가파른 산을 오르는 것 같은 기분이 들었다.

힘겹게 계단을 올라가서 현관문 앞에 도착을 한 김운은 도어락에 비밀번호를 누르고는 재빨리 문을 열고 닫았다. 김운은 문을 이중으로 잠그고 신발을 벗은 후, 자신의 방으로 들어갔다. 방에 들어간 그는 가방을 책상 위에 두고는 이내 침대 위에 엎어졌다. 교복을 벗지 않고 침대 위에 엎어진 김운은 옆으로 몸을 돌리다가 자신의 앞에 나타난 사내를 보고는 놀라서 비명을 질렀다. 비명을 지른 김운은 자신의 머리맡에 있던 베개를 그에게 던졌다. 김운이 던진 베개는 그대로 사내의 얼굴로 향했다. 하지만 김운이 던진 베개를 사내는 손쉽게 피했다. 김운은 직사각형으로 개어졌던 이불을 사내에게 던졌다. 던져진 이불은 사내의 시야를 가렸다. 사내에게 이불을 던진 김운은 침대를 벗어나 방문을 열고는 부엌으로 가서 수납장에 있던 식칼 한 자루를 꺼냈다. 충동적으로 식칼을 잡은 김운은 자신의 행동이 어리석은 짓이란 것을 금방 깨닫게 되었다.

"위험한 것을 왜 손에 쥐고 있는 것이냐?"

사내는 왼손으로 김운이 들고 있던 식칼의 칼날을 잡았다. 사내는 한 손으로 칼날을 가루로 만들어버렸다. 김운은 식칼의 칼날이 한순간에 가루로 되어버리자 손에 있던 식칼의 손잡이를 아까처럼 사내의 얼굴에 던졌다. 하지만 던진 식칼의 손잡이는 사내의 얼굴에 닿지 못하고 무력하게 떨어졌다.

"안심하게, 나는 자네를 해할 생각은 아니니."

사내는 겁을 먹은 것으로 보이는 김운을 위해 뒤로 잠시 물러났다. 김운은 사내가 물러나자 경계를 하며 탁해진 눈빛으로 말했다.

"내가 그 말을 어떻게 믿죠? 당신 거짓말하지 말아요, 아까 그 괴물이 나를 잡아먹으려 했던 것처럼 당신도 나를 잡아먹으려 했던 것 아닌가요? 그 괴물 쫓아내고 나를 안심시키고 잡아먹으려고."

"하아, 내가 자네를 구한 것은 잡아먹으려는 것이 아……"

김운이 격양된 목소리로 말하자 사내는 한숨을 쉬고는 해명을 하기 위해 입을 열었다가 현기증을 느끼고는 이내 의식을 잃었다. 사내가 의식을 잃고 앞으로 넘어지려고 하자 놀란 김운은 사내를 잡았다. 의식을 잃은 사내는 몸이 축 늘어진 상태로 김운에게 안겨있는 식으로 몸을 기대었다.

"이봐요, 정신 차려요!"

사내가 의식을 잃자 놀란 김운은 그를 자신의 침대로 옮겼다. 사내에게 던졌던 베개를 사내의 머리에 베개하고 사내에게 던진 이불은 사내에게 덮어주었다. 김운은 자신의 침대에 누워있는 사내를 보았다. 조금 전만 해도 멀쩡했던 사내가 갑자기 쓰러지니 김운은 당혹스러웠지만, 지금까지 한 자신의 행동을 곱씹었다.

'내가 너무 심했나?'

사내에게 한 자신의 행동에 김운은 조금 후회를 했지만 이내 생각을 거두었다. 산 사람으로 안 보이는 사내를 어떻게 해야 할지 고민을 하던 김운은 누워있는 사내를 보았다. 그런데 누워있던 사내가 없어졌다. 잠깐 고민을 한 사이에 사내가 사라지자 김운은 당황하여 주위를 둘러보았다. 사라진 사내는 주위를 둘러본 김운의 눈에 보이지가 않았다. 김운은 사내가 사라진 것에 안심했지만 갑자기 나타난 물체에 놀라고 말았다. 그 물체는 몸이 거꾸로 공중에 떠 있었다. 김운은 그 물체와 눈이 마주치고는 놀라기는커녕 매우 불쾌하다는 표정으로 그 물체에 화를 냈다.

"왜 거꾸로 공중에 떠 있는 거죠?"

김운이 물체는 김운의 침대 위에 누워있던 사내였다. 사내는 김운을 골려주기 위해 일부러 공중에 거꾸로 있었다.

"미안하네."

사내는 표정 변화 없이 화를 내는 소년에게 사과하였다. 사내가 표정 변화 없이 말을 하자 김운은 한숨을 깊게 쉬고는 사내의 눈을 보았다.

"왜 나를 쫓아서 집까지 따라서 온 거죠?"

"이걸 주려고 왔네."

김운이 물어보자 사내는 옷소매 안에서 소년의 휴대전화를 꺼냈다. 김운은 사내의 옷소매 안에서 자신의 휴대전화가 나오자 황급히 사내의 손에 있던 휴대전화를 가져갔다.

"죄송해요."

김운은 사내가 가져온 자신의 휴대전화인 것을 확인하고는 그에게 사과했다. 그러자 사내는 괜찮다고 하면서 소년에게 이름을 물었다.

"너의 이름은 무엇이냐?"

"김운입니다."

사내에게 미안한 마음이 들었던 김운은 순순히 사내의 질문에 대답 해주었다. 그러자 사내는 김운에게 부탁을 했다.

"김운, 자네. 잠시 내 이야기를 들어주겠는가?"

사내는 김운을 지그시 보다가 말문을 열었다. 자신의 이야기를 들어달
란 사내의 말에 김운은 고개를 끄덕였다. 김운이 긍정에 표시로 끄덕이자
사내는 자신의 이야기를 하기 전, 자신의 이름을 밝혔다. 사내의 이름을
들은 후, 김운은 얼떨떨한 표정으로 그를 보고 말았다. 사내의 이름은 비
형으로 삼국유사에 나온 역사적 인물이었다.

"대체 무슨 이야기를 하실 거죠?"

역사 속 가상의 인물인 줄 알았던 비형이 실존 인물임을 안 김운은 그
에게 무슨 이야기인지 물었다. 비형은 김운에게 귀신인 진지왕과 생자인
도화 부인 사이에서 태어난 서자로 자신을 '반인반귀'라고 칭했다. 비형
은 자신이 어울렸던 친우 길달를 죽인 후, 길달이 악귀가 되어서 봉인을
한 일을 말했다. 비형은 악귀가 된 길달을 떠올리고는 김운에게 봉인이
풀리게 된 이유를 알려주었다.

"그 나무라면 설마."

벼락 맞고 사라진 나무가 사실은 봉인된 나무라는 사실을 알게 된 김운
은 사색이 된 상태로 물었다.

"비형님께서 여기 있다는 건, 길달도 어딘가에 있다는 거 아니에요?"

"그렇다고 볼 수 있지."

비형은 덤덤하게 대답을 하고는 길달이 세상을 어지럽힐 것이라는 말
했다. 그러자 김운은 길달을 어떻게 봉인할 것인지 물었다. 비형은 김운
의 질문에 봉인하기에는 자신의 힘이 예전보다 떨어지기에 길달을 퇴치
해야만 한다고 말했다.

"그렇다면 어떻게 퇴치하실 건가요?"

김운이 물어보자 비형은 잠시 헛기침을 한 후, 김운에게 간청을 했다.

"나의 힘은 봉인으로 인해 약해진 상태라서 회복하는 데 오래 걸린단다. 그러니 김운, 자네가 나와 함께 길달과 싸워줬으면 하네."

"아니, 평범한 제가 어떻게 해요? 차라리 유능한 무당에게 찾아가서 길달을 퇴치해달라고 해보세요."

김운이 제안을 거절하자 비형은 그를 설득했다.

"유능한 무당을 찾기도 했지만 옛날과 달리 영적 능력이 떨어지는 무당들만 있었단다."

비형은 김운의 눈을 보며 말했다.

"너에게는 뛰어난 영적 능력과 강단 있는 성격과 남을 생각하는 마음이 있단다. 그러니 너는 길달을 퇴치할 수 있을 것이다."

"다급한 건 알겠지만 저에게는 중요한 시험이 있어서 비형님의 제안을 받아들일 수 없습니다."

김운이 거절을 하자 비형은 말했다.

"네가 원하는 것을 들어 줄 테니, 부디 나와 함께 길달을 퇴치하자꾸나."

그러자 김운의 표정이 굳어지더니 가라앉은 목소리로 말했다.

"정말 원하는 것을 이루어 준다면 사람도 죽여줄 수 있나요?"

"그건."

"그런 말은 함부로 하는 것이 아니에요."

김운은 비형이 머뭇거리자 표정을 풀고는 말했다.

"제가 원하는 것을 들어주신다면 그 제안을 받아들이겠습니다. 다만 제가 원하는 것은 나중에 말하겠습니다."

말을 마친 김운은 쓸쓸한 기분을 느끼며 말없이 비형을 바라보았다. 쓸쓸함을 기분을 느끼는 김운의 눈은 탁한 눈이 아닌 슬픔이 담긴 눈이었다.

"악귀를 퇴치하기 위해서는 부적과 도구가 필요하네."

김운의 슬픔이 담긴 눈을 본 비형은 표정 변화 없이 김운을 보다가 입을 열었다. 비형은 김운에게 악귀를 퇴치할 도구를 만드는 법을 알려주었다.

"부정한 생각을 하지 않고 3일 동안 채식을 한 다음에 몸을 깨끗이 하고 동물의 피로 흰 종이에 악귀 퇴치라고 적어야 하네. 만약 이 원칙을 따르지 못하면 부적에 효능이 없거나 잘못되면 자네에게 해를 가할 수 있네."

"와, 원칙을 따르지 않으면 해를 입는다니, 저주를 내리는 것도 아닌데 가혹하네요."

"그러니까, 조심하라는 거다."

"조심하라니, 너무 무책임한 말씀을 하시네요."

"내 말이 무책임해 보였다면 미안하구나. 하지만 걱정 말거라. 네가 조심을 하면 저주 같은 건 받지 않을 것이다."

"아, 그렇군요. 제가 조심만 하면 되는군요."

김운은 올라오는 화를 참아내며 말했다. 무책임해 보이는 비형의 말을 들은 김운은 속으로 생각했다.

'그냥, 거절할 걸 그랬나?'

김운은 잠시 자신의 선택을 후회했다. 하지만, 김운은 자신의 결정을 번복하지 않았다. 오히려 비형의 말에 따라 부정한 생각을 하지 않고 3일 동안 채식을 했다. 김운이 3일 동안 채식을 하자 비형은 감탄했다.

"대단 하구나, 보통 사람이라면 쉽지 않았을 텐데."

"그래요? 저는 되게 쉽던데."

목욕하고 온 김운은 눈웃음을 치며 말했다. 김운이 눈웃음을 치며 말하자 비형은 김운을 빤히 보다가 말했다.

"어서 부적을 만들 준비를 하자."

"네."

김운은 비형의 말에 따라 부적을 만들 준비를 했다. 김운은 정육점에서 사 온 선지를 양은 냄비에 담아두었다. 김운은 나무 주걱으로 핏물과 함께 양은 냄비에 든 선지를 으깬 후, 자신의 방으로 들어갔다. 방으로 들어간 김운은 미리 잘라서 준비한 흰 종이에 붓으로 악귀 퇴치를 한자로 정성스럽게 적었다.

한 장, 한 장. 정성스럽게 부적을 만들던 김운은 부적을 대략 오십 장 이상 만들었다.

"이 정도 만들면 됐나요?"

김운은 입꼬리를 올리며 비형에게 물었습니다.

"흠, 이 정도면 충분하지."

비형은 김운이 만든 부적을 보고는 흡족해하고는 김운에게 소지할 수 있는 검을 가지고 오라고 했다.

"소지 할 수 있는 검이요?"

비형이 검을 가지고 오라고 하자 김운은 당황하다가 연필꽂이에 있던 커터 칼을 꺼내서 비형에게 보여주며 물었다.

"이 검이면 되나요?"

"음, 특이하게 생긴 단검이군."

커터 칼을 본 비형은 신기해하다가 김운이 들고 있던 커터 칼을 양은 냄비에 넣었다. 양은 냄비에 커터 칼을 넣은 비형은 산 사람은 알아듣지 못하는 귀신의 언어를 중얼거렸다. 비형이 귀신의 언어를 중얼거리자 커터 칼의 칼날이 붉게 물들었다. 비형은 붉게 물들어진 커터 칼을 양은 냄비에서 꺼내어서 김운에게 건네주었다.

"부적과 도구가 완성되었으니, 한 번 시험해봐야겠구나."

비형은 자신의 몸을 공중으로 띄우고는 입을 열었다.

"가자꾸나, 악귀를 퇴치하러."

표정 변화가 없던 비형은 은은한 미소를 지으며 닫혀있던 창문을 손도 대지 않고 열었다. 창문을 연 비형은 바닥에 있던 부적들을 공중에 띄워서 자신의 소매에 모두 넣어버렸다. 부적을 챙긴 비형은 갑자기 김운의 손을 잡고는 창문 밖으로 나와 버렸다.

"잠깐만요. 잠시만 멈춰 봐요!"

얼떨결에 밖으로 나오게 된 김운은 비형에게 소리쳤다. 하지만, 비형은 이를 무시하고 속력을 냈다. 비형이 속력을 내자 김운은 두 손으로 비형의 한 손을 잡고 의지했다. 떨어지지 않기 위해 비형의 손을 꽉 잡은 김운은 멀미가 날 것 같았지만 애써 참아냈다.

"비형, 지금 어디로 가는 거예요?"

비형은 김운의 질문에 대답하지 않고 빠른 속력으로 가로등 하나만 있는 어느 골목길에 내려갔다. 골목길에 내려온 후, 비형은 김운에게 말했다.

"이곳에 악귀의 기운이 느껴진다."

"악귀의 기운이요?"

악귀의 기운이 느껴진다는 비형의 말에 김운은 주변을 살폈다. 주변을 살피니, 익숙한 장소였다.

"여기는 저번에 어둑시니를 만났던 곳이잖아요?"

"그래, 어둑시니가 너를 공격한 곳이지."

"분명 도망을 갔을 텐데."

"도망을 쳤지만 돌아왔겠지. 앙갚음하려고 말이야."

"그럴 수가."

비형의 말을 들은 김운은 아랫입술을 깨물었다. 어둑시니에게 죽을 뻔하고, 이 길을 이용하지 않는데, 아직도 이곳에서 자신을 기다렸다는 사실에 소름이 돋았다.

"두려워하지 마라, 두려워하면 그것이 너를 잡아먹을 것이다."

비형은 부적들을 꺼내서 김운에게 건네주었다.

"어둑시니에게 부적을 부친 후, 주문을 외운 다음에 단검으로 찌르거라. 주문은 이승을 떠도는 악귀여. 흔적도 없이 사라져라."

"이승을 떠도는 악귀여, 흔적도 없이 사라져라."

김운은 비형이 알려준 주문을 곱씹었다.

김운은 본인이 맨발이란 사실을 잊고 주변을 배회했다. 하지만, 어째서인지 어둑시니는 나타나지 않았다. 시간이 지나도 어둑시니가 나타나지 않자 김운은 지쳐가고 있었다. 그렇게 하염없이 어둑시니를 기다리고 있을 때, 사람의 비명이 들려왔다. 비명이 들리자 김운은 맨발로 빠르게 비명이 들리는 곳으로 갔다. 급박하게 비명이 들리는 곳으로 간 김운은 경악을 하고 말았다. 왜냐하면, 몸집이 커진 어둑시니가 사람을 먹고 있었기 때문이었다.

"이런... 늦어버린 건가."

눈앞에서 사람이 먹힌 것을 본 김운은 속이 메스꺼웠지만 꾹 참고 부적과 커터 칼을 꺼냈다.

어둑시니를 공격할 준비를 마친 김운은 어둑시니를 보았다.

김운이 본 어둑시니는 사람을 꿀꺽 삼키고 나서는 입맛을 다시고는 소름 끼치는 웃음을 지었다. 소름 끼친 웃음을 지은 어둑시니는 갑자기 김운에게 달려들었다. 어둑시니가 달려들자 김운은 어둑시니의 발을 보았다. 그러자, 달려오던 어둑시니는 점점 작아졌다. 어둑시니가 작아지자 김운은 부적을 어둑시니에게 부친 다음에 주문을 외쳤다.

"이승을 떠도는 악귀여. 흔적도 없이 사라져라."

주문을 외친 김운은 커터 칼로 어둑시니를 찔렀다. 커터 칼에 찔린 어둑시니는 괴로워하다가 재가 되어 사라졌다. 어둑시니를 상대한 김운은 긴장이 풀린 나머지 그 자리에서 주저앉았다.

악귀 하나 퇴치했을 뿐인데, 지쳐버린 김운은 문득 생각했다.

'눈이 왜 멀쩡했지? 악귀는 심한 상처도 금방 회복되나?'

비형에게 공격을 받은 후, 눈을 다친 어둑시니가 눈이 멀쩡 하자 김운은 의문을 가졌다. 하지만, 그 의문은 금세 묻어두었다. 어둑시니가 재가 되어 사라진 이상. 김운에게는 더는 의미가 없어졌기 때문이다.

"혼자서 퇴치를 하다니... 처음치곤 제법이구나... 수고했다."

"하아, 수고여?"

김운은 갑자기 나타나 수고했다는 비형의 말에 어이없다는 표정을 짓고는 화를 애써 참으며 말했다.

"부탁인데, 다음부터는 창문으로 나가지 말고 문으로 나가요. 그리고 저, 지금 맨발인 데다가 잠옷 바람이거든요? 그러니까, 악귀 퇴치하러 갈 때는 신발을 신고 옷 좀 제대로 입을 시간을 줘요. 나, 이 상태로 싸우면 전투 불능이에요."

"정말 전투 불능인가? 이상하군. 조금 전까지는 잘 싸웠는데, 말이야.

어서 일어나거라, 또 다른 악귀의 기운이 느껴지고 있다."

김운의 말을 받아친 비형은 주저앉은 김운을 일으켰다. 김운은 비형의 말을 듣고는 화가 났지만 할 일을 끝내고 따져야겠다는 다짐을 했다.

"하아. 그래서 그 악귀님은 어디 계시죠?"

김운이 빈정거리는 말투로 묻자 비형은 답변도 하지 않고 길에서 세워진 자동차 안으로 들어갔다. 비형이 자동차 안으로 들어가자 김운은 몹시 당황해했다. 잠시 후, 비형은 생쥐만 한 크기에 동물을 한 손으로 들고나왔다. 김운은 비형이 들고 있는 것을 가리키며 물었다.

"생쥐처럼 몸집이 작은 저것은 뭐죠?"

"조마구다, 조마구는 때릴수록 몸집이 커지고 워낙 빠른 놈이라 상대하기 까다롭지."

"와, 그렇게 빠른 놈을 쉽게 잡으시다니... 대단하시네요."

"쓸데없는 소리는 그만 하고 퇴치나 하려무나."

"네, 알겠습니다."

김운은 비형의 말에 따라 순순히 부적을 부쳤다. 그런데, 그 과정에서 김운은 조마구에게서 오른쪽 엄지손가락을 물렸다. 엄지손가락을 물린 김운은 고통을 느꼈지만, 꾹 참고 주문을 외쳤다.

"이승을 떠도는 악귀여. 흔적도 없이 사라져라."

주문을 외친 후, 커터 칼로 조마구를 찔렀다. 조마구는 고통스러워하다가 재가 되어 사라졌다.

조마구에게 엄지손가락을 물린 김운은 자신의 손가락에 이상이 없는 것을 확인하고 안심을 했다.

"첫날이라고 신고식을 거하게 하네요."

김운이 입꼬리를 올리며 말하자 비형은 무덤덤하게 왼손으로 주저앉은 김운의 오른쪽 손목을 잡았다. 김운의 얇은 손목을 잡은 비형은 자신의 몸을 공중으로 띄우고는 하늘로 올라갔다. 그러자 서 있었던 김운의 맨발은 바닥과 멀어졌다. 김운은 다급하게 입을 열었다.

"잠깐만요. 이번에는 어디로 가는데요?"

"악귀가 있는 곳으로 가지."

"악귀를 퇴치하러 간다면 집은 언제 갈 겁니까?"

"해가 뜨기 전에는 집에 갈 것이다."

"혹시 그거 아느냐? 귀신이랑 한 약속을 깨면 저주가 온다는 것을."

"지금 협박하는 겁니까?"

"협박이 아니라 충고를 하는 거네."

김운은 똑같은 상황을 겪자 해탈을 하고 비형의 한 손에 의지했다.

"당신은 정말 제멋대로예요."

"내가 제멋대로긴 하지... 그래서... 벌을 받았나?"

비형은 김운의 투정에 피식 웃는 대답을 했다. 쓸쓸함이 담긴 음성으로 말이다. 그 쓸쓸한 음성은 김운의 화를 누그러뜨렸다. 김운은 머뭇거리다가 입을 열었다.

"비형, 그때 식칼로 위협해서 미안해요."

"이미 지난 일이니,.. 사과하지 말게... 나는 사과를 받을 사람이 아니니까."

김운의 사과를 들은 비형은 단호하게 말했다. 단호하게 말한 비형은 은은한 미소를 지었다. 은은한 미소는 김운에게 보이지 않았지만 쓸쓸함이 담긴 미소였다.

2.

김운은 휴대전화로 인터넷 기사를 보았다. 김운이 본 인터넷 기사는 절도범을 찾는다는 내용이었다. 김운은 무심히 인터넷 기사를 넘기다가 절도범의 몽타주를 보았다. 김운이 본 몽타주는 어젯밤, 어둑시니에게 먹힌 사람과 비슷한 얼굴이었다. 김운은 어젯밤 일을 떠올렸다. 어둑시니에게 깔린 후, 숨이 아직 끊어지지 않은 상태로 잡아먹힌 절도범의 모습이 생생하게 떠올린 김운은 순간 속이 울렁거렸다.

속이 울렁거리던 김운은 방에서 나와 화장실로 들어갔다. 화장실로 간 김운은 빈속인 상태로 속을 게워냈다.

속을 게워낸 김운은 화장실에 있는 거울을 보았다. 거울의 비친 김운의 눈에는 피눈물이 흐르고 입꼬리가 올라간 입가에는 붉은 피가 묻어있었다. 거울을 본 김운은 거울에 비친 자신의 얼굴을 보고는 놀라고 말았다. 놀란 김운은 두 손으로 자신의 얼굴을 만졌다. 얼굴을 만진 후, 자신의 손을 본 김운은 손에 피가 묻어 있는 것을 보았다. 손에 피가 묻어있는 것을 본 김운은 수전증에 걸린 사람처럼 손을 덜덜 떨다가 거울을 다시 보았다. 다시 본 거울에는 자신이 아닌 비형이 있었다. 김운은 비형이 자신의 앞에 있자 당황했다. 비형은 당황한 김운의 앞에서 입을 열었다.

"조마구가 죽기 전에 너에게 저주를 내렸나 보구나... 악귀는 생존 본능에 의해 발악을 하지... 너에게 일어난 저주는 일종에 발악일 뿐. 이런 저주는 일시적으로 일어날 뿐이다. 자연스럽게 사라질 것이니, 오두방정 떨지 말거라."

비형은 말을 끝낸 후, 김운의 눈앞에서 사라졌다. 비형이 사라지자 정신을 차린 김운은 자신의 손을 확인했다. 다행히도 김운의 손에는 피가 묻어있지 않았다. 김운은 다시 한번 거울 속에 비친 자신의 얼굴을 보았다. 김운이 본 거울 속에 김운은 더는 피눈물을 흘리지 않았다.

'악귀는 생존 본능에 의해 발악을 하지. 너에게 일어난 저주는 일종에 발악일 뿐. 이런 저주는 일시적으로 일어날 뿐이다. 자연스럽게 사라질 것이니, 오두방정 떨지 말거라.'

'교통사고 후유증도 아니고 무슨... 저주를 별거 아닌 것처럼 말하는 거야...'

비형의 말을 떠올린 김운은 도움을 받는 입장인 주제에 상대에게 배려도 하지 않고 오히려 제멋대로 굴고 있는 비형의 태도에 화가 났다.

'도움받는 주제에 부려먹기나 하고 거기다 협박까지 하다니... 으, 되게 열 받네."

'내가 제멋대로긴 하지... 그래서... 벌을 받았나?'

'내가 미쳤지.'

비형의 태도에 김운은 화가 났지만, 한편으로는 비형이 안쓰럽다고 생각하고 말았다. 화가 나는 상대이면서도 비형에게 연민을 느낀 김운은 자신의 감정에 혼란을 느꼈다. 비형에게 복잡한 감정이 생긴 김운은 왼손으로 자신의 머리를 헝클이다가 책상 위에 엎드렸다. 엎드린 김운은 혼란한 자신의 감정을 진정시켰다. 책상 위에 엎드리는 행위는 남의 시선에는 잠을 자는 것처럼 보였으나 김운에게는 생각을 정리할 때 하는 행위였다.

'집에 가면 따져야겠어. 안 따지면 악귀를 퇴치하기 전에 내가 제 명에 못 살고 요절하겠어.'

김운은 비형에게 따질 결심을 한 후, 책상 위에 엎드리는 행위를 그만
하려고 했으나 묵직한 것이 김운의 등을 짓눌렀다. 심기가 불편했던 김운
은 최대한 상냥한 말투로 말했다.

"덩치 큰 두 사람, 모두 내 등에서 떨어져줄래? 되게 무겁거든."

"우리가 덩치가 큰 게 아니라 운이 네가 덩치가 작은 게 아닐까?"

"아, 그건 인정."

김운이 상냥한 말투로 얘기했지만, 샌드위치처럼 최태선과 서도훈은
비켜주지 않고 김운을 놀렸다. 두 사람이 놀리자 김운은 무의식적으로 실
언을 하고 말았다.

"아, 확 조지고 싶네."

김운이 실언을 하자 살기를 느낀 최태선과 서도훈은 김운의 등에서 떨
어졌다. 등이 가벼워진 김운은 몸을 일으킨 후, 서도훈과 최태선을 보았
다. 두 사람을 본 김운은 의아하다는 표정을 지었다.

"두 사람, 모두 왜 그래? 경직됐어?"

"아니, 아무것도 아니야... 아, 맞다, 최태선이 너한테 할 말이 있는데."

"어, 있었지. 하하."

최태선은 어색한 웃음을 짓다가 밤에 휘파람을 부는 나무에 대해 이야
기를 해주었다.

"그 나무가 절 근처에 있는데, 스님께서 그 나무 때문에 못 잔다고 할머
니께서 그러시더라고."

"다른 소리를 착각하신 거 아니야?"

"무슨 소리, 분명 휘파람 소리라고 하셨단 말이야. 게다가 밤인데도 나
무 주변이 등불을 켠 것처럼 밝았다고 하시는걸? 내가 할머니한테 똑똑

히 들었다고."

서도훈이 딴지를 걸자 최태선은 반박을 했다.

"휘파람을 부는 나무 말이야. 어디 절에 있어?"

"학교 근처에 있는 절이야. 왜 거기 한번 가보고 싶어?"

"아니야, 그냥 궁금해서 물어봤어."

"휘파람을 부는 나무라니, 차라리 우리 아빠가 보셨다는 달걀귀신이 더 흥미진진하겠다."

김운과 최태선의 대화 내용을 듣고 있던 서도훈은 산통을 깨는 말을 하였다. 최태선은 심통이 난 표정으로 서도훈을 보았지만 최태선을 통해 달걀귀신을 알고 있던 김운은 두 눈을 동그랗게 뜨고 입을 열었다.

"달걀귀신? 그 얼굴 없는 귀신? 어디서 보셨어?"

"얼마 전에 아빠께서 대학 선배 장례식장에 가셨어. 거기서 대학 선배 와이프 분이 아빠한테만 달걀귀신 때문에 남편이 죽은 것 같다고 말씀하셨는데, 그 말을 들은 아빠께서는 선배 와이프 분에 말을 이해 못하셨어. 그런데, 술을 좀 드셔서 술을 깨기 위해 혼자 밖에 나갔다가 달걀귀신을 보셨다고 나한테 말씀하셨지. 분명 술김에 헛것을 보신 건데, 단순한 독감인데도 곧 죽을지도 모른다고 나한테 말씀하셨어."

서도훈은 한탄을 하는 식으로 털어놓았다. 그러자 김운은 억지로 입꼬리를 올리고 특유에 웃음을 지으며 말했다.

"그렇구나, 빨리 쾌차하셔야 할 텐데. 분명 잘못 보셨을 거야."

"역시 그렇지. 아빠도 참, 사람 놀라게 하는 말씀을 하신다니까."

서도훈이 호탕하게 말하자 김운은 동의를 해주었다. 하지만, 웃고 있던 김운의 속은 타들어 가고 있었다.

그날 밤, 비형과 악귀를 퇴치하러 나온 김운은 달걀귀신을 잡기 위해 주변을 샅샅이 뒤졌다. 하지만, 찾는 달걀귀신을 나오지 않고 다른 악귀들만 나오고 있었다. 가지고 있는 부적이 줄어들수록 김운의 속은 타들어 갔다.

"무엇을 그렇게 찾는 것이냐?"

"달걀귀신을 찾고 있습니다."

김운은 비형의 물음에 대답했다.

"제 친구의 아버지께서 달걀귀신을 보신 후, 몸 상태가 안 좋아지셨다고 합니다. 저는 반드시 달걀귀신을 찾아야 합니다. 빨리 찾지 못하면 제 친구 아버지는 돌아가시고 말 거에요."

김운은 불안한 표정을 지으며 아랫입술을 깨물었다. 비형은 불안해하는 김운을 바라보다가 입을 열었다.

"달걀귀신은 얼굴을 본 사람은 얼마 못 가서 죽는다. 만약에 네가 그 얼굴을 보면 너는 무사하지 못할 것이다. 그러니, 절대로 그 얼굴을 보면 안 된다."

"알겠습니다."

비형의 말을 들은 김운은 수긍을 하고 다시 달걀귀신을 찾으러 갔다. 주변 골목을 다시 뒤지던 김운은 종소리를 듣게 되었다. 김운은 들려오는 종소리가 들리는 곳으로 갔다. 자신의 청각에 의지하며 종소리가 들리는 곳으로 간 김운은 마침내 달걀귀신을 발견했다. 달걀귀신을 발견한 김운은 부적과 커터 칼을 꺼낸 후, 숨을 죽이고 공격을 할 타이밍을 기다렸다. 숨을 죽이고 있던 김운은 빈틈을 보인 달걀귀신에게 부적을 던졌다. 하지만, 부적은 누군가에 의해 찢어지고 말았다. 김운은 자신을 방해한 인물을 보았다. 그 인물은 긴 머리카락을 풀어헤치고 검은색이지만 **비형**과 비슷한 복장을 한 사내였다. 그 사내는 김운을 보고는 기분 **나쁜** 미소를 지으며 말했다.

"나랑 잠시 대화할 수 있겠나?"

"당신은 누구시죠? 어서 비켜주세요."

"저 악귀를 없애고 싶나? 그렇다면 내가 도와주지. 다만 내 **부탁**을 들어줘야겠어."

"내가 왜 당신 말을 들어야 하는 거죠? 당신 도움 같은 건 필요 없으니깐. 어서 비켜!"

"그렇다면 좀 더 괜찮은 것을 들어주지. 저 악귀랑 네가 증오하는 인물을 죽여주겠다. 그러니, 비형을 없애라."

"당신 길달이었군."

김운은 사내가 길달인 것을 알아채고는 부적을 다시 꺼내었다. 길달과 대치 상황인 김운은 부적을 길달에게 던진 후, 주문을 외쳤다.

"이승을 떠도는 악귀여, 물러가라."

주문을 외친 김운은 커터 칼로 길달을 찌르려고 하였다. 김운이 커터 칼로 찌르려고 하자 길달은 커터 칼을 들고 있는 김운의 손목을 꺾었다. 손목이 꺾이자 김운은 통증을 느끼고 고통스러워했다.

"이 손목 놓으시지."

"그래, 놓아주지, 대신 다른 것을 잡아주지."

길달은 김운의 손목을 놓아준 후, 곧바로 김운의 목을 한 손으로 졸랐다. 목이 졸린 김운은 커터 칼로 길달의 손목을 여러 번 찔렀다. 그러자 길달의 손목에는 검붉은 피가 흘렀고 길달은 김운의 목을 세게 조였다.

목이 세게 조인 김운은 다시 한번 커터 칼로 길달의 손목을 깊게 찔렀다.

"끈질긴 녀석이군. 그 끈기만큼은 인정해주지. 죽어라. 죽어서 내 몸에 그릇이 되어라."

길달은 김운의 숨통을 끊기 위해 목을 더 세게 조였다. 목이 조인 김운은 고통을 느낀 체, 의식을 잃어갔다. 의식을 잃어가던 김운은 서도훈을 떠올리고는 눈물을 흘렸다. 눈물을 흘린 김운은 눈을 감았다. 김운이 눈을 감자 남자의 신음이 들렸다. 눈을 감은 김운은 갑작스럽게 사라진 고통에 눈을 떴다. 눈을 뜬 김운은 눈 앞에 펼쳐진 광경에 놀라고 말았다.

"이 아이에게 더는 손대지 말거라."

김운의 눈앞에는 단검을 들고 있는 비형과 팔이 잘린 길달에 모습이 보였다. 팔이 잘린 길달은 비형을 보고는 미친 듯이 웃다가 말했다.

"비형, 내가 했던 말, 기억하는가? 내가 다시 깨어나면 너와 인간들을 없애겠다는 말을."

"그래, 기억한다. 네가 나를 없애는 건. 상관없다. 하지만, 죄 없는 인간들은 건들지 말거라."

단검을 겨눈 비형은 길달의 목을 찔렀다. 단검으로 길달의 목을 찌른 비형은 단검을 빼냈다. 비형에게 공격을 당한 길달은 비형을 비웃으며 말했다.

"내가 그런 공격에 당할 것 같으냐? 나는 강하다. 한쪽 팔이 없어도 너를... 커억."

비형을 비웃던 길달은 검붉은 피를 토해내었다. 붉은 피를 토해낸 길달은 비형을 보며 말했다.

"이깟 공격으로 나를 이렇게 만들다니... 비형, 나는 반드시 너를 없앨 것이다. 그리고 인간의 아이여. 나의 제안을 거절한 대가로 네가 소중하게 생각하는 것들을 모두 죽여 버릴 것이다."

자신의 말을 끝낸 길달은 검은 안개 속에서 사라졌다. 길달이 사라지자 김운은 정신을 차리고 길달의 손목이 박힌 커터 칼을 뽑았다. 김운이 커터 칼을 뽑자 길달의 팔은 재가 되어 사라졌다. 길달에게 습격을 당한 김운은 비형에게 말했다.

"어서 달걀귀신을 찾으러 가요."

"그 몸으로 어떻게 달걀귀신을 찾으러 가겠다는 거냐. 지금 상태에 너는 퇴치가 불가능한 상태다. 그러니, 집으로 돌아가 잤구나."

"집에 가자고? 그게 지금 말이 되는 소리야! 지금 찾지 못하면 죽는다고! 도훈이 아버지가 죽는단 말이야!"

이성을 잃은 김운은 자신을 막는 비형에 멱살을 잡았다. 김운은 비형의 멱살을 꽉 잡으며 말했다.

"내가 달걀귀신을 못 잡으면 그 애는 혼자가 된단 말이야. 하늘이처럼 외로워질지도 모른단 말이야."

비형의 멱살을 잡은 김운은 눈시울이 붉어지더니 이내 눈물을 흘렸다. 눈물을 흘린 김운은 비형의 멱살을 잡은 체, 서럽게 울었다. 김운이 서럽게 울자 비형은 자신의 멱살을 붙잡고 울던 매화를 떠올렸다.

"왜 그랬어! 왜 길달한테 화살을 왜 쐈어! 도대체 왜!"

"길달은 자신의 본분을 다하지 못하였네. 본분을 다하지 못한 대가를 치른 거네."

"대가? 본분? 난 그딴 것 몰라. 모르고 난 네가 죽도로 미워... 너한테 친우가 아닌 본분이 중요하다면 본분을 다하고 혼자 살다가 사랑받지 못하고 쓸쓸히 죽어버려."

서럽게 울던 매화는 비형을 저주하고 떠났다. 그런 매화와 김운과 겹쳐 보인 비형은 혼란스러워했다. 혼란을 느낀 비형은 울고 있는 김운을 보았다. 울고 있던 김운은 갑자기 눈물을 그치고는 비형을 지나쳐갔다. 김운이 자신의 시야에서 벗어나자 놀란 비형은 김운을 붙잡으려 했으나 매화와 겹쳐 보인 바람에 붙잡지 못하고 김운의 뒤를 따라갔다.

종소리를 들은 김운은 울음을 멈추고는 자신의 청각을 의지하며 종소리가 있는 곳으로 갔다. 종소리가 들리는 곳으로 정신없이 간 김운은 학교 근처에 있는 산에 도착했다. 학교 근처에 있는 산에 도착한 김운은 주위를 살핀 후, 귀를 기울였다. 귀를 기울인 김운은 종소리가 들리지 않자 좌절하고 말았다. 김운이 좌절을 한 사이 비형은 김운의 등을 토닥여주며 김운을 다독였다.

"미안하다. 아무래도 내가 너에게 몹쓸 짓을 한 것 같구나. 좀 더 찾아 보자꾸나."

비형이 다독여주자 김운은 마음을 추스르고 눈을 감고 귀를 기울였다. 귀를 기울이니 종소리와 함께 휘파람 소리가 났다. 소리를 들은 김운은 눈을 뜨고는 산 쪽에서 종소리가 난 것을 알았다. 김운은 손가락으로 가리키며 산에서 종소리가 난다는 사실을 비형에게 알렸다. 그러자 비형은 고개를 끄덕이더니 김운을 품에 안고 몸을 공중으로 띄우고는 산으로 들어갔다. 그러자 김운은 몹시 당황한 상태로 비형에게 의지한 채 산 깊숙이 들어갔다. 산으로 깊숙이 들어간 김운과 비형은 종소리가 들린 쪽으로 향했다. 종소리가 들리는 곳으로 간 비형과 김운은 충격적인 장면을 보았다. 그들의 눈앞에서 달걀귀신이 사지가 찢어지고 재가 되어 사라졌기 때문이었다. 재가 되어 사라진 달걀귀신을 본 김운은 어리둥절한 상태로 달걀귀신을 퇴치한 자를 보았다. 달걀귀신을 퇴치한 자는 비형처럼 머리가 단정하고 푸른색 예복을 입은 사내였다. 사내는 비형과 김운을 보고는 눈물을 글썽이고는 입을 열었다.

"비형? 정말 비형인가?"

"오랜만이군. 잘 지냈는가? 매화."

"보고 싶었어. 비형."

매화라는 사내는 비형을 향해 미소를 짓다가 염력으로 큰 바위를 비형에게 던졌다. 그러자 비형은 김운을 꽉 안고 가까스로 바위를 피했다. 비형과 김운이 바위를 피하자 매화는 입을 열었다.

"내가 널 반갑게 맞이할 줄 알았나? 제멋대로인 녀석은 보고 싶지도 않았어. 차라리 그냥 영원히 사라져버리지. 게다가 저 녀석은 또 뭐야? 예전에는 요괴들과 어울리더니. 영혼 상태인 지금은 인간하고 어울리는 거냐? 생전에 인간하고 어울리라고 했건만.... 너는 정말이지... 마음에 안 들어."

말을 끝낸 매화는 씩씩거렸다. 그러자 듣고 있던 김운은 입을 열었다.

"저기, 끼어들어서 죄송한데요. 혹시 두 분 친우 관계이신가요?"

"친우? 거기 인간의 아이야. 네가 보기엔 친우 관계로 보이니! 저런 재수 없는 녀석이랑?"

"친우 관계로 보이는지 안 보이는지는 잘 모르겠지만 비형 성격이 재수 없는 건 알고 있습니다."

"어머, 너도 비형한테 쌓인 게 있니?"

"네, 있습니다."

"음, 혹시 요괴와 관련된 거니?"

"저 아이와 함께 악귀를 퇴치하고 있네."

김운과 매화가 하는 이야기를 듣고 있던 비형은 한마디를 거들었다. 그러자 매화는 비형을 향해 삿대질하며 말했다.

"제정신이야? 저 아이는 반인반귀인 너와는 달리 평범한 인간이라고."

"안다. 이 아이가 평범한 아이인 것을..."

"그렇다면 왜 아이를 악귀를 퇴치하는데, 끌어드리는 건데. 저런 약한 아이는 악귀한테 금방 목숨을 잃는다고!"

"이 아이에게는 숨겨진 능력이 있다네. 저 아이는 충분히 제 할 일을 할 수 있을 것일세. 이 아이는 내가 있는 한 죽지 않을 걸세."

"설마, 길달을 처치하는데 끌어드리는 거냐?"

"그렇다네, 게다가 자네를 만나기 전에 마주했다네."

"너, 단단히 노망이 났구나? 마주했으면 아이를 끼어들게 하면 안 되지. 그 애는 이일과 관련이 없는데."

매화는 분노에 찬 목소리로 비형에게 말을 하다가 친우인 길달 생각에 말을 멈추었다. 자신의 오랜 친우인 길달을 떠올린 매화는 눈물을 흘렸다. 매화가 눈물을 흘리자 김운은 비형의 품에 벗어난 후, 매화에게 주머니에 있던 손수건으로 눈물을 닦아주었다. 매화는 김운의 행동에 당황하더니 손수건을 쥔 김운의 손을 찰싹 때렸다.

"사내가 사내의 눈물을 닦는 게. 말이 된다고 생각하느냐."

매화는 눈물을 그친 후, 김운을 노려보았다. 김운은 자신을 노려보는 매화에게 물었다.

"혹시 휘파람을 부는 나무가 있다고 들었는데, 매화님은 알고 계시나요?"

"알고 있지. 내가 꾸민 일이니깐."

"그렇다면 부탁드릴 게 있습니다. 나무에서 휘파람 소리가 나지 않게 해주세요. 휘파람 소리 때문에 근처에 사시는 스님께서 주무시지 못하십니다."

"네가 그 절에 사는 것이냐?"

"아닙니다."

"그럼 왜 그런 부탁을 하는 거지?

"그 절에는 제 친우의 할머니께서 다니십니다. 친우의 할머니께서 스님이 잠을 제대로 주무시지 못해서 걱정하신다는 사실을 제 친우에게 들었습니다. 부탁드립니다. 부디 스님께서 마음 편히 주무실 수 있도록 도와주세요."

김운이 간곡하게 부탁을 하자 마음이 약해진 매화는 입을 열었다.

"알겠다. 이번 한 번만 도와주지."

"감사합니다."

"단, 조건이 있다. 이 아이에 친우를 찾아주게."

매화는 염력으로 통나무 모양에 요괴를 김운과 비형에게 보여주었다. 통나무 모양에 요괴를 본 비형은 입을 열었다.

"팔척귀와 같이 다니는 요괴군."

"오랫동안 자고 있었는데, 이 아이가 나를 깨웠더군. 왜 그런지는 모르겠으나... 팔척귀와 떨어진 모양이야."

"그 요괴를 팔척귀에게 돌려주는 게 협상 조건이군."

"흥, 아무튼 이걸로 협상하는 거로 하고. 비형. 나는 널 절대로 용서 못할 것이야. 다음번에 마주치게 되면, 너를 없앨 것이다."

매화는 비형에게 경고를 하고 돌풍과 함께 사라졌다. 매화가 사라진후, 비형은 서글픈 표정을 지었다. 김운은 비형의 서글픈 표정을 보고는위로를 해주기 위해 입을 열었다. 그런데, 목소리는 나오지 않고 김운의입에서 붉은 피가 나왔다. 입에서 붉은 피가 나온 김운은 현기증을 느끼고 의식을 잃었다.

3.

"여기는 어디지? 너무 깜깜해."

시야가 암전된 김운은 주변을 살피다가 종소리를 들었다. 김운은 종소리가 들린 쪽으로 뛰어갔다. 어둠 속에서 종소리를 따라 걷던 김운은 불빛 아래에 있는 문을 발견했다. 김운은 망설임 없이 그 문을 열었다.

문을 연 김운은 어린 시절에 자신을 발견했다. 어린 시절에 자신을 본 김운은 당황스러워하다가 어린 시절에 자신을을 지나쳐가는 아이를 보았다. 지나쳐 간 아이는 맨발로 뛰어가고 있었다. 김운은 그 아이를 보고는 혼란에 빠진다. 김운이 혼란에 빠진 사이 멀대같이 큰 남자가 아이를 쫓아갔다. 멀대 같은 사내가 아이를 쫓아가자 어린 김운은 멀대 같은 사내를 따라갔다.

'아, 따라가면 안 돼!'

어린 김운이 그들을 따라가려 하자 김운은 어린 김운을 붙잡았지만 김운의 손이 어린 김운의 팔을 통과했다. 김운은 하는 수 없이 어린 김운을 따라갔다. 어린 김운을 따라간 김운은 처참한 장면을 목격하고 말았다. 자동

차에 치인 아이, 치인 아이를 보고 웃는 멀대같은 사내, 그런 사내를 본 어린 김운을 본 김운은 주저앉았다. 주저앉은 김운은 차에 치인 아이를 보았다. 차에 치인 아이는 어릴 때, 아버지에게 학대를 피하려고 도망치다가 교통사고로 죽은 이하늘이었다. 이하늘은 눈을 뜬 상태에서 김운을 보았다. 이하늘은 눈을 깜빡이지 않고 입을 열었다.

"우리 아빠를 죽여줘. 운아."

이하늘은 피눈물을 흘리며 김운에게 부탁을 했다. 그러자 김운은 옆에서 웃고 있는 이하늘의 아버지를 보았다. 이하늘의 아버지를 본 김운은 롤 주먹을 꽉 쥐고는 그를 향해 손을 뻗었다. 이하늘의 아버지를 향해 손을 뻗자 김운의 옷을 어린 김운이 붙잡았다. 어린 김운은 김운을 붙잡고는 말했다.

"하늘이는 싫어할 거야. 네가 아무리 하늘이 아빠를 수천 번 죽여도 하늘이는 살아 돌아오지 않아."

어린 김운이 냉정하게 말하자 김운은 눈물을 글썽이고는 차에 치인 하늘을 보았다. 차에 치인 하늘은 피눈물을 흘리지 않고 옅은 미소를 짓고 있었다.

"그래, 살아 돌아오지 않아."

김운은 헛웃음을 치고는 그대로 미친 사람처럼 웃다가 입을 열었다.

"하아, 이제 지쳤어."

지쳐버린 김운은 달려오는 차를 발견한다. 차를 발견한 김운은 그대로 달려가 차에 치였다. 차에 치인 김운의 시야는 암전이 되다가 밝은 빛이 어둠을 덮어버렸다.

시야가 밝아진 김운은 붕대가 감긴 자신의 손목과 함께 울고 있는 서도훈을 보았다. 울고 있는 서도훈을 본 김운은 손을 뻗어 서도훈의 손을 잡았다. 김운은 힘겹게 입을 열며 말했다. "아버지 몸은 어떠서?"

김운이 힘겹게 말하자 서도훈은 눈물을 황급히 닦은 후, 말했다.

"너보다는 팔팔하서!"

"그래? 다행이다."

안심을 한 김운은 눈을 감았다.

눈을 감았던 김운은 몽롱한 상태로 눈을 떴다. 눈을 뜬 김운은 붕대가 감겨있지 않는 자신의 손목을 보다가 서도훈을 보았다. 의식이 완전히 돌아온 김운은 서도훈의 손을 잡은 후, 서도훈을 불렀다. 그러자, 울고 있던 서도훈은 김운이 깨어난 것을 확인하고는 눈물을 닦은 후, 입을 열었다.

"야, 사람 간 떨어지게 좀 하지 마."

"미안해."

김운은 쓴웃음을 지으며 웃었다.

의식이 돌아온 김운은 현재 방에 있는 도깨비 매화, 반인반귀 비형, 입이 세 개인 삼구귀, 작은 통나무 모양 요괴, 다리가 세 개인 삼족구를 소개해주었다. 서도훈은 처음 보는 요괴들을 보고는 신기하면서도 무서웠다.

"보통 인간이라면 요괴들이 안 보이는데, 저 애는 왜 보이는 거지?"

도깨비 매화는 손가락으로 서도훈을 가리키며 물었다. 비형은 매화의 물음에 대답해주었다.

"예전에 서도훈의 몸에 삼충이 들어있었지. 삼충이 든 것을 삼구귀가 준 석류로 김운이 간신히 제거했었지. 삼충은 잠을 못 자게하고 욕구를 통제하며 병에 걸려 죽게 만드는 악귀이지. 아무래도 삼충을 제거한 후,

각성을 하여 요괴가 보이는 모양이야."

"그렇다면 최악인 상황 아닌가요? 저야 비형과 같이 지내다 보니 익숙해도 도훈이는 아니잖아요."

비형의 말을 들은 김운은 격양된 목소리로 말했다. 그러자 옆에서 듣던 서도훈은 김운을 진정시킨 후, 말했다.

"저는 운이가 혼자서 위험한 일을 하는 것은 원치 않습니다. 그러니까, 저도 도울 수 있도록 해주세요."

"돕게 해달라니, 너한테는 위험해!"

김운은 질색을 하며 서도훈을 말렸다. 그러자 비형이 입을 열었다.

"김운의 말이 맞다. 너는 요괴를 볼 수 있을 뿐, 김운과 달리 퇴치할 능력이 없다."

비형이 냉정하게 말하자 서도훈은 물었다.

"그렇다면 김운에게는 특별한 능력이 있다는 거군요."

"예전에 김운의 할머니와 김운의 아버지가 산을 내려가다가 성황신을 만났지. 성황신은 이마의 붉은 점이 있는 김운의 아버지를 보고는 괴오공의 저주에 걸렸다고 김운의 할머니께 알렸지. 괴오공의 저주의 표식인 붉은 점을 없애기 위해서는 남녀가 동침하고 아이를 낳아야 하는데, 괴오공의 저주로 인해 태어난 아이는 기이한 힘을 가지고 태어난다고 하네. 김운도 그중에 속한다고 할 수 있지."

비형이 설명하자 곧이어 매화가 말했다.

"김운의 할머니에게 괴오공을 알려준 성황신은 길달에게 잡힌 상태야. 아, 참고로 길달은 나와 같은 도깨비로 비형이 길달을 화살로 쏴 죽였는데 악귀가 되었어."

"매화님."

"내가 뭘 사실인데. 아무튼 너는 길달을 만나면 저승길을 갈 거야."

"매화님. 악담 같은 건 하지 말아주세요."

"악담이라니? 진실인데."

김운이 핀잔을 주자 매화는 퉁명스럽게 말했다.

"그러고 보니, 뱃속에 삼충이 들었던 네 친구가 네 목을 졸라서 큰일 날 뻔한 적이 있었는데, 친구는 당연히 모르겠군."

"매화님! 그런 말씀은 이제 그만 하세요!"

김운은 화를 냈다. 그러자 듣고 있던 서도훈은 김운에게 물었다.

"내가 목을 졸랐다니. 그게 무슨 말이야?"

서도훈이 물어보자 김운은 서도훈의 어깨를 붙잡고 말했다.

"아니야, 너는 내 목을 조른 적이 없어. 그냥 너, 겁주려고 그렇게 말하는 거야."

김운은 다급하게 해명을 했다. 하지만 서도훈은 매화의 말에 충격을 받았다. 충격을 받은 서도훈은 김운에게 무릎을 꿇고 사과를 했다.

"미안해, 정말 미안해."

서도훈이 사과를 하자 김운은 당황하였다. 김운은 서도훈에게 잘못이 없다는 것을 알리기 위해 입을 열었다. 그런데, 창문이 갑자기 깨진 바람에 김운은 입을 다물었다.

창문이 깨지자 서도훈을 제외한 모두가 경계하였다. 경계를 하는 이들에 앞에 악귀가 나타났다. 그들의 앞에 나타난 악귀는 길달이었다. 길달이 나타나자 비형은 삼구귀에게 서도훈과 김운을 데리고 안전한 곳으로 대피를 하라고 한다. 삼구귀는 김운과 서도훈을 데리고 집에서 벗어났다.

"왜 여기 나타난 거지?"

매화는 길달에게 물었다. 그러자 길달은 친절하게 대답해주었다.

"그거야, 오랜 친우에게 선물해주기 위해서지. 그것도 자네들이 절망할 선물을 말이지."

길달의 말이 끝난 후, 팔척귀와 성황신이 나타났다. 실종되었던 팔척귀와 성황신은 비형과 매화를 공격하였다. 공격을 받은 매화는 길달을 노려보았다. 길달은 노려보는 매화를 향해 비웃고는 검은 안개 속에서 사라졌다. 길달이 사라지자 매화는 몹시 불쾌하다는 표정을 지으며 말했다.

"길달, 이 자식 우리에게 엿을 먹인 건가."

"그렇지는 않네."

비형은 매화의 말을 부정했다. 비형은 옷소매에서 단검을 꺼낸 후, 팔척귀에 머리를 찌르고 귀신의 언어를 중얼거렸다. 귀신의 언어를 중얼거리자 팔척귀는 괴로워하다가 쓰러졌다. 팔척귀가 쓰러지자 매화와 대치 중이던 성황신은 비형에게 달려들었다. 성황신이 달려들자 비형은 성황신의 단검을 찌른 후, 귀신의 언어를 중얼거렸다.

그러자 팔척귀처럼 성황신도 괴로워하다가 쓰러졌다. 순식간에 성황신과 팔척귀를 기절시킨 비형은 담담하게 말했다.

"정화를 시켰으니 시간이 지나면 금방 깨어날 걸세. 매화, 나는 먼저 길달이 있는 곳으로 갈테니. 팔척귀와 성황신이 깨어날 때까지 기다려주게."

비형은 매화에게 팔척귀와 성황신을 부탁하고는 빠르게 그 자리를 떠났다.

"예전이나 지금이나 통보하고 사라지는 건 여전하네."

매화는 한숨을 쉬고는 비형의 말대로 팔척귀와 성황신이 깨어날 때까지 기다렸다.

한편, 김운의 일행은 안전한 장소로 이동을 하다가 길달과 마주하고 말았다. 길달을 마주한 김운은 삼구귀에게 말했다.

"내가 상대하고 있을 테니. 서도훈을 데리고 도망가세요."

김운이 부탁을 하자 삼구귀는 김운을 두고 서도훈만 데리고 도망을 갔다. 절규하는 서도훈을 삼구귀가 데리고 도망을 가자 길달은 비웃으며 말했다.

"혼자서 상대를 하다니, 그런 용기는 칭찬해주지."

길달은 정색을 하고는 공격을 하기 시작했다. 길달은 거친 바람을 일으킨 후, 김운의 복부를 주먹으로 쳤다. 주먹을 정통으로 맞은 김운은 고통스러운 표정을 짓다가 커터 칼을 휘둘렀다.

커터 칼을 휘두르자 길달은 쉽게 피했다.

김운은 길달이 쉽게 피하자 김운은 부적을 꺼낸 후, 길달의 몸에 붙였다. 길달의 몸에 부적을 부친 김운은 죽이 되든 밥이 되든 간에 길달을 퇴치하기 위해 주문을 외쳤다.

비형은 길달의 기운이 느껴지는 곳으로 향했다. 주위를 살피던 비형은 의식을 잃고 쓰러진 김운을 발견한다. 비형은 곧바로 내려와 김운을 깨웠다.

"김운, 정신 차려라."

비형은 김운의 왼쪽 뺨을 때렸다. 그러자 의식을 잃었던 김운이 깨어났다. 김운은 맞은 왼쪽 뺨을 만지고는 볼멘소리를 내었다.

"뺨을 때리다니, 너무한 거 아니에요?"

김운이 엄살을 부리자 비형은 이를 무시하고 김운에게 물었다.

"왜 혼자 여기서 쓰러진 거니? 삼구귀와 서도훈은 어쩌고 말이야."

자신의 왼쪽 뺨을 만지던 김운은 싱긋 웃으며 해맑게 말했다.

"제가 쓰러트렸어요. 길달. 많이 약해졌더라고요. 하마터면 죽을 뻔했지만요"

김운이 해맑게 말하자 비형은 정색을 하고 김운에 복부를 주먹으로 쳤다. 주먹을 맞은 김운은 인상을 쓰며 말했다.

"왜 때리는 거예요?"

김운이 묻자 비형은 정색을 하며 말했다.

"너, 길달이지."

비형이 정색하며 말하자 김운은 갑자기 미친 듯이 웃다가 말했다.

"뭐야, 들킨 거야?"

비형은 단검을 겨누며 물었다.

"김운을 어떻게 했지?"

비형이 단검을 겨누자 김운의 모습을 한 길달은 해맑게 말했다.

"어떻게 했긴? 내가 이 아이 몸을 차지했지. 정말 용감한 아이였어. 나를 상대로 퇴치를 하려고 하다니. 하마터면 재가 될 뻔했지. 뭐야."

길달은 커터 칼을 비형에게 겨누며 말했다.

"비형, 너와 함께 싸우던 인간의 아이에게서 죽음을 맞이해라."

길달은 커터 칼로 비형을 찌르기 위해 달려들었다. 비형은 달려드는 길달을 피한 후, 말했다.

"김운, 정신 차려라! 네 안에 있는 길달에게 지지 마라!"

말을 마친 비형은 단검을 들고 길달에게 달려들었다. 비형이 달려들자 길달은 피식 웃으며 말했다.

"이 아이의 영혼은 나에게 잡아먹힌 상태다. 네가 그리 말해봤자. 아무 소용도 없다."

길달은 비형에게 공격을 하기 위해 커터 칼을 겨누었다. 하지만 커터 칼은 비형의 몸이 아닌 김운의 복부에 찔렸다. 커터 칼이 복부에 찔리자 길달이 당황한 사이에 비형은 단검으로 길달이 들어간 김운의 왼쪽 가슴을 찔렀다. 왼쪽 가슴을 찔리자 김운은 각혈을 했다. 김운이 각혈을 하자 길달은 황급히 김운의 몸에서 나왔다.

김운의 몸에서 나온 길달은 붉은 피를 토해내었다. 길달은 붉은 피를 토해내며 말했다.

"본분을 다하지 못했다고... 그래도 친우였는데... 인간들을 위해서 일했는데... 화살로 쏴서 죽여? 용서 못 해! 절대로 용서 못 해!"

길달은 피눈물을 흘리고는 몸을 회복하기 위해 정신을 잃은 김운에게 달려들었다. 김운을 먹기 위해 길달이 달려들자 매화가 나타나 길달의 심장을 손으로 빼내었다. 길달의 심장을 빼낸 매화는 길달의 심장을 꽉 쥐었다. 매화가 길달의 심장을 꽉 잡자 심장은 재가 되었고 길달의 몸도 재가 되기 시작했다.

길달은 몸이 재가 되기 시작하자 길달은 분노에 찬 목소리로 말했다.

"안 돼! 이대로 사라질 수 없어! 이대로 허무하게 갈 수 없다고!"

길달은 절규를 했다. 그러자 재가 되어가는 길달을 매화가 끌어안아주었다. 매화는 길달을 끌어안은 상태로 말했다.

"이제 그만해, 길달. 모든 게 끝났어. 내가 저승길 동무를 해줄 테니까. 같이 지옥에 가자."

매화가 다정하게 말하자 길달은 매화를 밀치며 말했다.

"저승길 동무는 필요 없어... 미안하다... 매화."

길달은 마지막을 남긴 후, 재가 되어 사라졌다. 길달이 사라지자 매화는 눈물을 흘렸다.

한편, 커터 칼로 자신의 복부를 찔렀던 김운은 가쁜 숨을 내쉬며 비형에게 물었다.

"다, 끝났나요?"

김운이 묻자 비형은 대답했다.

"그래, 다 끝났다. 그러니, 원하는 것을 말해라."

비형이 다급하게 말하자 김운은 웃으며 말했다.

"도훈이가 요괴에 대한 기억을 잊게 해주세요."

원하는 것을 말한 김운은 숨을 가쁘게 쉬며 말했다.

"설마, 제가 원하는 것을 들어 준다는 게. 거짓말은 아니죠?"

비형은 은은한 미소를 지으며 말했다.

"그럴 리가."

비형의 은은한 미소를 본 김운은 서서히 의식을 잃어갔다.

다

크

메

이

지

다크 메이지

김정진

흑마법서 <북 오브 라르>

바르테르 고성의 첨탑에 새벽 여명이 비춘다. 크리스탈 창문 안쪽에서 푸르른 연기가 피어오르고 어둠이 아직 가시지 않은 시각 첨탑 종루에서 종소리가 울려퍼진다. 성채의 문 아래로 어프렌티스 마법사들이 도열하여 첨탑 위 대마법사의 거처를 향해 예를 올린다.

지난 일 년간 달빛을 응축하는 마법 작업에 심혈을 기울인 헥토르 마법사는 삼백육십오 일째 되는 날, 철야 명상에서 깨어나면서 창문을 연다. 찬 바람과 함께 새벽 여명이 크리스탈 창문으로 비쳐 들어오면서 골드 카파 거울에 밤새 응집된 달빛과 서로 만나 오색 창연한 광채를 발한다. 일 년간 응축한 달빛과 새벽 일광이 서로 감싸면서 엉기어 마치 황금장미꽃 모양으로 피어나기 시작한다.

"오오! 지금이야!"

헥토르 대마법사는 정성스럽게 양피지를 펴서 그 불빛에 갖다 댄다.

"역시 룬 문자로군!"

빛이 통과된 양피지에 글자가 드러나자 헥토르 대마법사는 로브의 후드를 벗고 양피지에 적힌 문서를 읽어내려간다.

룬 문자의 파워를 다룰 수 있는 마법사들은 룬문자를 이용해서 점을 칠 수 있다. 그런데 포춘텔러의 수준을 넘어서는 마법사들은 점술뿐만 아니라 실제 룬 문자로 된 부적의 파워를 사용할 수 있다. 이제는 대륙 전체에서 그런 룬 문자의 파워를 이해하고 사용할 수 있는 마법사는 헥토르 트로페즈가 유일했다. 잠시 후 헥토르에게 감응한 룬 문자가 스스로 소리를 냈다.

"위대한 마법사! 헥토르 트로페즈여! 어서 오시라!"

문자가 소리를 내는 것이 신기하고 다소 두렵기도 했지만, 헥토르는 용기를 내어 그 글자에게 외쳤다.

"태초의 언어여! 나에게 양피지의 비밀을 말해주시오!"

헥토르는 문자에게 존칭을 썼다. 룬 문자가 변형되면 문자 자체가 파워를 갖고 심지어 목소리로 들리기도 한다. 스스로 존재를 변형해서 시각적 존재가 청각적 존재가 되기도 하는 것이다. 그래서 룬 문자를 마법 문자라고 부른다.

"그대의 마스터와 그 마스터의 마스터가 마법을 수련하던 마법사의 비밀의 방을 알려주겠소."

룬 문자의 목소리가 멈추자 지금까지 칠 년 동안 벽으로만 여겼던 공간에 문이 생기면서 그 문 뒤로 어두운 통로가 나타난다.

"이럴 수가? 여기에 비밀의 공간이 있었다니?"

헥토르는 자신의 마스터 마법사였던 베네딕트가 어프렌티스 시절 사용했던 그 비밀의 방으로 들어섰다. 그 방은 마법 도구뿐만 아니라 어마어마한 분량의 마법 관련 서적들이 있었다. 헥토르는 가장 커다란 마법서를 서가에서 빼자 책장이 스르르 좌우로 열리면서 또 다른 거대한 문이 나타났다.

"놀라움의 연속이로군!"

먼지가 켜켜이 쌓인 문을 열자 계단이 나타난다. 헥토르는 몸을 날려 두둥실 계단 위쪽으로 날아올라간다. 그곳은 사방이 투명한 유리로 된 천정이 있었는데 그것은 안에서는 밖이 보이고 밖에서는 첨탑의 꼭대기 부분에 철제로 불투명하게 보이는 신비한 방이었다. 그곳은 올드 마스터인 대마법사 마르티르 베르트랑의 마법의 방이었다. 마법의 성 첨탑 속에 숨겨둔 꼭대기 층에 위치한 마르티르 베르트랑의 마법의 방은 웅장하기도 했지만 화려하기 이를 데 없었다.

"아아! 드디어 마법사의 방을 보게 되는구나!"

헥토르는 가슴이 벅찼다. 자신이 바르테르 제국의 최고 마법사가 된 이후 줄곧 찾아다니던 그 방이 자신의 거처 안에 있었다는 것을 믿을 수가 없었다.

베네딕트의 스승인 마르티르 베르트랑은 보수적인 마법사였다. 또한 자기 위상이 강한 마법사였기에 화려하고도 비밀스러운 방을 제작한 것이었다. 하루 종일 빛이 들어와 방의 보석과 유리들에 반사되어 마법사의 방을 빛으로 충만하게 하였고 야광석과 연기 없는 마법 토치가 밤 동안에도 엄청난 빛을 말하여 그야말로 불야성을 방불케 했다. 늦은 저녁, 해가 지기 직전의 시간대에 마법사의 방 내부의 각종 보석류들의 장식물과 반사경 등의 유리 장식 배치를 통해서 이 마법사가 어떠한 성격인지 알 수 있었다.

자기애가 강한 그는 다이아몬드로 장식된 자신의 전신 동상을 세워놓았지만 오랜 세월 방치된 청동과 황동의 장식품들은 녹이 슬어버린 상태였다.

비밀의 방안에는 커다란 구리항아리가 있었다.

"그래! 저거야!"

그것은 바로 마법의 항아리였다. 항아리에 음각으로 조각된 그림에는 산모롱이 한 모퉁이 쉼터에 불타는 꽃 즉 파이어플라워가 소담스럽게 피어있다. 그런데 실제로 그 불타는 꽃은 스스로 빛을 발하고 있었다. 마법의 항아리 속에서부터 에네르기가 밀려나와 그 불꽃을 꺼지지 않게 만드는 것 같았다.

룬문자로 이루어진 문장의 뜻을 알아야 항아리 뚜껑, 말하자면 마법 항아리로 들어가는 비밀의 길을 찾아야 문이 열린다. 우주의 신비한 비밀의 소리를 담을 수 있는 룬 문자의 의미는 바르테르 대왕의 비밀 명령으로서 사람들의 생명을 지켜주고 모두가 안전하게 잘 살아가는 꿈의 궁전을 만든다.

룬 문자의 의미는 의외로 간단했다.

<인간의 모든 병을 치료하는 약을 만들어준다.>

그러자 스르르 마법 항아리의 뚜껑이 열린다. 헥토르는 항아리 뚜껑을 열고 그 안에서 두툼한 양피지 두루마리를 꺼낸다.

"위대한 마법서 <북 오브 라르>를 연구하시오. 단 마지막에 붙어있는 부록 금서는 절대 열어보지 마시오."

헥토르는 양피지를 묶어놓은 황금실을 잡아당겨 열어보는 순간 펑하는 소리와 함께 양피지가 일순간 두꺼운 마법의 책으로 변하는 것이 아닌가.

"오! 놀랍군!"

헥토르는 쉬지 않고 마법의 책 페이지를 빨리 넘기면서 처음부터 끝까지 제목만 줄줄 읽어내려 갔다. 반 정도는 대개 아는 마법들이지만 위대한 마스터들의 비밀 마법들도 상당량 눈에 띄었다. 헥토르는 희색이 만면했다. 스스로 우주 전체에서 가장 위대한 마법사가 된 느낌이었다.

"어? 마지막에 붙은 책자는 열리지가 않는군! 이게 바로 금서의 부록 책이로군!"

헥토르는 호기심이 발동했지만 앞에 있는 어마어마한 분량의 마법을 연구하는 것만으로도 평생을 다 바칠 시간을 들일 지경이었다. 그는 별책 부록은 떼어내어 서가에 그대로 두었다.

자신의 방으로 돌아온 헥토르는 차를 마시면서 두꺼운 마법의 서, 소위 <북 오브 라르>의 첫 페이지를 여는 순간 노크 소리가 들린다. 대제자 발데스였다.

"마스터! 바스티아니가 당했습니다."
"뭐? 언제, 어디서!"
"파베르쥬 협곡의 비스트로에 갔다가 흡혈 흑마술에 당한 모양입니다."
"이런! 흡혈 마녀들이 나타나다니! 진작에 씨를 말리지 못한 게 후회스럽군."
"제가 처리할까요?"
"아니다! 내가 가보마."

헥토르는 대제자 발데스와 차석 마법사 빅토르 그리고 스노우 어쌔씬 몇 명을 대동하고 협곡의 비스트로로 향한다.

"너희들은 밖에서 기다리거라. 누군가 밖으로 도망치면 바로 처단하라."

"예! 명을 따릅니다!"

헥토르가 루미에르 검으로 광선을 방사하면서 어두운 비스트로 들어간다. 어두침침한 선술집의 싸구려 술과 향수의 내음이 나는 비스트로 안에서는 긴 머리를 산발한 나신의 여인이 누워있는 남자의 몸에서 피를 빨고 있다. 벌거벗은 여인이 헥토르를 보고 일어서자 그녀에게 다가간 헥토르가 검을 들어올린다.

츄리리링!

"크크크! 연달아 손님이 오다니....흐흐흐"

나체의 여인은 우윳빛 피부에 여기저기 검붉은 피를 묻히고 헥토르에게 날아온다. 그녀는 날아오는 공중에서 손을 뻗어 주문을 외었고 그 주문의 목소리가 수십 개의 비수가 되어 그에게 날아든다.

챠창! 창창!

그는 쾌속으로 검을 휘둘러 마법의 비수들을 막아낸다. 순간 마녀가 무척 당황한다.

"이런! 마법이 통하지 않는 놈이 있다니? 누구냐? 넌!"

"흡혈마녀라.... 너 혼자냐? 겁도 없이 혼자 돌아다니느냐?"
"이런 미친놈을 보았나!"

분기를 억누르지 못하고 손톱을 뾰족하게 세운 나체의 마녀가 헥토르를 곧바로 덮쳤고 그의 섬광을 가르는 루미에르 검이 그녀를 즉사시켰다. 마녀의 몸이 바닥에 떨어지자마자 시체가 수백 마리의 바퀴벌레들이 되어 악취를 풍기며 사방으로 흩어졌다. 그는 즉각 손수건으로 코를 막고 비스트로 밖으로 뛰어나갔다.

발데스가 고개를 숙여 예를 올렸고 주위에 은폐물 속에 흩어져 있던 스노우 어쌔씬 들이 눈 속으로 사라져버렸다.

"돌아가자."
"예!"
"마녀들이 또 나타나면 곧바로 보고하라!"
"네! 마스터!"
"연전에 코블란츠의 마녀를 죽인 뒤로 대륙에 퍼져있던 개별 마녀들이 숨어 있을텐데 다 찾아서 없애기가 어렵겠는걸....."

마법의 성으로 돌아온 헥토르가 다시 <북 오브 라르>를 펼치려는데 또다시 발데스가 들어와 예를 올린다.

"마스터! 손님이 오셨습니다."

"누군가?"

"이사벨라 드빌이라고 합니다."

"그래?"

"귀찮으시면 그냥 돌려보낼까요?"

"들여보내게."

헥토르는 육 년만에 들어보는 그 이름이 어쩐지 낯설었다. 문이 열리자 아이를 안은 삼십 대의 여인이 나타나 고개를 숙인다.

"대마법사님을 뵈옵니다."

"어서와. 이사벨라. 오랜만이군."

"육 년만인가요?"

"존댓말은? 말 편하게 해."

"그럴까?"

이사벨라는 안고 있던 아이를 소파에 눕힌다.

"내 딸 실비아야."

"예쁘게 생겼군."

"여섯 살이야."

"아이 얼굴에 엄마의 미모가 보이네. 후후, 그런데 피부가 조금 어둡군. 어디 아파?"

"불치병에 걸렸어."

"저런!"

이사벨라가 깊은 한숨을 쉬고는 말을 잇는다.

"악성 중증 근무력증이야, 그래서 여길 찾아왔어."

헥토르가 놀라 들고 있던 찻잔을 내려놓는다.

"처음에 증상이 안구운동, 표정, 씹기, 삼키기, 숨쉬기 등에 관련된 근육들이 무력해진대. 병이 진행함에 따라 전신 근육으로 번지고 결국 호흡 곤란이나 호흡 정지가 생길 수도 있다네."
"중병이로군."
"이렇게 일년을 버티다가 결국 하늘나라로 갈 거야.... 흐윽...."

이사벨라가 울자 헥토르는 마음이 철렁 내려앉는다.

"하지만 나는 마법사지 의사가 아니야."
"의사가 할 수 없는 걸 해내는 게 마법사 아냐?"
"글쎄, 마법은 단기간에 아이를 원래의 상태로 되돌릴 수는 있지만, 그건 영원히 고치는 건 아니지...."

헥토르는 화제를 돌린다.

"그런데 아이 아빠 모레즈는?"

"그 인간은 아직도 베아트리스호를 타고 온 세상을 누비고 있지."

"탐험 중인가?"

"자신은 만병통치약을 구한다고 아세아니아 대륙을 뒤지고 있지만 이젠 몇 달째 연락도 없어...."

이사벨라는 헥토르를 똑바로 보면서 애원한다.

"내가 너를 배신하고 나서...."

"그만해!"

"내가 이럴 자격은 없지만 아이를 살려주면 내가 평생 니 노예로 살아도 좋아!"

"말도 안 되는 소리 좀 하지 마!"

"무슨 말을 해도 좋아. 제발 안 된다는 말만은 하지 말아줘."

헥토르는 심장에 뻐근한 통증이 느껴질 정도로 마음이 아파온다. 그리고 수척해진 이사벨라의 얼굴과 가녀린 몸매가 그의 두 눈에 들어온다.

"이사벨라."

"웅."

"너 십 년 전에 우리 처음 만난 날의 그 베스트를 입고 왔네?"

"으웅! 기억하는구나!"

"그렇게까지 애쓸 필요는 없어.... 내가 아이의 병을 고칠 수도 없고 마법을 쓰면 더 빨리 중세가 악화될 수도 있어...."

"아냐! 헥토르! 넌 우리의 희망이야! 대륙 전체에서 가장 위대한 마법사
니까! 이제 너에게 매달릴 수밖에 없어!"

"나는 베네딕트 마법사님이 아니야."

"그래도 어떻게 좀 해줘.... 흐윽...."

그녀의 울음소리가 그치지 않았고 헥토르는 망연자실 두 모녀를 바라
볼 뿐이다. 그러다가 그의 뇌리에 스치는 룬 문자가 있었다.

<인간의 모든 병을 치료하는 약을 만들어준다.>

헥토르는 바로 항아리 벽면에 적힌 그 문자가 떠올랐지만 마법책에는
그런 병에 대한 치료 내용이 없었다. 그는 혼잣말을 했다. '그럼 그 내용
은 금서인 별책 부록에 있겠군. 흐음.....'

헥토르는 망설였고 그 동안에도 이사벨라의 울음은 그치지 않았다.

어깨를 들썩이며 우는 그녀의 뒷모습에서 헥토르는 십 년 전 처음 그녀
를 만났던 그 순간이 떠올랐다.

<북 오브 라르>의 비밀

헥토르는 울고 있는 이사벨라의 모습 너머로 마법 구슬의 환영을 본다.

<데블 출현!>

마법 구슬의 심연 속과 같은 그 깊은 곳에서 메시지가 구름처럼 피어오르고 그 구름 같은 하얀 덩어리들이 문자로 변화되면서 헥토르에게 예언의 실마리를 준 것이다.

"이사벨라를 도와주면 악마가 현현하는 군...."

헥토르는 즉각 대제자를 부르고 제자들에 의해 울면서 끌려나가는 이사벨라의 뒷모습을 보면서 헥토르의 가슴 한쪽이 미어진다.

"그토록 오랜 세월 명상을 하여 마음을 침잠시켰건만....."

그는 이제 여자에 대한 애련과 미련이 거의 사라졌다고 믿었지만 이사벨라의 체취가 아직 방에 남아 있다는 걸 깨닫고 찬바람이 마법사의 방으로 밀려 들어오도록 겨울의 얼어붙은 창문을 열었다.

그는 좀처럼 마음을 가다듬지 못하고 쫓겨난 이사벨라 모녀를 생각하다가 예언서를 꺼내들었다. 이제는 과거의 역사서가 되어버린 지아라 예언자의 예언서를 읽어내려가면 그는 언제나 평정심을 찾을 수 있었다. 책은 두 부분으로 이루어져 있는데 앞에서부터 읽으면 예언서가 되고 뒤에서부터 읽으면 마법의 서적 즉<북 오브 라르>가 되는 것이다.

고래로 이어져 온 바르테르 대륙의 파란만장한 전쟁은 B.C. 121년에 종식되었다. 천년왕국인 데미노스 왕국이 멸망하고 마침내 평화의 시대가 열렸다. 통일을 이루어낸 바르테르 왕이 대륙을 통일하고 향후 전쟁을 불식시키기 위해 왕국 전체에서 검투사들과 마법사들의 활동을 금지시키자 대륙은 한동안 평온한 시기를 지냈다.

"왜 바르테르왕은 마법을 금지시켰을까? 마법사에 의해 죽음을 당할 것을 이미 알고 있었나?"

혼잣말을 하던 헥토르는 다시금 책을 읽는다. 마법사들이 다시 대륙의 평화를 만들어내던 시대를 설명하는 대목에서 헥토르는 잠시 눈을 감고 과거를 회상해본다. 베네딕트 마법사가 과거 바르테르 대륙의 가혹한 전쟁을 승리로 이끌 때, 흑마술사 트리스탄의 거센 저항과 강력한 마법으로 지리한 전쟁이 이어졌다. 전쟁 중에 죠세프는 죽을 고비를 맞이했다. 그의 약혼녀 이사벨이 죽었지만 의사이기도 한 베네딕트 마법사가 그녀를 구했다. 악마의 마법사 트리스탄과 맞선 베네딕트의 절대 절명의 위기에서 헥토르가 각성하여 엄청난 에너지로 트리스탄에게 마력을 가했다. 그리고 대결 일주일 만에 마력이 다 소모된 크리스탄 흑마술사가 죽었다. 결국 헥토르가 영웅이 되고 그는 대륙의 새로운 지도자가 되었다.

"지금 생각해도 믿을 수 없는 일이야.... 당시 트리스탄은 나와 마스터를 합친 힘보다도 강했는데..... 도무지 알 수 없는 일이야....."

바르테르 대륙의 바르테르 국의 마법학교에 대 마법사 민트 베네딕트의 제자였던 이사벨라 드빌과 그녀의 약혼자 죠세프 모레즈가 전쟁 중에 약혼을 했지만 죠세프가 사라진 이후 새로운 영웅 헥토르 트로페즈가 이사벨의 목숨을 구해주면서 두 사람은 급격하게 가까워졌다.

그런데 전쟁이 종식되고 행방불명이 된 죠세프 모레즈가 영영 돌아오지 않고 헥토르와 이사벨라가 점차 가까워지면서 사랑에 빠진다. 두 사람이 결혼을 앞둔 시점에서 헥토르가 베네딕트 마법사의 수석 도제가 되어 처가인 드빌 가문에서 데릴 사위로 인정받게 된다.

그리고 전쟁이 끝난 어느 날 이사벨라의 약혼자였던 죠세프 모레즈가 거짓말처럼 돌아오고 이사벨라는 헥토르를 떠나 죠세프에게 다시 돌아가고 버림받은 헥토르가 다시 마법학교에 들어가 마법 공부에 전념한다. 베네딕트 대 마법사가 자신의 비밀 마법책을 물려주고 헥토르는 실질적으로 대마법사의 모든 비법을 승계한다. 민트 베네딕트가 타계하고 헥토르는 마법의 성의 성주가 되어 대마법사의 후계자로 인정받는다. 그런데 민트 베네딕트가 떠나면서 유언처럼 비밀의 방에 있는 비급 마법책을 절대로 읽지 말라는 당부를 남긴다.

대륙 최고의 마법사가 된 헥토르는 스승의 경지를 뛰어넘어 대륙의 어느 왕도 그를 함부로 대하지 못할 정도로 막강한 마력을 지니게 된다. 십 년 동안 헥토르는 대륙의 모든 나라에 대해 전쟁을 하지 못하도록 대마법을 걸어 대륙의 평화를 이끌어낸다. 헥토르는 실제로 대륙의 제후국들의 왕들이 그를 따르는 최고 영도자가 된 것이다.

"휴우! 지난날이 꿈만 같군...."

헥토르는 브랜디 한잔을 크리스탈 컵에 따라 들이키고는 마법예언서를 닫았다. 아니 닫으려 했다. 그런데 마법의 예언서가 투두둑 소리를 내면서 스스로 움직였다.

순간 헥토르는 직감했다.

"이런! 새로운 예언이 나오는 군!"

헥토르는 부리나케 <북 오브 라르>의 마지막 페이지를 폈다. 그러자 하얀 백지에 마치 투명인간이 글씨를 써 내려가듯 새로운 문장이 저절로 쓰여지고 있었다.

헥토르는 과거 전설의 문명 시대의 문자인 룬문자로 쓰여진 비법서의 내용을 해석하기 시작한다.

<북 오브 라르> - 시간은 물질이다. 그것은 빛이란 물질이 흘러가는 것이다. 빛이라는 물질을 잡고 멈추는 방식으로 시간을 느리게 가게 할 수 있다. 시간의 무한한 에너지흐름을 더 막강한 힘으로 세우는 힘은 바로 그것을 얼려버리는 것이다. 빛의 에너지를 완전하게 얼려 버리면 비로소 시간이 멈춘다. 시간의 에너지를 멈추는 것은 흑마법술의 일종이다. 그런데 시간을 멈추게 하면 과거 어느 시절에 멈춰진 시간이 다시 풀려서 그것이 작동하면서 그 시간대에 얼려있던 흑마법사들과 몬스터들이 풀려날 수도 있다.

비급 마법서를 해석한 헥토르는 뛸 듯이 기뻤다. 헥토르는 당장 그 마법을 사용해서 이사벨라의 딸을 구하고 싶었다. 그런데 그 시간 멈춤의 마법이 실행되면 과거의 대마법사들에 의해 유폐되었던 괴물들이 봉인 해제되어 세상으로 출현하게 되는 것이었다.

"하아! 어찌해야 할 것인가..... <데블 출현!>이라니....."

헥토르는 데블을 이길 수 있다고 확신한다. 과거 대마법사들보다 자신이 더 우월하다고 믿고 마왕들과의 싸움을 두려워하지 않게 된다. 그는 세상을 얼려 시간을 멈추고 드래곤을 잡아 심장과 유황, 몰약, 크리스탈, 오팔, 루비를 섞어 백 년 동안 끓여 약을 만들기로 한다. 그는 드래곤을 사냥하기로 한다. 나중에 드래곤 하트를 구하기로 하고 먼저 거대한 황동, 청동, 금동, 백동, 흑동을 녹여 만든 마법항아리에 약을 끓이기 시작한다.

드래곤 하트와 보석들이 준비되면 이제 꺼지지 않는 마법의 불을 사용해 백년 동안 끓이면 되는 것이었다.

세상을 얼리는 마법의 주문

마법사의 방으로 돌아온 헥토르는 정성을 다해 꺼지지 않는 마법의 불을 지핀다. 이미 며칠째 끓고 있는 마법 항아리에 마지막 재료인 사파이어 드래곤 하트를 넣었다. 마지막 약재가 들어가자 부글거리던 거품이 사라지고 신비로운 향이 나면서 잠시 후 마법의 약이 다시 끓기 시작한다.

그는 다시 한번 더 <북 오브 라르>의 내용을 확인한다.

"매일 마법의 나무에 새로운 마법의 불을 지피고 항아리를 저어주면 삼만육천일 후에 약이 완성되리라....."

헥토르는 아이러니하게 행복한 그리고 동시에 고통스러운 미소를 머금는다.
"이사벨라 드빌이 다시 나타나 내 모든 것을 바꿔버리다니...."

마법 항아리에 만병통치약을 끓이기 시작한 지 사흘이 지난 뒤 헥토르는 마침내 위대한 마법사의 <북 오브 라르>의 금지된 별책부록을 꺼냈다.

"글자가 마법으로 보이지는 않다니! 이래서 오랜 세월, 세상이 보이지 않은 모양이로군!"

별책 부록은 마법서의 맨 뒤에 붙어 있었지만 무심코 만지면 그냥 한 권으로 보였고, 막상 금지된 부분에 잠겨있던 열쇠를 떼어 내자 독립된 한 권의 책자로 떨어져 나왔다. 헥토르는 짐짓 떨리고 두려웠지만 애써 태연하게 시간을 멈추는 마법에 대한 페이지를 찾았다. 침을 삼키면서 그 마지막 페이지를 여는 순간 헥토르는 그야말로 당황할 수밖에 없었다.

"어라?"

단 한줄뿐이었다.

-비밀의 문을 열고 들어가 시간을 멈추는 주문을 시간의 권력자에게 받아오라!-

그것이 시간을 멈추는 마법서 내용의 전부였다.

"시간의 권력자? 흐음.... 뭘 어쩌란 말인가?"

잠시 명상에 잠긴 듯 미동도 하지 않는 헥토르의 귓전에 누군가의 목소리가 들린다.

"그대는 선택을 할 것인가?"

그것은 바로 <북 오브 라르>의 목소리였다.

"좋다! 선택하겠다!"

헥토르의 강단 있는 말을 끝나자. <북 오브 라르>의 책갈피에 숨겨둔 삼십 센티 길이의 마법 지팡이가 튀어나왔다.

"매우 익숙한 장면이로군!"

헥토르는 매직 원드를 휘두르며 마법의 열쇠를 작동시키는 주문을 건다.

"끌레스크레!"

마법의 주문이 말해지자 과연 황금빛 열쇠가 서서히 모습을 드러낸다.

"이것이로군!"

황금열쇠를 만지작거리던 헥토르의 목전에 순간 커다란 소용돌이가 치더니 부연 연기가 방안에 깔리면서 마법의 문이 열린다.

순간 망설이던 헥토르가 자신도 모르게 그 소용돌이치는 마법의 문 앞에서 문득 이사벨라의 얼굴을 본다.

"이럴수가?"

이사벨라를 뚜렷하게 떠올린 그는 지체없이 마법의 문을 열고 그 안으로 발을 내딛었다.

휘이이잉

소용돌이치는 회오리바람이 한차례 불더니 그는 적막하고 황량하기 그지없는 허허벌판 위에 서 있는 자신을 발견한다.

"도대체 여기가 어딘가? 어디로 가야 시간의 권력자를 만난단 말인가?"

헥토르는 황무지의 계곡에서 일광이 비치는 몇 시간 동안을 이리저리 인적을 찾아 헤매었다. 하지만 인가가 보이지 않았고 아침 무렵인 것 같았는데 그가 있는 골짜기에 긴 그림자가 덮이고 차차 어둠이 내려왔다.

"흐음 허기가 지는군."

생각해보니 그는 사흘 동안 아무것도 먹거나 마시지 않고 마법 항아리를 지켰다. 헥토르는 어두침침한 골짜기에서 샘물이 흐르는 소리를 들었다. 그는 바위틈에서 한방울씩 떨어지는 물을 아껴서 마셨다.

"이제 정신이 좀 드는군."

그는 주위에 커다란 죽은 나무토막을 들고 마법의 주문을 외운다.

"볼레오씨엘!"

그는 마법 빗자루처럼 생긴 긴 나무토막을 타고 골짜기 위로 솟아오르기 시작했다. 한동안 날아오른 그는 마침내 산 정상에 도착했고 오후의 햇빛이 그의 눈을 찔렀다. 눈을 감았다가 다시 뜨자 그에 눈에 어딘가로 향해 길게 닦여진 도로가 보였다.

"오! 누군가 저기에 있겠군!"

지평선의 끝에 성으로 보이는 작은 점이 그의 시야에 들어왔다.

"좋아! 가보자!"

그는 길을 따라 날지 않고 직선으로 그 성을 향해 날아가기 시작했다. 하지만 거리는 예상보다도 훨씬 멀었다. 날아가는 동안 어둠이 내렸고 드디어 밤이 이슥해지고 결국 그가 그 괴상한 성에 도착했을 때, 성문 주위에 토치들이 켜지는 저녁 시간 무렵이 되었다.

오랜 비행으로 그가 어지간히 지쳤을 때 도착한 성벽을 타고 오르려 할 때 그는 별안간 무언가와 부딪쳐 큰 충격을 받는다.

쿠쿵

"우욱! 결계로군! 성 전체에 결계가 쳐져있을 줄이야...."

지상으로 떨어진 그는 통나무와 함께 나동그라졌다. 성문 앞은 매우 어두웠다. 그는 스스로 안광을 폭사하는 마법으로 사방을 둘러보았다.

사방이 점점 밝아오는 빛 속에 성문이 나타났고 그 척박하고 황량한 땅에 우뚝 선 그 괴상한 성으로 들어갔다. 성 안에는 아무도 없었고 성문에서 멀지 않은 곳에 아담한 성채가 있었다. 바르테르 궁성에 비하면 십 분의 일 정도의 작은 성이었다. 길 양쪽으로는 어두운 구름 같은 칙칙한 빛깔의 숲으로 덮인 정원이 있었고 그 주위는 온통 가시나무 같은 날카로운 관목들로 우거져 있었다.

"분위기가 영 어둡군. 시간의 권력자는 암흑의 신인가?"

헥토르는 성채의 대리석 문을 열고 당차게 들어갔다. 성채의 실내는 예상과 달리 매우 밝고 아름다웠다. 온갖 화려한 꽃들과 그 화훼에 어울리는 휘황찬란한 보석 장식들이 헥토르의 눈길을 끌었다.

"아무도 없습니까?"

불안 속에 낮은 목소리로 겨우 입을 뗀 헥토르는 사방을 둘러보았다. 하지만 아무도 나타나지 않았다. 그런데 희한한 것은 방 한가운데에, 그 어떤 피사체도 존재하지 않았지만 그늘이 져 있는 것이었다.

"저, 저럴수가?"

그는 무척 당황했다.

"사방의 토치에서 뿜어져 나오는 불빛을 도대체 누가 막고 서있길래 저기에 그림자가 있는 거지?"

헥토르는 직감적으로 그것이 그림자로 투명하게 변신한 시간의 신이라고 직감했다. 그는 허리 숙여 인사를 올렸다.

"시간의 권력자이시여! 저에게 백 년 동안 시간을 멈추는 마법의 주문 사용을 허락해주십시오!"

그 그림자는 대답이 없었고 대신 성채 안의 대리석 바닥이 솟아오르면서 괴상한 건조물이 헥토르 눈에 보였다. 그것은 바르테르 왕국의 모습이었다. 항구 옆의 도시와 산허리를 깎아 만든 길도 있었으며 고도의 석공술로 세워진 아치형의 다리도 있었다. 신전 앞에 도착한 헥토르는 기진맥진했다.

"왜 이렇게 기운이 빠지지? 힘이 하나도 없잖아...."

지칠대로 지친 헥토르의 귀에 역시 그 시간 권력자의 목소리가 들려온다.

"마법사여! 그대는 오지 말아야 할 길을 왔노라."

기운이 거의 없는 그는 대답할 에너지가 다 떨어졌지만 그래도 다시 한 번 더 부탁을 한다.

"시간의 권력자이시여! 제 소원을 들어주소서...."
"그대가 사랑하는 여인은 다른 남자의 여인이노라."

"알고 있습니다. 저는 곁에서 그들을 바라볼 뿐입니다."

별안간 성채 내부에 한차례 바람이 불더니 그의 목소리가 무겁고도 진중하게 바뀌었다

"마법사여! 그대는 이미 야위었고 안색이 나쁘도다! 그대는 죽음에 임박해 있도다!"
"어차피 누구나 죽지 않습니까?"
"그대가 죽지 않고 살 가망은 있노라. 살아 있어야만 지금처럼 갸륵하고 착한 일도 할 수 있지 않는가?"

헥토르가 기운이 없어 대답을 하지 못하자 시간의 권력자의 목소리가 돌변한다.

"마법사여! 그대는 알고보니, 악하기 그지 없도다! 왜 남의 가정을 파탄내려 하는가?"

헥토르가 겨우 힘을 짜내 한마디 한다.

"아닙니다. 저는 이사벨라를 사랑하지만 그 가정을 깨지 않습니다."
"거짓말이로다! 오로지 마법 연구와 명상에 몰두하고 일말의 사특한 마음을 갖지 않았다면 왜 그대의 몸의 피가 말라가는가!"

분노한 그의 목소리와 함께 별안간 일진광풍이 불고 헥토르는 어깨를 움츠린다.

"지금이라도 시간 멈추기 놀이를 중단하면 어떠한가?"

"시간의.... 신이시여. 송구하오나.... 저는 약속을.... 지킬.... 것입니다...."

"마법사여! 내 목소리를 들어보라! 나는 이토록 편안히 살고 가장 큰 기쁨을 누리며 모든 욕망을 버렸다. 보아라! 이 마음과 몸의 깨끗함을!"

순간 무지개와 같은 광채가 빛나고 황홀한 향기가 성채 내부 전체에 감돈다. 그리고 다시 무거운 그의 목소리가 들린다.

"마법사여! 그대가 간절하게 갖고 싶은 욕망, 그것은 애착이다. 다시 말해 고집이다. 알겠는가?"

그가 형체도 없이 무언가 움직임을 보이더니 허공중에서 달콤하고 황홀한 무언가 기운을 헥토르에게 불어 넣어준다. 순간 헥토르는 입안에 갈증이 해소되고 배가 포만감으로 든든해지면서 더없는 행복감이 밀려온다. 그는 최고의 만족감으로 정신이 몽롱해진다.

"어떠한가? 이런 상태로 명상을 하고 마법 연구에 정진하시게나!"

헥토르는 하지만 고개를 가로로 저어 보이고는 한마디 한다.

"시간의 권력자이시여! 저는 혼자서 무섭고도 쓸쓸한 곳에 들어와 간곡히 바랍니다. 저는 세상 최고의 마법과 신의 경지에 오르는 명상과 절대권력과 온갖 재물을 다 버리겠나이다!"

순간 화려했던 성채 안의 모든 꽃과 보석과 아름다운 장식물들이 순식간에 사라지고 성은 별안간 다시 황무지로 변해버렸다. 그리고 시간 권력자의 목소리가 들렸다.

"어리석은 마법사여! 그대는 천국의 길을 마다하고 지옥의 길을 가는도다!"
"용서하소서! 시간의 신이시여!"
"좋다! 마지막으로 너에게 깨달음을 주는 이야기 하나를 들려주마."
"말씀하소서."

잠시 침묵이 흐른 뒤 그가 더욱 무거운 어조로 말한다.

"어떤 새가 맛있는 콩처럼 생긴 돌을 날아와 먹으려 하였다. 아무리 쪼아도 그 콩을 결코 먹을 수가 없는 것이었다. 결국 새는 그것을 먹지 못하고 부리만 다쳐서 허공으로 날아갔다. 마법사여! 그대도 또한 그 새와 같으니 헛되이 수고하지 말고 진실함으로 돌아가시게."

헥토르는 즉각 대답했다.

"시간의 권력자이시여! 저에게는 이사벨라에 대한 사랑만이 곧 진실함
이옵니다."

그 대답을 마지막으로 헥토르는 엄청난 굉음과 함께 소용돌이 속에 갇
힌다. 얼마나 그 회오리바람 속에 돌고 또 돌았을까. 어지러움을 극한으
로 느낄 즈음 그는 다시 마법사의 방으로 돌아왔고 그의 귓속에서 시간을
멈추는 마법의 주문이 들려온다.

"아레르레탕...."

기진맥진한 헥토르는 몸을 움직일 힘이 전혀 없었다. 그는 침대에 그야
말로 시체처럼 쓰러져 혼수 상태가 되어버렸지만 입가에 작은 미소가 보
였다. 그는 자신도 모르는 사이 마법의 성을 제외한 온 세상의 시간을 멈
춰버린 것이었다.

대마법사, 헥토르의 첫 외출

온 세상이 하얗게 얼어버린 후 헥토르의 마음은 하얀 설원처럼 아무런
생각이나 감각도 사라지는 것 같았다. 그는 매일 반복되는 일과로서 마법
항아리에 약을 끓이면서 거의 대부분의 시간을 명상을 하고 있었다. 명상
중에 과거를 회상하다가 호흡이 다소 불규칙해졌지만 이내 평정을 되찾
는다. 그의 호흡이 점점 사라져 희미하게 들숨과 날숨이 미약하게 유지되
고 있다.

"후우후.....하아아...."

그런데 순간 잡념이 뇌리를 스친다. 하얀 평원 위에 무언가 움직이고 있다는 느낌이 든 헥토르는 살짝 눈을 뜬다. 올드 마스터 대마법사 마르티르 베르트랑의 마법의 방 한켠에 그의 동상이 마치 살아 움직이는 것처럼 보인다. 동시에 자신의 마스터였던 베네딕트의 초상화도 그 얼굴 표정이 웃는 모양으로 잠깐 변형되어 보였다. 그리고 위대한 마법서 <북 오브 라르>가 서가의 한쪽에서 책장 뒤로 스르르 미끄러진다.

"시간 멈춤 마법의 부작용인가?"

헥토르는 방안을 자세하게 살폈다. 그러나 마법의 방안에는 이상한 것은 없었지만 성벽 밖에 얼어붙은 세상에 균열이 생겼거나 외부 충격이 있었던 것 같았다.

"허어! 이 방 안까지도 마력이 영향력을 미치는가?"

헥토르는 조금 당황했지만 현기증이 날 정도로 그가 이십 시간씩 명상을 한 까닭임을 알아차린다.

"이제 완전히 얼어버렸군....."

헥토르는 창밖의 꽁꽁 세상을 물끄러미 바라보다가 마법구슬을 통해 날짜를 확인한다. 한 달을 꼬박 마법약을 끓인 헥토르는 마법 항아리를 들여다본다.

"이런! 십분의 일밖에 물이 없군."

그는 즉시 마법 빗자루를 들어 주문을 왼다.

"디비제안디스!"

그의 주문에 맞추어 하나의 마법 빗자루가 열 개로 불어난다. 그는 빗자루 손잡이 끝에 금빛 틴 주전자를 각각 열 개 매달아 휘파람을 불며 마법의 방을 빠져나온다. 첨탑 아래의 던전 입구에 마르지 않는 생명수 같은 지하 샘물터에 다다른 헥토르와 빗자루들이 물주전자에 가득 깨끗한 샘물을 뜬다.

빗자루들이 물을 떠서 다시 성의 첨탑 꼭대기 층의 마법사의 방으로 올라간다. 줄지어 물을 나르는 빗자루들은 흡사 군사들처럼 줄 맞추어 걷는다. 헥토르도 기분이 좋아 휘파람을 불면서 다시금 마법사의 방으로 돌아가 주전자 열 개의 물을 모두 항아리에 붓는다. 그리고 다시금 항아리 아래 마법의 불을 이십사 시간 동안 활활 타오르도록 마법을 건다. 마지막으로 크리스탈 주걱과 플래티늄으로 만든 긴 국자를 서로 춤추게 하여 항아리의 약을 젓도록 만들고는 만족한 표정을 짓는다. 그런데 헥토르는 이내 시무룩한 표정이 된다.

"흐음! 아직도 삼만 육천 사백 오십 일이 남았군. 후후."

처음 이사벨라를 만났을 때부터 사파이어 드래곤을 잡으러 가는 동안의 시간을 떠올리며 마치 그 시절 속으로 잠깐 다녀온 것 같은 그 생각에 빠져 산 시간이 한 달이나 지났다는 것이 그나마 그를 위로해준다.

창밖으로 보이는 세상에서 가방 먼저 발견되는 사람들은 스노우 어쌔씬들이다. 성벽 틈이나 첨탑 아래 혹은 벽돌 계단 참에 은닉해있는 그들의 모습이 헥토르의 눈에 들어왔다. 물론 그들은 최대한 은폐를 한 상태지만 그 은폐술을 가르친 헥토르로서는 보지 않으려 해도 안 볼 수가 없었다. 그리고 충성스러운 마법사 제자들이 마법의 성 안에서 공부하거나 마법을 연구하는 자세로 그대로 얼어붙어 있었다. 그리고 저 멀리 성문에는 바르테르 기사들과 군사들 그리고 바르테르 성의 백성들도 몇몇 보였다.

"나가볼까?"

헥토르는 처음으로 마법의 주문으로 얼어붙은 세상 속으로 가고 싶은 마음이 생겼다.

"과연 나가질까?"

그는 다소 긴장한 기분이 든다. 그리고 성 내부가 아닌 첨탑의 들창문을 열어보려 했다.

"웃차! 안 열리네? 얼어서 그런가? 아니면 마법 때문인가?"

그는 마법 지팡이를 들어 창문틀에 얼어붙은 얼음조각을 녹이는 마법을 시행하고 다시 창문을 열어보았지만 허사였다. 그는 루미에르 검으로 만든 오색보석의 열기를 창문에 쏘았다.

"지잉! 지잉! 치이익!"

루미에르 검에서 방사된 강력할 열기가 창문을 충분히 녹여버렸다. 그래도 창문은 열리지 않았다. 헥토르로서는 얼어붙은 첨탑의 창문이 열리지 않는 이유를 알 길이 없었다. 그는 하는 수 없이 던전으로 통하는 계단으로 내려간 마법의 성 정문을 열고 나가기로 했다.

시간이 얼어붙어서 성 내부는 먼지가 쌓이고 시간이 흘러간 흔적들이 눈에 들어왔다. 그러나 세상은 먼지 하나 없는 고요하고 깨끗한 세상으로 보였다.

끼이이익!

마침내 마법의 성 정문이 열렸다. 그리고 한 차례 한풍이 성 안으로 밀려 들어온다.

"어라? 이게 뭐지?"

그가 첫발을 내딛으려 하자 사방에 투명한 결계가 쳐져 있어서 마법의 성 밖으로 나갈 수가 없었다. 어떻게 해도 눈앞에 투명하게 보이는 세상으로 들어갈 수가 없는 것이었다.

"이런!"

그는 순간 눈앞이 깜깜했다.

"그야말로 백 년 동안 이 성안에 갇혀 있어야 한단 말인가?"

그는 백 년 후 자신이 만든 약을 가지고 이사벨라와 그녀의 딸을 만날 생각을 하다가 절망했다. 백삼십 세가 넘은 호호할아버지가 삼십 세의 젊은 이사벨라에게 약을 주면서 무언가 로맨틱한 장면을 생각했던 그 상상이 완전히 깨져버린 것이다. 순간 그의 뇌리를 스치는 생각 있었다.

"그렇지! <북 오브 라르>!"

그는 부리나케 날아서 첨탑의 마법사의 방으로 올라갔다. 미친듯이 페이지를 넘겨 별책 부록의 금서 부분을 뒤졌다. 그는 <아레르레탕>앞뒤 페이지에서 저절로 마법이 풀리는 백 년 동안의 주문 이외에 그것에 대한 다른 주문을 찾아보았다. 그는 다급했지만 그런 내용은 보이지 않았다.

"백 년 동안 세상을 얼려버리는 주문을 넘어서는 주문이 분명히 있을 거야!"

그는 몇 시간을 헤매고 읽을 페이지를 읽고 또 읽고 고대의 복잡다단한 룬문자를 번역한 끝에 겨우 주문을 조합하여 만들어냈다.

<세미온유니브>

"자신을 보호하기 위한 방어 결계를 치는 주문이라...... 이게 먹힐까?"

헥토르는 다시 성의 정문으로 다가가 마법 지팡이를 들고 조심스럽게 주문을 왼다.

"세미온유니브!"

주문을 허공에 큰소리를 외쳤지만 아무것도 달라진 것은 없었다.

"역시 안 되나?"

헥토르는 무척이나 긴장하여 침을 꿀꺽 삼키고는 최대한 조심스럽게 성문 밖으로 한 걸음 떼어본다.

"어이쿠!"

그는 하마터면 중심을 잃고 바닥에 그대로 넘어질 뻔했다.

"으라차차!"

다시 중심을 잡은 헥토르가 마침내 성 밖으로 나와 세상을 둘러본다. 영하 수십 도의 차가운 세계! 아무도 살아있는 것이라곤 존재하지 않는 얼어붙은 세계! 그리고 그가 사랑했던 이사벨라가 있는 세계!

헥토르는 당장 이사벨라의 집 쪽을 향하여 마법 지팡이 위에 걸터앉아 비행을 시작한다. 온몸에 결계가 쳐져 있어서 날아가는 바람을 느끼지는 못했지만 차가운 느낌은 있었다.

"바람의 느낌이 있네?"

순간 창공을 응시하던 헥토르의 눈에 구름이 움직이는 것이 보였다.

"바람과 구름은 얼지 않았는데, 어떻게 시간이 얼지?"

순간 그는 두려움에 휩싸인다. 그가 마법책 별책부록에서 본 예언! 그건 사실 두려운 예언이다.

<데블출현!>

악마가 얼어붙은 세계에 나타날 수도 있다는 예언을 자신이 감당할 수 있을까 하는 불안감에 비행하는 동안 마음이 편하지 않았다.

그는 일부러 마법 빗자루에 에네르기를 주어 하늘 높이 날 수 있는 최대치로 비행했다. 하얀 설원의 풍광이 지평선까지 눈에 들어오자 마음이 한결 밝아진다. 그는 속력 또한 최대치로 높인다. 그의 인생에서 그는 이 순간 가장 높이 그리고 가장 빨리 날았다.

"우와! 이건 마법비행의 신기록이군!"

바르테르성 북쪽의 마법의 성에서 날아올라 남쪽 항구에 있는 죠세프 모레즈의 저택으로 최고속도로 비행하여 그야말로 눈깜짝 할 사이에 도착했다.

이사벨라의 집에서 마침 죠세프가 왕의 허락을 받아 범선 배아트리스 호를 항구에 정박시키고 이사벨라와 딸을 만나기 위해 집의 포털로 들어서는 순간 얼어버렸다.

그는 죠세프가 들고 있는 선물을 들여다보았다. 그는 양손에 선물을 이미 개봉하여 드러내놓고 집으로 들어서고 있었다.

양손에 선물을 나누어 든 그의 입가에는 미소가 머금어져있었다. 한손에는 보석이 들려있었다. 이사벨라에게 백금과 진주목걸이를 주려고 한 모양이었다. 그리고 다른 손에는 아픈 딸 실비에게 동방나라에서 구한 파낙스 진생 인형을 주려고 했다.

"죠세프....자식! 별 거 없네?"

헥토르는 꽁꽁 얼어붙은 죠세프의 어깨를 툭 치고는 포털문을 지나 저택 안으로 향한다. 집의 큰 중앙문을 지나 헥토르는 하인들과 리트리버와 레브라도 같은 대형견들이 마당에서 뛰어놀다 얼어버린 그 사이를 지나 홀 안으로 들어간다.

이사벨라는 서서 침대에 누워있는 아이를 안아주려고 두 팔을 벌리고 있는 그 순간에 얼어버린 모양이었다. 두 팔을 벌린 이사벨라의 품속으로 헥토르가 쏙 들어간다. 그리고 그녀에게 안겨 얼굴을 마주 본다.

늘 그랬던 것처럼 그녀의 입술은 무언가 신비로운 기운이 감돌았다. 육체가 얼음처럼 얼어버렸는데도 불구하고 그녀의 입술은 무언가 생기가 느껴지기도 했고 무슨 달콤한 말을 해줄 것만 같았다. 헥토르는 그녀의 눈과 입술을 한동안 바라본다.

"아....이게....아닌데......"

그는 문득 그녀의 가정을 깬다거나 죠세프로부터 이사벨라를 강압적으로 빼앗고 싶지는 않았다. 그리고 그런 맹서를 한 기억이 새록새록 떠올랐다.

비록 얼었지만 이사벨라가 딸 실비를 바라보는 눈길에 사랑스러움이 가득하다는 것을 헥토르는 충분히 느낀다. 그는 문밖에서 달려 들어오다가 얼어버린 죠세프를 멀찌감치 보다가 다시 이사벨라의 아름다운 모습에 눈길을 돌린다. 온 우주가 완전하게 얼어있다는 것이 그를 무감각하게 만들어버리는 느낌이 든다.

헥토르는 그녀의 얼굴을 뚫어져라 바라본다. 그 예쁜 얼굴 중에서 입술에 그의 시선이 고정된다. 그리고 그녀의 입술이 자신을 부르고 있다는 느낌을 받는다. 그녀가 자신에게 들려줄 말이 있는 건 아닐까 하는 착각을 하게 만드는 그녀의 입술은 그의 호흡이 닿아 실제로 생기가 조금 되살아나는 것처럼 보였다. 그는 망설였지만 몸이 저절로 움직인다.

키스!

얼음과의 키스였지만 차가움보다는 달콤함이 느껴진다.

"하아, 이사벨라....."

헥토르는 자신의 얼굴이 얼어버릴 지경이 될 때까지 그렇게 그녀의 품에 안겨 있었다. 그리고 지난 십년의 세월이 다시 주마등처럼 지나갔다.

대마법사 헥토르의 두번째 외출

과거 회상 중에 트리스탄 모르그의 생각이 그의 명상을 중단시켰다. 헥토르는 과거 가장 치열하게 싸우고 아직까지도 그의 이미지가 커다랗게 자신의 뇌리에 남은 트리스탄과 악마들 생각에 기분이 좋지 않았다.

"불길하군...."

밤새워 명상을 한 헥토르는 의자에서 일어서면서 기지개를 켰다. 그런데 머리가 핑 도는 어지러움을 느낀다.

"이거 왜 이러지?"

그는 몇 달째 잠 대신 명상으로 밤을 새웠다. 잠 보다는 심연의 명상, 그게 더 체력을 증진시키고 머리가 맑았기 때문이었다.

"그런데 오늘은 왜 이럴까?"

헥토르는 불현듯 <악마출현>이라는 그 단어가 또 떠올랐다. 그리고는 피식 웃어버렸다.

"온 세상이 얼어붙었는데 무슨 악마가 나올 수 있겠나. 후후."

그는 와일드 베리 차 한잔을 마시면서 고서들이 즐비한 서재로 눈길이 갔다. 그리고 위대한 올드 마스터 베르트랑의 마법서들을 한번 주욱 훑어 보았다.

"역시 대단하셔!"

미노스 시대와 그 이후 바르테르 시대에 걸쳐 이백년간 살았던 대마법사 베르트랑의 업적은 단연 대마왕 데바드페르(devadefer)와 악마 비엘제

버브(Beelzebub)를 영원한 암흑의 공간 속에 유폐시킨 것이다.

바르테르 대륙을 집어삼킬 듯한 대 마왕과 악마와 그의 추종자들을 소멸시키고 베네딕트를 제자로 받아들여 세계의 질서 유지시킨 것도 대단히 위대한 일이었다. 베르트랑 대마법사의 흉상을 보다가 헥토르는 악간의 악취를 느꼈다.

"흐음! 이게 무슨 냄새지?"

드래곤 하트와 다섯 보석을 섞어삼킬 듯한 삼 개월째 끓인 후로는 전혀 드래곤 냄새와 유황의 냄새 그리고 몰약의 수액 방향 내음조차 맡은 바가 없었다. 그리고 청동, 백동, 황동의 마법 항아리는 살균과 탈취의 능력이 있었다.

"그런데 오늘은 유황냄새가 나다니? 괴이한 일이로군?"

헥토르는 마법 항아리 뚜껑을 조심스럽게 열어 드래곤 하트 그리고 유황, 몰약, 크리스탈, 오팔, 루비의 냄새를 맡아보았다. 유황내음이 항아리에서 나는 건 아니었다. 그런데 유황의 냄새가 점점 강해지는 것이었다.

"유황냄새가 강해진다? 이상하군? 유황을 오분의 일로 정량을 넣었는데? 그렇다면 밖에서 유황의 기운이 들어오기라도 했단 말인가?"

순간 헥토르는 무언가 생각난 것이 있어서 마법의 서 <북 오브 라르>를 펼친다.

"가만 있자 어디에 적혀있더라……"

유황에 대한 챕터는 너무나도 장황하게 서술되어 있었다.

**유황이 세계에 미치는 영향 – 황은 우리 몸속에 8번째로 높은 생체 필수 원소이다. 인체에는 수소(H), 산소(O), 질소(N), 유황(S), 나트륨(Na) 등이 대표적인데 유황은 손상된 세포를 수리하고 정자(精子)를 살린다. 뼈를 강화 근육과 머리카락을 강하게 한다. 또한 염증 제거와 살균작용 그리고 독과 유해 물질을 해독시킨다. 콜라겐의 탄력성을 유지시켜 주기 때문에 대기중에 유황의 냄새가 나면 트리스탄 모르그의 유폐관 안에 있는 콜라겐 감옥을 확인하라! -

순간 헥토르는 다시금 그 단어가 떠오른다.

<악마출현?>

"그럼 악마가 세상으로 다시 나왔단 말인가?"

헥토르는 마음이 급했다. 부리나케 마법 빗자루를 꺼내 들고 올라타자마자 알프스 산의 오트뒤로셰의 바위 감옥으로 날아간다.

"트리스탄 모르그! 악마여! 제발 그대로 있어라!"

그는 마법 빗자루 위에서 최고 속도로 날아가면서 마음 속으로 기도를 했다. 만년설이 뒤덮인 알프스 산의 산맥을 따라 바람을 맞으며 날아가는 것이 여간 고통스러운 게 아니었다. 영하 오십 도의 하늘을 어마어마한 속도로 날고 있기 때문이었다.

"휴우! 너무나 춥구나!"

마침내 도착한 소위 암벽 감옥인 오트뒤로셰의 입구는 아무런 변화나 누군가 나왔다거나 다녀간 흔적이 전혀 없었다.

"일단 오보석의 결계 장치를 살펴보자."

헥토르는 눈에 덮인 결계석으로 다가가 모두 쌓인 눈을 모두 치웠다. 푸른 오팔, 붉은 루비, 노란 유황석, 하얀 크리스탈 그리고 검은 몰약석으로 이루어진 다섯 보석의 결계석은 그대로 위치하고 있었다. 그리고 콜라겐으로 다섯 보석을 감싸서 바위에 고정시킨 결계의 베이스도 그대로였다. 헥토르는 자세히 오보석을 살폈지만 이상한 점은 발견하지 못했다.

지잉! 지잉!

헥토르는 허리에 차고 있는 루미에르 검에서 진동과 함께 광채가 나는 것을 느꼈다.

"하나 하나 확인해야겠군! 먼저 몰약석부터!"

몰약석에서는 검은 광채가 은은하게 빛이 났다. 그리고 정상적으로 결계석으로서의 에너지를 내고 있었다. 몰약은 감람나무의 몰약수 또는 수지로 만든 수액 약품인데 오랜 세월 그 수액이 굳어 보석처럼 변한 것을 몰약석이라고 한다. 뭉친 혈액을 풀어 혈액 순환을 촉진하고, 부종을 없애 통증을 완화시키며 새살이 돋아나게 하는 효능이 있다. 흑몰약석이 으뜸이다.

통상 몰약은 수지, 고무질, 정유 그리고 몰약석으로 보관한다. 세계적으로 몰약석은 매우 희귀하다. 정유는 에센셜 오일로서 감람나무에서 추출한 휘발성이 있는 몰약의 방향유(芳香油)이다.

헥토르는 결계석과 감응하는 루미에르검을 교차시키면서 이상 유무를 하나하나 확인한다.

"푸른 오팔, 붉은 루비, 노란 유황석, 하얀 크리스탈 검은 몰약석...어랏?"

금색 빛이 깜빡거리면서 유황석에서 변화가 생긴 것을 직감했다. 헥토르는 희미하게 유황의 냄새, 즉 썩은 계란처럼 매캐한 내음이 나는 것을 알아차렸다.

"역시 유황에 문제가 생겼군!"

그는 황급하게 유황석을 만져보았다. 열기가 있었다. 그리고 루미에르 단검의 노란 보석 부분의 광채가 상당량 흔들리며 깜빡거렸다.

"유황의 에네르기 약해졌나?"

루미에르 검이 아주 작은 진동으로 웅웅거리는 게 느껴진다.

"이걸 어떻게 해결하지?"

헥토르는 그냥 악력으로 손바닥 크기의 유황석을 눌러보았다. 약간의 흔들림이 있었고 마법 지팡이로 그 유격을 좁혀 강하게 콜라겐 결계석 받침에 밀착시켰다. 그는 괴력으로 흔들리는 유황석을 깨질 정도로 강하게 눌렀다.

"이야압!"

헥토르의 마법으로 일단 조금 흔들리던 유황성이 결계석으로서의 역할을 할 수 있을 정도로 다시 고정이 되었다. 그리고 잠시 후 유황의 냄새가 더 이상 나지 않았다.

"흐음! 세상을 얼려버리니까 트리스탄 모르그 악마가 그 틈을 노려 이 세상으로 나오려고 애를 쓰는 모양이로군."

이미 이백 년 전에 얼어붙은 악마가 아직도 힘을 쓰고 있다는 게 그로서는 신기할 따름이었다.

암벽을 자세히 확인한 후 헥토르가 감옥을 떠나려 하자 신비한 기운이 헥토르를 잡아당긴다.

"아니?"

그는 지체 없이 마법 지팡이를 꺼내들었다.

"세미온유니브!"

그는 자신을 보호하기 위한 방어 결계를 치는 주문을 외쳤고 순간 그의 몸을 둘러싼 투명막의 결계가 쳐졌다. 그러자 어딘가에서 무섭고도 괴이한 중저음의 웃음소리가 들려왔다.

"흐흐흐흐, 하하하하하하"
"누구냐!"

헥토르가 당황하여 마법 지팡이를 들고 외치자 이번에는 흰 수증기와도 같은 괴이한 기운 덩어리가 그에게 다가와 한쪽에 섰다.

"대마법사님이시여! 만나 뵙게 되어 영광이옵니다."

"그대는 누구인가? 악마의 에네르기라면 기운을 거두고 다시 결계 속으로 돌아가라!"

순식간에 하얀 연기 같은 에네르기가 사라지자 헥토르는 루미에르 검을 사용하여 오보석으로 만든 결계석에 강한 에네르기를 주입하고 마법 빗자루에 올라탄다. 그리고 바르테르 마법의 성으로 향한다. 그는 자주 바위 감옥에 와서 악마, 트리스탄 모르그의 에네르기를 확인해야겠다고 마음 먹는다. 그리고 잠시 후 그가 마법 빗자루를 내려 착륙한 장소를 보고 깜짝 놀란다.

"아니? 여기는 이사벨라의 집이 아닌가?"

그는 자신도 모르게 마법 빗자루에게 그렇게 명령을 내린 모양이었다.

이사벨라와 죠세프의 저택

헥토르는 마법 빗자루에서 내려 착륙한 장소에서 좌우를 둘러보며 한동안 꼼짝하지 않았다. 정원의 왼편에서는 죠세프가 달려들어오다가 멈춘 자세로 얼어붙어 있었고 오른쪽에는 이사벨라가 그녀의 딸 실비를 안아주려고 두 팔 벌려 웃고 있는 한 가운데 그가 서 있었다. 그는 망연자실한 상태로 하늘을 보다가 이내 고개를 숙여 무언가 반성하는 얼굴 표정이 된다.

"나는 지금 여기 이사벨라의 집에서 무엇을 하고 있는 것인가?"

문득 그는 자신도 모르게 회한이 밀려오는 걸 느낀다.

"이게 다 뭐란 말인가? 다 부질없는 짓은 아닐까?"

"너는 어떻게 생각하나? 할디르 포드경!"

헥토르는 빗자루에게 말을 걸었다가 아무 대답이 없는 빗자루를 보고 머쓱해진다. 그는 평소 자신의 마법 빗자루를 할디르 포드경이라고 부르곤 했다.

"그 동안 기왕에 그렇게 불렀으니까, 오늘 아예 진짜 그 사람으로 만들어주마! 히힛!"

그는 순간 마법 지팡이를 써서 그 마법 빗자루를 과거 바르테르 왕국의 현자 할디르 포드경으로 둔갑시켰다.

펑!

소음과 함께 마법 빗자루는 멀쩡한 학자의 모습으로 변했다. 오 십 줄에 접어든 점잖은 학자의 풍모가 제법 학식 있어 보였고 풍채가 멋져 보였다.

"할디르 포드경! 아무 말이나 해보시게, 내가 부질없는 짓을 하고 있나?"

마법에 의해 사람으로 변신한 빗자루는 실제 인간의 목소리로 말을 하기 시작한다.

"네? 부질없다니요? 아닙니다. 부질없는 짓이란 그때 그때 생각하는 사람의 처한 환경에 따라 달라지는 건 아닐까요?"

"그럼 내가 잘하고 있단 말이지?"

"네! 대마법님, 그렇게 생각하세요. 긍정적으로요! 남성에게 있어서 여인은 아름답고 매력적인 상대 아닙니까?"

"자네는 켈트족이라 성적인 부분에 대해 개방적이군!"

"마법사님도 켈트인의 피가 반, 엘다르인의 피가 반 섞인 걸로 아는데요?"

"그래서 내가 자네보다 덜 호색적인 거라고!"

"내가 호색한이라고요? 천만에요! 전 빗자루에요! 전혀 색을 밝히지 않는답니다."

"하하하하! 그래, 내가 졌다."

헥토르는 할디르 포드경의 어깨를 툭쳤다.

"빗자루가 재미난 대화를 이렇게까지 잘할 수 있다니 과연 할디르 포드경! 아니 비호색한 빗자루경은 대단해! 존경할 만해! 정말 놀랍군!"

쿠쿵!

그와의 대화 도중 아득히 먼 곳에서의 충격파가 느껴졌다. 헥토르는 그 것이 시간을 얼린 부작용이라는 것을 감지했다. 그는 굉음의 방향과 심지어 위치까지도 정확하게 알고 있었다.

그는 지체 없이 마법 빗자루를 타고 다시 오트뒤로셰 감옥으로 날아갔다.

"이런! 오보석 주위의 입석 기둥들이 다 쓰러지다니?"

둘레의 커다란 기둥들이 얼음 바닥으로 쓰러져 엄청난 굉음을 낸 모양이었다. 동물의 힘줄, 피부 등에 들어 있는 특수한 단백질을 아교질화하여 결계석을 세웠는데 몇 개월째 강추위에 콜라겐 조직이 깨지면서 기둥이 쓰러진 것이었다.

"어쩌면 이 콜라겐이 다 얼어터지면 오보석의 결계가 깨지고 악마가 세상으로 나오겠군."

헥토르는 마력으로 콜라겐과 다섯 개의 보석이 한 몸처럼 일체가 되도록 강화시키는 작업을 시행했다.

"좋아! 이제 좀 안심이 되는군."

몇 번이나 확인을 한 끝에 헥토르는 알프스산에서 날아올라 바르테르 마법의 성으로 향한다.

피습당한 헥토르 마법사

깊은 명상 속에서 이사벨라가 자신을 꼭 안아주던 불타는 고블린 성의 장면을 떠올리다가 헥토르는 어느새 눈시울이 붉어지며 자신도 모르게 눈물이 났다. 그리고 자연스레 명상에서 깼다.

그는 불현듯 악마가 자신을 기습할 거라는 예감이 들었다. 신경이 날카로워진 헥토르는 마법 지팡이를 들어 할디르 포드를 이십 명으로 만들어 단번에 마법 항아리에 물을 채웠다. 그리고 외로운 표정으로 서있는 할디르 포드를 보다가 문득 마법 지팡이도 사람으로 변신시키기로 했다. 그는 바르테르 왕국의 전설적인 미모의 공주인 벨공주로 지팡이를 변신시켰다. 헥토르는 벨공주와 할디르 포드와 옛 이야기를 주고 받노라니 마음이 어느 정도 편해졌다.

대화 중에 헥토르가 대화를 중단시키고 귀를 기울인다. 그가 상당히 긴장을 한다.

"누군가 마법의 성에 근접해 있다!"

그는 인기척을 느낀다.

"제가 나가보고 올게요. 누군가 있다니요?"

할디르 포드가 성채를 한 바퀴 순찰하고 나서 매우 긴장한 얼굴이 되어 돌아왔다.

"대마법사님...."

"왜?"

"약간의 문제가 있군요."

"무슨 소리야?"

"그, 그게...."

"어서 말을 해봐!"

"저어, 성문이 열려 있습니다."

"뭐라고? 일 년이 넘게 얼어붙었던 성문을 누가 열었단 말이야?"

"그, 글쎄 저도 잘...."

"그리고 또 뭐 이상한 게 더 있나?"

"네, 성문 밖에 보초병들이 모두 쓰러져 있습니다."

"네 명 모두?"

"네, 그렇습니다."

"그들은 눈과 얼음으로 발까지 얼어서 움직일 수가 없었을 텐데?"

"그러게 말입니다. 도대체 누가 그런 괴력을 발휘했단 말인가?"

헥토르는 자신의 두 눈으로 직접 확인하고 싶었다.

"가보자!"

"안됩니다. 마법사님!"

이번에는 벨공주가 그를 말린다.

"함정이에요! 마법사님을 결계에서 끌어내려고 일부러 그런 짓을 벌였 겠지요. 어쩌면 저들이 함정을 파놓고 숨어서 마법사님을 기다리고 있을 지도 몰라요."

"글쎄? 과연 나를 이길 자가 대륙에 몇 명이나 있을까?"

헥토르의 자신감에 벨공주가 찬물을 끼얹었다.

"이 대륙 외부에서 엄청난 자들을 데리고 왔다면요? 마법사님을 이길 수 있는 자들을 데려왔을지도 모르잖아요?"

"뭐? 다른 대륙에서? 흐음...."

헥토르는 앉아서 당하고만 있을 수는 없었다. 상대방의 기습에 대비할 방책을 마련해야만 했다.

"벨공주! 할디르 포드경! 우린 더 많은 우군이 필요하다."

헥토르는 학식이 풍부한 할디르 포드경에게 묻는다.

"적을 상대하려면 우군이 강해야 할텐데... 뾰족한 대책이 없을까?"

"있지요."

"그래? 말해봐."

"가장 막강한 병기를 마법의 기사로 만들면 제아무리 강한 적이라 해 도 다 물리칠 수가 있지요."

"가장 강한 병기를 기사로 만들어?"

할디르 포드는 마치 친절한 선생님처럼 설명을 해준다.

"네, 대마법사님, 마법사님이 허리에 늘 차고 있는 이 루미에르검처럼 세계적인 명검들이 있잖아요."
"그렇지."
"바르테르 대왕이 사용하다가 지금은 바르테르 병기창고에 고이 모셔 둔 무기들만 해도 꽤 됩니다. 투르곤의 검과 디콘창 그리고 실마릴의 보검 등이 대표적이지요."
"그 무기들은 다 병기고에 있겠지?"
"물론이지요."

할디르 포드 싱긋 웃으면서 말을 잇는다.

"대마법사님이 가지고 계신 루미에르 검도 미들랜드의 엘다르인 종족 에서 만든 명검이지요."
"루미에르검 말고 뭐 더 강한 최고의 병기는 없나?"

할디르 포드가 곰곰 생각을 한다. 그리고는 무릎을 탁 친다.

"마법사님, 이 마법의 성 건물이 오각형이기 때문에 다섯 개의 무기가 각각 한 방향씩 지키면 좋겠네요."

"그럼 한 개가 더 필요하군!"

"제가 말씀드리기 곤란하지만 오래전 에릭 장군이 사용했던 스톰브링어란 검이 있습니다."

"뭐? 그건 소유자를 파멸시키는 마검 티르빙의 검 아냐?"

"물론 예전에는 그랬지요."

"예전에? 그럼 지금은?"

"이제는 주인이 바뀌어 더 이상 마검이 아닙니다. 스톰브링어는 검은색의 대검으로 검신에 빼곡하게 붉은 룬 문자가 새겨져 있습니다. 그 모양 때문에 종종 블랙 소드라고도 불리지요. 이미지가 안 좋지만 실제로는 가장 강하답니다."

헥토르는 내키지는 않았지만 다섯 방향에 다섯 명의 검투사들을 배치하려면 막강한 검이 필요하기는 했다.

"할디르 포드! 그런데 그검은 지금 어디에 있나?"

"글쎄요. 전설에 의하면 폰다로사라는 연못 속에 있다는데...."

"그래?"

마법구슬을 한번 슥 돌려보고는 헥토르는 의미심장한 미소를 지어보인다.

"이 대륙 동북쪽 끝이군, 왕복 이십 시간은 걸리겠어."

할디르 포드가 무언가 말을 하려다가 멈칫한다.

"무언가 할디르?"

"그런데 마법사님이 세상을 다 얼리셔서 그 장미의 연못인 폰다로사도 얼어붙었을 겁니다."

"그래서?"

"연못의 얼음을 다 깨고 스톰브링어 검을 꺼내는 작업을 열 시간 이내로 마치셔야 합니다. 즉, 마법 항아리의 물이 다 증발하기 전에 돌아오셔야 합니다."

"난감하군, 내가 마법 지팡이와 빗자루를 가지고 가야 하고 지팡이를 남겨두어도 내가 천 킬로 이상 날아가 지팡이와 멀리 떨어진다면 마법력이 약해져서 벨공주가 혼자 던전에서 물을 길어오지 못할텐데...."

"좋아! 일단 다 같이 가서 스톰브링어를 가져오자."

만반의 준비를 한 헥토르가 마법 빗자루를 타고 동북향으로 날아오른다.

"마검 티르빙이라 불렸던 스톰브링어야. 기다려라! 출발!"

춥디추운 창공을 무서운 속도로 날았지만 헥토르는 깊은 상념에 감겼다. 투르곤의 검에서는 화염이 발사되는 화염검이고 디콘창은 무엇이든 박살 내는 파괴의 병기이다. 그리고 루미에르 검에서는 인간이 감히 쳐다볼 수 없을 정도의 강한 광선이 방사되고 실마릴의 보검은 무엇이든 막아

낼 수 있는 세계최강의 방패와도 같은 강한 물질로 만든 명검이다. 그런데 스톰브링어는 우군과 적군을 모두 파멸시키는 마력이 있다. 적의 영혼을 먹는 검 그리고 그 검을 사용하는 자가 저주에 걸려 결국 자신도 파멸한다는 검이기에 헥토르는 영 께름칙하기는 했다.

전투에서 상대를 죽여 스톰브링어 검이 먹은 영혼이 검속으로 들어올 때 검의 주인은 엄청난 쾌감을 느낀다. 이 검이 없으면 마력이 약해지기 검의 주인은 스톰브링어에 중독되어 의존하게 된다. 스톰브링어도 역시 검의 주인에게 집착하기 때문에, 검을 물속이나 불 속에 던져버려도 공중에 떠서 주인이 다시 잡기를 기다린다. 혹 검을 아주 먼 곳에 버려도 스스로 돌아온다. 또한 검의 주인은 스톰브링어가 가지고 있는 마력을 사용할 수 있기 때문에 검과 검의 주인은 공생관계가 되곤 한다.

그런데 주의할 점은 검이 주인을 선택한다는 것이다. 제아무리 검을 갖고 싶어도 스톰브링어 검이 허락하지 않으면 검을 가질 수가 없다. 일단 누군가 검을 가졌다 하더라도 주인 자격이 없으면 검이 스스로 가버리기 때문이다.

"저기입니다! 마법사님!"

빗자루 형태의 할디르 포드가 소리쳤다.

"우와! 생각보다 엄청 큰 호수인데요?"

할디르 포드가 스스로 알아낸 장소이기 때문에 폰다로사라는 장소를 마법 빗자루는 정확하게 찾아냈다. 그리고 헥토르는 장미 연못이라는 곳이 진짜 장미가 아니라 얼음 장미, 일명 아이스 로즈라는 것도 비로소 알게 되었다.

"이건 다 연못이 아니라 얼음 녹아서 연못이 크게 불어나 호수처럼 보이는 것이다."
"그렇군요."

헥토르는 에네르기를 양손에 가득 채울 때까지 심호흡을 한다. 그리고 아랫배와 정수리로부터 나온 에네르기가 그의 양손으로 점점 모여들기 시작한다. 형광색 광선이 은은하게 비치면서 전신의 에네르기 드디어 양손바닥에 가득 차고 흘러넘칠 지경이 되었다. 그는 순간 마법 지팡이를 높이 들어 화염방사 마법 주문을 외운다.

"에끌라뜨망푸!"

순간적인 화염이 방사되면서 헥토르가 두어 걸음 뒤로 물러섰다. 마법 지팡이에서 나온 강렬한 불꽃은 마치 드래곤의 파이어 브레스트와 같이 강하게 연못 위로 쏟아졌다. 그리고 연못의 표면이 순식간에 녹아버렸다. 그러나 이 미터 정도의 얼음을 다 녹일 수는 없었다.
헥토르는 순간 당황했다

"이거 큰일이로군! 시간이 엄청 걸리겠는걸! 몇 번이나 더 해야 할까?"

그가 열 번을 쉬지 않고 화염마법을 시행하자 오십 센티미터 정도의 얼음이 녹았고 점차 물로 변했다. 그리고 그 아래 일 미터 정도의 하방에 스톰브링어의 검은 형태가 얼음 속에서 그 모습을 드러냈다.

"오케이! 한 삼사십 번 더 하면 저기까지 녹일 수 있을 거야!"

그가 다시 한번 더 기운을 모아 화염마법을 시전하려는 찰라 그의 등위에서 무언가가 빠르게 다가온다.

"앗? 이럴 수가?"

헥토르는 급하게 피했다. 얼음이 사람의 형태를 하고 나타난 것이었다. 그 얼음 인간은 다짜고짜 헥토르에게 달려들었다. 순식간에 피습당한 헥토르는 급하게 루미에르 검을 발검하고 단검을 장검으로 길이를 늘렸다. 그리고 광선 에네르기를 쏘아 얼음 인간의 허리를 두동강이 내 버렸다.

"휴우! 응? 어라?"

그가 안도하고 있을 때 이번에는 두 명의 얼음 인간들이 그에게 달려오는 것이 아닌가!

스톰브링어와 헥토르 마법사

헥토르는 비교적 여유있게 두 명의 아이스 인간에게 루미에르 검을 휘둘렀다. 일차 때와는 달리 얼음 인간들은 루미에르 검의 충격파를 받고도 휘청거리면서 좀비처럼 조금씩 다가왔다.

"이얍!"

헥토르는 파워 있는 동작으로 점프하면서 루미에르 검을 휘둘렀고, 광선과 함께 검날에 맞은 얼음 인간들을 그대로 파괴되었다. 파편으로 변한 그들은 그냥 얼음 덩어리에 불과했다.

"이건 흑마술인데……괴이한 일이로군!"

헥토르는 사방을 둘러보았다. 그러나 아무도 보이지는 않았다.

"도대체 얼음 인간들을 누가 어디서 조종하는 거지?"

주위를 둘러보다가 헥토르가 할디르 포드를 인간으로 만들고 그에게 루미에르 검을 쥐어주고 그가 사주경계를 하는 동안 자신은 다시 얼음을 녹일 채비를 했다. 그런데 조금 전 삼분일 정도 녹았던 얼음이 점차 살얼음이 끼면서 다시금 얼어붙으려 했다. 그가 급하게 화염마법을 시전하는데 이번에는 멀리서 네명의 아이스 인간들이 달려온다.

"으음, 저쪽이로군! 저 북쪽 숲속에 누군가 숨어서 얼음 인간들을 보내는 모양인데...."

할디르 포드가 루미에르 검을 들고 얼음 인간 네명과 맞붙어 겨우겨우 어려운 싸움을 하고 있다. 헥토르가 도와주려고 해도 얼음이 자꾸 도로 얼어버릴까봐 화염 마법을 멈출 수도 없었다.

"이거야말로 진퇴양난이로군!"

이십 여분을 싸운 끝에 할디르 포드가 루미에르 검으로 네 명의 얼음 인간을 쳐부수고 의기양양하게 헥토르 곁으로 돌아왔다

"어때요? 저는 문관인데 이 정도면 장군이나 기사보다도 낫지요?"
"뭐? 겨우 이겨놓고 잘난 체하기는? 그 루미에르 명검이 없었다면 할디르, 자네는 부러진 빗자루가 될 뻔했어."
"에이! 마법사님도! 제가 그렇게 호락호락 할 줄 아세요? 어이쿠!"
"왜 그래?"
"저길 보세요!"
"어디?"

다시금 북쪽 숲에서 얼음 인간들이 이번에는 여덟 명이나 오고 있었다. 매번 배로 숫자가 불어나고 있었다.

"안되겠다! 할디르, 이리 오게. 내 곁에 바싹 붙어!"

"예!"

헥토르는 마법 지팡이를 치켜들었다.

"세미온유니브!"

그는 자신과 할디르 포드를 보호하기 위한 방어 결계를 치는 주문을 외우고는 여덟 명의 얼음 인간들이 반경 오 미터 밖에서 빙글 빙글 도는 것을 보고 그제야 안심을 했다. 할디르 포드도 안도하는 모양이었다.

"고맙습니다! 마법사님! 저놈들이 여긴 절대 못 들어오겠죠?"

"물론이지."

헥토르는 쉼 없이 얼음을 녹였고 화염 마법이 수십 차례 반복되자 이제 몇 센티만 더 녹이면 스톰브링어의 검병 즉, 소드핸들을 잡을 수 있을 것 같았다.

"으아아아!"

"또 왜 그래?"

그런데 별안간 할디르가 비명을 질렀고, 결계 밖을 보니 열여섯 명의 얼음 인간들이 추가로 나타나 결계를 마구 두드리는 것이 아닌가!

"쿵쿵쿵쿵 퉁퉁퉁"

결계가 깨지지는 않았지만, 소음 때문에 헥토르는 집중이 잘되지 않았
고 화염마법이 점점 약해졌다. 그리고 그의 마력이 거의 바닥이 난 상태
였다.

"쿵쿵쿵 쾅쾅쾅쾅 찌이익."

기분 나쁜 소음에 헥토르가 결계의 상태를 살핀다.

"어? 결계가 찢어지려고 하네?"
"서둘러요! 마법사님!"

하디르가 소리를 지르자 헥토르는 재빨리 화염마법을 쓴다.

"엘끄라뜨망푸!"

화염이 얼음으로 들어가 연못의 물을 거의 끓이다시피하여 뜨거운 물
에서 올라온 수증기가 결계 안에 꽉 찬다.

"이제 한번 더하면 검을 꺼낼 수 있을 것 같다!"

엘끄라뜨망푸!

그가 마지막 주문을 외우는 순간 하늘이 무너지는 굉음이 들린다.

"우지끈! 찌이이익 콰광!"

실제로 눈에는 보이지 않지만 투명한 결계가 찢어져 완전히 무너지고 말았다. 그리고 얼음 인간들은 어느새 수십 명으로 불어났다. 삼십이 명이 추가로 투입된 모양이었다. 오십 명이 넘는 얼음 인간들이 헥토르와 할디르 포드를 에워싸고 두 사람의 다리와 팔을 마구 잡아당겼다.

"으아아악."

할디르가 놀라 소리쳤지만 실제로 그는 통증을 느낄 수 없는 빗자루였다. 헥토르는 겨우 잡은 스톰브링어의 소드핸들을 강하게 부여잡고 외친다.

"티르빙의 마검! 스톰브링어! 내가 너의 새 주인이다!"

그러자 검은 스톰브링어에서 어둡고도 음침한 불빛이 검신 전체에 한 번 휘잉 하고 돌더니 그 불빛을 머금은 채로 징징 울리기 시작한다. 아무런 반응이 없다면 스톰브링어가 새 주인을 거부하는 것이지만 감응이 있다는 것은 그가 헥토르를 새 주인으로 받아들이겠다는 신호였다.

"오오! 감응하는군!"

얼음 인간들에 의해 두 팔과 두 다리가 찢어질 것 같은 고통 속에서 헥토르가 마검을 휘두르자 검에서 엄청난 기운이 느껴졌다.

"우와! 대단한 걸?"

스톰브링어는 마력으로 가득한 이른바 마검이었다. 스톰브링어 검은 즉각 탈진한 헥토르의 몸에 마력을 거의 만랩으로 채워주었다.

"이럴 수가?"

헥토르는 스톰브링어의 마력으로 공중으로 날아올라 높이 솟구쳤다가 다시금 아래로 날아 내려오면서 검에서 강한 충격파를 지상으로 흩뿌렸고 일순간 오십 명이 넘는 얼음 인간들이 그대로 산산조각이 되고 말았다.

짝짝짝짝!

할디르 포드 쓰러진 채로 박수를 보냈다.

"할디르 포드경, 몸은 어때? 어디 부러진 데는 없지?"
"부러지기 일보 직전이었어요."
"휴우! 다행이다."

마법의 성으로 돌아온 헥토르는 루미에르 검과 스톰브링어를 양쪽 등에 교차하여 메고 할디르 포드와 함께 바르테르 성의 이층에 있는 병기고로 향했다. 얼어버린 궁성을 본 헥토르는 마음이 무거웠다.

"일년 만에 바르테르 궁이 폐허로 변하다니 세월이 무상하군...."

오래된 대리석에 고드름이 열리고 눈과 얼음으로 둘러싸인 궁성의 문이 열리지 않아 헥토르는 곧바로 이층으로 날아올라 유리창을 깨고 안으로 진입했다. 하늘을 비행하려면 마법 빗자루를 타고 가야 했지만 스톰브링어가 마력을 배가시켜 주어서 어느 정도의 도약이나 짧은 비행이 가능해진 헥토르는 스톰브링어에 애착이 생겨버렸다.

병기고를 지키던 병사들이 얼어붙어 마네킹처럼 서 있었지만 문은 의외로 쉽게 열렸다. 켜켜이 먼지가 쌓인 병기고는 그야말로 칼과 창과 방패, 투석기와 바리스타 등등 없는 게 없었다. 그리고 오른쪽 구석에 벨벳으로 문짝을 만든 작은 문이 있었다.

"여기로군!"

헥토르는 힘을 주어 벨벳으로 만든 문을 열자 문짝이 부서지면서 기다란 나무 케이스가 나타났다.

"후우! 먼지!"

케이스를 열자 과연 투르곤의 검이 부연 먼지 속에서도 은은한 광채를
빛냈다.

"좋아! 화염의 검 투르곤은 정말 멋지군!"

그런데 이상한 건 별안간 헥토르의 등에서 지잉지잉 하는 진동이 울리
는 것이었다.

"아! 스톰브링어가 질투를 하는군! 이상하네? 루미에르 검에게는 질투
하지 않던 스톰브링어가 투루곤의 검에 질투하는 건 왜일까?"

할디르 포드가 끼어들었다.

"마법사님, 그건 간단한 이치이지요."
"뭐가?"
"루미에르는 엘프의 검 즉 엘다르인의 검이기 때문에 질투심이 없다가
과거 수많은 피를 먹은 인간의 명검인 투루곤의 검에게는 경쟁의식 혹은
질투심이 발동된 거겠지요."
"그럴까?"

헥토르는 등에서 스톰브링어를 풀어 안아주면서 속삭였다.

"기분 나빠하지 말아라. 네가 최고의 명검이다. 후후"

그러자 비로소 스톰브링어가 진동을 멈추었다. 헥토르는 다음 케이스에서 실마릴의 보검을 꺼냈다. 다이아몬드보다 강한 특수물질로 만든 실마릴의 검은 상대의 검을 부러뜨리고 각종 공격을 다 방어해주는 최강의 방어검이다.

"그런데 디콘창이 안 보이네?"
"그러게요. 여기 보검들 쪽에 없는 걸 보니 창 코너로 가보시죠."

사실 헥토르는 과거 디콘창을 몇 번 보기는 했어도 정확하게 어떻게 생겼는지 기억이 나지 않았다. 그리고 할디르 포드는 디콘창을 한번도 본적이 없었다.

"어? 창 코너에는 보검을 따로 보관하는 고급 케이스가 없네? 난감하네?"

헥토르는 실제로 디콘창을 찾을 수가 없었다.

"혹시 스톰브링어가 할 수 있을까?"

고심 끝에 그는 스톰브링어에게 조심스럽게 명령을 한다.

"최고의 명검 스톰브링어! 디콘창을 찾아다오!"

외침과 동시에 헥토르가 스톰브링어를 앞 쪽으로 던졌다. 공중에 붕붕 떠 있던 스톰브링어가 이리저리 창 코너에 전시된 천 개가 넘는 창들을 훑어보다가 이윽고 멈추었다. 일반 창들 속에 아무렇게나 방치되었던 모양이었다. 스톰브링어가 지목한 디콘창은 창봉이 굵고 길이가 좀 짧은 창이었다.

헥토르는 그 창이 디콘창임을 증명하기 위해 창을 들고 외친다.

"파괴의 창이여! 디콘스럭션 스피어 파워!"

그는 창을 들어 옆에 있던 여러 창의 금속 부분을 가격했다.

채챙!

그러자 강철로 된 창의 헤드 부분이 모조리 박살이 났다.

"맞네, 맞아, 헤헤헤."

할디르 포드가 반색을 한다.

"이제 마법의 성으로 돌아가시죠."
"그래! 자네가 검들과 창을 들고 오게."
"왜요? 무거우세요?"

"아니.... 스톰브링어가 싫어하잖아...."

"어이구! 벌써 스톰브링어의 노예가 되신 거예요?"

"노예라니! 말조심하게! 내가 얘를 사랑하다보니까 그런 거지!"

"사랑이라구요? 그럼 이사벨라님은요?"

순간 할디르 포드의 얼굴이 하얗게 질리고 헥토르가 화가 난 표정으로 날아서 마법의 성으로 먼저 가버렸다. 할디르 포드는 무거운 검 두 자루와 창을 들고 쩔쩔매면서 어렵게 돌아와 헥토르의 눈치를 살핀다.

"죄송합니다.....마법사님...."

"아니다."

헥토르는 할디르 포드가 꺼낸 이사벨라라는 이름이 자꾸 귓전에 맴돈다.

"가면 안된다. 트리스탄이나 다른 마법사가 있다는 걸 내가 알았으니 절대 이사벨라의 집으로 가서는 안돼!"

헥토르는 오랜만에 두통을 느꼈다. 그는 마법으로 간단하게 두통을 치료할까 하다가 그대로 놔두었다. 약간의 고통이 그리움을 잊게 할 수 있을 것 같기 때문이었다.

그는 이사벨라가 보고 싶었지만 적의 목표가 정해지는 것을 허락할 수 없었다. 흑마법사인지 아니면 트리스탄 모르그의 수하인지는 몰라도 그가 이사벨라를 해치는 것은 용납할 수가 없었다. 그래도 그는 이사벨라를 보고 싶은 마음을 참을 수 없었다.

"좋아! 일단 다섯 병기들을 사람으로 만들어 호위병 삼아 가보자"

그는 먼저 투르곤의 검을 잡고 주문을 외웠다.

"사람으로 변하라!"

투르곤의 검은 바르테르 왕과 아주 흡사한 모습으로 변했다. 헥토르가 그 왕의 초상화를 본 적이 있어서 투르곤 검이 바르테르 왕과 매우 닮았다는 것을 알 수 있었다.

"투르곤, 자네는 외부 침입자들을 완벽하게 처리해야 한다. 침입자들을 모두 불태워 없애버려!"
"네! 대마법사님! 걱정 마십시오."
"좋아!"

그는 다음으로는 디콘창을 인간의 모습으로 바꾸어 생명력을 불어넣었다. 창이 스르르 모습을 변모시키더니 바르테르 시대의 전설의 장군 지그문트 장군과 흡사하게 변했다. 지그문트는 나중에 왕이 된 검투사였다.

"지그문트! 자네는 외부에서 나를 공격하는 모든 존재를 파괴시켜라!"

"명령을 받듭니다."

헥토르가 실마릴의 검을 변모시키자 검은 즉각 케멜리왕의 모습과 유사해졌다. 헥토르는 어쩐지 그에게 반말을 하기가 거북했지만 호위병사에게 존댓말을 할 수는 없었다.

"케멜리, 자네는 처음부터 마지막까지 나를 보호하면서 모든 병기를 다 막아내야 한다."

"물론이지요. 방어는 제 전문입니다."

오랜 세월 자신과 함께한 루미에르 검을 인간으로 변하라고 명령하고는 그의 변모한 모습에 헥토르는 적지 않게 놀랐다. 검이 여자로 변한 것이었다. 그것도 나이 많은 실버 헤어의 여인이었다.

그리고 헥토르는 그 여인의 이름이 기억났다. 엘프의 여왕 갈라드리엘과 닮은 여인이었다. 그는 바로 그녀의 이름을 불렀다.

"갈라드리엘."

"네, 말씀하세요."

"너는 어둠의 세력이 나타나면 그들을 태우는 최고의 광선을 폭발시키거라."

"네, 반드시 그리할 것입니다."

그녀의 목소리는 예상외로 젊고 예뻤다. 엘다르인은 늙지 않는다더니 천 살이 넘은 갈라드리엘은 사오십대의 원숙한 여인 같아 보였다.

마지막으로 헥토르는 스톰브링어를 변신시킨다.

"스톰브링어! 인간으로 변하라!"

그런데 스톰브링어는 검 전체에 수증기가 나면서 변신할 듯하다가 그대로 있었다.

"이런! 마법이 통하지 않다니?"

헥토르는 더 강력한 주문으로 재도전한다. 마법 지팡이를 높이 들고 강력한 목소리로 에네르기를 만렙으로 사용해 외친다.

"드브니르위멩!"

하지만 헥토르의 강력한 주문에도 스톰브링어는 여전히 변신이 되지 않았다. 헥토르는 적지 않게 당황했다. 그는 기본적인 변신 마법을 한번 써보기로 한다.

"트랑스포르메!"

그런데 주문과 함께 뭉게뭉게 수증기가 엄청 나더니 스톰브링어가 마법의 성 밖으로 날아간다. 헥토르는 즉시 그를 뒤따라 달려갔고 성문 앞의 광장에서 본격적으로 스톰브링어가 변신을 하기 시작한다. 엄청난 수증기가 짙은 안개처럼 일대를 다 뒤덮고 무언가 거대하고 엄청난 존재가 그 안개 속에 도사리고 있었다.

"아니 저것은?"

헥토르가 말문이 막혀 그대로 긴장해버렸다. 그리고 뒤늦게 따라 나온 할디르 포드가 놀라 소리친다.

"마, 마, 마법사님! 저, 저건 드래곤이네요?"

스톰브링어는 인간으로 변신하지 않고 드래곤으로 변신했다. 그것도 검은 빛이 감도는 다크드래곤이었다.

"너의 이름은?"
"드라노쿠스!"
"나를 보호할 수 있겠나?"
"당연하지! 너는 내 주인이다."
"그럼 내가 너를 타고 비행을 좀 할 수 있나?"
"물론! 너는 내 주인이다."
"좋아. 이사벨라의 집으로 가고 싶군. 나머지 네명의 호위병사들을 다 태우고 출발해보자구. 흐흐흐."

헥토르는 이사벨라집으로 가는 길에 저절로 웃음이 나왔다. 호위병사인 드래곤이 반말을 해도 기분이 나쁘지 않았다. 콧노래를 부르며 드래곤에서 내린 헥토르는 이사벨라의 집 부근으로 가서 열 집 이상의 가정 방문을 한다. 그러면서 시종 누군가 자신을 미행하고 있지는 않나 촉각을 곤두세웠다. 드래곤 즉, 드라노쿠스와 네명의 전설적인 왕들이 경호하는 가운데 헥토르는 이사벨라 집 동네를 누비면서 사주 경계를 했다.

그는 집집마다 들어가 사람들을 어루만지고 그 집에 잠시 머물렀다. 헥토르는 이사벨라의 집에 와서도 이사벨라와 그녀의 딸 실비를 한번 만져보고 죠세프의 등도 툭 치고 지나갔다. 그리고 다른 집도 계속 들러서 가족들을 모두 만져주었다. 그리고 그는 누군가 자신을 먼 발치에서 바라보고 있다는 에네르기를 느낄 수 있었다. 그렇기 때문에 그는 이사벨라를 오랫동안 보거나 만질 수가 없었다. 그래도 그는 기쁨이 눈물이 주르륵 흘러내렸다.

헥토르 마법사의 결계

세월이 무상하다는 말이 실감나는 아침이었다. 청동거울에 반사된 하얗게 센 머리카락과 줄어든 키 그리고 무엇보다도 얼굴에 주름이 가득한 피사체를 보면서 헥토르는 자기 자신이 아니라고 믿고 싶었다.

"명상 덕분에 감정 기복이 거의 없어졌지만 청춘도 사라졌군!"

헥토르는 마음이 가라앉아 침잠하는 것을 원해서 오랜 세월 명상을 해왔지만 막상 세상에 무감각해진 것은 한편으로 신경이 쓰이기는 했다.

몇 년을 기다려도 마법의 성 외부에 침입자가 근거리로 접근하는 적들의 기미가 없었다. 그도 그럴 것이 다섯 방향을 전설적인 왕들로 변신한 세계최고의 병장기들이 지키고 있기 때문이었다.

투르곤의 검은 바르테르 왕의 노련한 병사로서의 자세를 유지하면서 거의 육십 년 이상을 근무하고 있었다. 헥토르는 바르테르 왕의 초상화의 기억의 모습과 점점 더 닮아가는 투르곤의 검이 실제 바르테르왕이 아닌가 하는 착각이 들 정도였다.

그리고 다섯 경비의 검과 창들은 수시로 헥토르와 텔레파시로 대화가 가능했다.

"투르곤의 검이여, 아니 바르테르왕이여."

"말씀하시지요."

"세상이 얼어붙어 움직이는 것이 전혀 없겠지?"

"그렇습니다만 바람이 불고 있다는 것은 무언가 혹은 누군가가 움직이고 있다고 볼 수 있습니다."

"그래?"

"하지만 그 누구도 나타나지는 않는군요."

믿음직한 바르테르 왕은 바르테르 성의 북쪽 벌판 방향을 주시하고 있었다.

"투르곤! 혹 침입자들이 나타나면 그놈들을 모조리 불태워 없애버려!"

"네! 대마법사님! 걱정 마십시오."

"좋아!"

그는 다음으로는 디콘창에서 변신한 바르테르 시대의 전설의 검투사 출신인 지그문트 왕은 바르테르 성의 서쪽을 경계한다. 이 미터가 넘는 거구이지만 움직임은 그 누구보다도 빨랐고 믿을 수 없을 정도의 괴력을 소유한 왕이었다. 그도 역시 날이 갈수록 지그문트 왕의 모습과 점점 더 흡사하게 변했다.

"지그문트! 이상이 있나?"

"육십 년 동안 이상 무!"

"외부에서 다가오는 것에 그 무엇이라 해도 그 존재를 파괴시켜라!"

"명령 접수 완료!"

헥토르가 지그문트에게 한마디 하려다가 참는다. 그래도 왕인데 자꾸 잔소리를 하는 것도 좀 그랬다. 다음으로 실마릴의 검에서 변모한 케멜리 왕은 파베르쥬 협곡 쪽과 동쪽을 주시한다.

"케멜리, 자네도 뭐 이상이 없겠지?"

"물론이지요."

"좋아."

루미에르 검에서 인간으로 변한 엘프의 여왕 갈라드리엘은 서남쪽을 경계한다. 바람이 다소 불어서인지 천 살이 넘은 그녀의 실크실 같은 머리카락이 움직였지만, 그녀의 몸은 미동도 없다. 헥토르는 그녀의 이름을 조용히 불렀다.

"갈라드리엘."

"네"

"어둠의 세력이 나타나면 광선을 폭발시킬 태세를 유지하고 있지?"

"그렇게 하고 있습니다."

아름다운 그녀의 목소리는 엘다르인의 전형적인 매력이 넘치는 보이스칼라였다. 헥토르는 문득 어머니가 생각이 났다. 하지만 그는 이내 심호흡을 하고 마지막으로 스톰브링어를 부른다.

"스톰브링어! 대답하라!"

스톰브링어는 성의 첨탑 위를 느리게 선회 비행하고 있었다. 말하자면 성의 하늘 위를 지키고 있는 것이다.

"드라노쿠스! 하늘을 날고 있다."

"무슨 문제라도 있나?"

"없다!"

"나한테 불만 있나?"

"불만? 니가 없으면 나도 없다!"

헥토르는 그가 여전히 반말을 하는 것이 다소 거슬렸지만 운명공동체가 된 인상 괜스레 긁어 부스럼을 만들 필요는 없었다. 최강자의 자존심이랄까 스톰브링어의 제멋대로의 모습이 오히려 더 믿음직하기까지 했다.

매일 반복되는 무료하고 지겨운 일상이 어언 육십년이 넘었다. 하지만 앞으로 사십 년이나 남았다는 게 실로 까마득하기만 할 따름이다.

명상 도중에 혼침이 찾아온 헥토르는 잠깐 꿈을 꾸었다. 꿈속에서 그가 죽인 마녀가 수백 마리의 바퀴벌레로 변신하는 장면이 잊혀지지가 않았다. 이사벨라가 찾아온 날 자신이 마녀를 죽인 게 기억난 것이었다.

"별일이로군? 현몽이 있다는 건 마녀들이 나타난다는 징조인데...."

트리스탄의 사대 마녀들이 떠오른 헥토르는 기억하고 싶지 않은 그 모습들을 하나하나 그려보았다.

마녀들은 여자였지만 그 모습은 그 어떤 존재보다도 끔찍했다. 먼저 염소 대가리의 살벌한 붉은 눈빛이 인상적인 사티레스(Satyres)는 삼지창이 주 무기였다. 그녀는 닥치는 대로 살육을 자행했다. 특히 날카롭기가 칼 이상 가는 삼지창으로 사람의 목을 뚫어 순식간에 잘라버리는 잔악하기 이를 데 없는 마녀였다.

그 다음으로는 화려한 의상을 입은 그레모리 마녀는 푸른 눈에 푸른 입술이 괴상망측한 분위기를 자아낸다. 마녀는 광택이 흐르는 멋진 실크 원피스에 어울리지 않게 전갈의 독화살을 수십 발씩 등에 메고 다닌다. 커다란 활에 동시에 십여 발의 독화살을 매겨 수십 명의 인간을 사냥하는 그녀 역시 소름끼치게 두려운 존재였다.

온몸이 화염에 휩싸여 불타는 몸으로 하늘을 날아다니는 릴리트라가 불붙은 채찍을 휘두르며 사람을 죽인다. 그녀는 불타는 십 미터 길이의 긴 채찍으로 적들을 태우며 입에서도 불을 뿜는 공포의 마녀이다.

마지막으로 갑주를 입고 긴 쌍칼을 들고 싸우는 샤크티는 남자기사처럼 생겼고 일대일의 전투에서는 가장 강한 살수이다. 금빛 투구 뒤로 금발을 휘날리며 싸우는 그녀는 매우 날씬해서 자칫 미녀처럼 보이지만 그 투구와 갑주 속에는 백 살이 넘은 해골 같은 파파 할머니의 모습이 사람을 혼란스럽게 한다. 십여 미터를 점프하여 웬만한 성벽은 그냥 날아올라가고 쌍칼을 한번 휘두르면 보통 십여 명의 병사들의 목이 날아갔다.

헥토르는 네 명의 마녀를 모두 기억해내고는 입맛이 썼다. 그만큼 그녀들이 강하고 두려웠기 때문이었다. 베네딕트 마스터의 도움으로 네명을 다 죽이고 트리스탄과 함께 시신을 봉인한 만큼 그녀들이 부활하기란 거의 불가능했다. 그렇지만 결계가 금이 간 이상 마음이 편하지가 않았다. 왜냐하면 과거 자신이 역대급 각성을 하고 그녀들을 다 제압한 것을 그 누구도 믿을 수 없었기 때문이었다. 그는 찬물을 한잔 마시고는 깊은 한숨을 쉰다.

"설마 그녀들이 한꺼번에 나타나지 않겠지?"

아무래도 안심이 되지 않자 헥토르는 결계를 확인하기 위해 성 아래 메인 포털로 내려온다. 할디르 포드와 벨공주를 대동하고 문을 열자 강한 냉기가 헥토르의 코끝에 느껴진다.

"어라? 시간이 정지되어도 추위가 더 강해질 수가 있나?"
"강한 추위를 느끼시는 건 마법사님의 마음이 허하셔서 그럴 겁니다"

할디르 포드가 다소 잘난 체를 하면서 성문 밖의 기온을 대략 체크한다.

"어제와 별반 다르지 않습니다."
"그래? 하지만 난 자네를 그리 신뢰하지 않네만. 후후. 갈라드리엘!"
"네, 말씀하시죠."
"왜 오늘 아침 더 추운 거지?"
"북쪽에서 이상한 기류의 움직임이 있습니다. 북풍이 불어서 그럴테지요."

갈라드리엘의 말을 들은 헥토르의 입가에 미소가 만들어진다.

"거봐! 할디르 포드경! 내말이 맞지?"
"그런가요? 그럼 큰일인데...."
"뭐가?"

"북쪽의 악마들이 움직인다는 소리잖아요!"

"그렇군."

그때 하늘 높은 창공 아주 멀리서 괴성이 울린다. 그것은 드라노쿠스의 목소리였다. 그는 헥토르에게 말을 하고 싶으면 자기 이름을 먼저 말했다.

"드라노쿠스!"

"말하라."

"마법의 성 북쪽 결계에 균열이 있다."

"뭐라구?"

헥토르는 즉각 바르테르왕을 호출했다.

"바르테르! 확인해봐!"

"이런! 허어! 균열이로군!"

바르테르의 탄식과도 같은 목소리를 들은 헥토르는 즉각 몸을 날려 오 각형 모양의 성의 첨탑 위로 날아 올라갔다.

"여기로군! 어? 여기도 있네?"

바르테르가 여러 군데의 결계가 균열이 난 곳들을 찾아내는 동안 오 방 위를 감시하던 다섯 명의 왕들이 모두 한데 모였다. 나이가 가장 많은 갈라드리엘이 결계의 균열 정도를 미루어 짐작했다.

"이 정도면 앞으로 오십 년은 견딜 수 있을 거 같군요. 마법사님의 마력이 워낙 강해서 원래는 백 년 동안 견딜 에네르기인데 균열이 여러 군데 난 게 좀 문제로군요. 아직은 별거 아니긴 한데.... 혹시...."

"혹시? 뭐?"

"다른 악마들이 가세한다면 몇 달 안에 결계가 깨질 수도...."

헥토르로서는 실로 난감했다. 새로 결계를 칠 수가 없기 때문이었다. 백년 동안 세상을 얼리는 마법 주문을 새로 시행하면 이미 진행한 날짜 때문에 오차가 생기게 된다.

"아! 어쩌지?"

그렇다고 투명 장막과도 같은 에네르기 덩어리인 결계 쉴드를 때우거나 꿰매어 쓸 수도 없어서 그냥 버틸 수밖에 없었다.

"경계를 강화할 수밖에 없군!"

그러자 드라노쿠스가 크게 웃는다

"하하하하하"

"드라노쿠스! 왜 웃어?"

"지금보다 더 강한 경계강화는 불가능하다! 지금이 최선이다! 우리는 육십 년 동안 단 일 초도 자거나 쉬지 않고 사주경계를 하고 있다."

"듣고 보니 맞는 말이네....."

헥토르는 자신이 더욱 긴장할 수밖에 없었다. 그리고 그는 자기 위안을 하고 말았다. 트리스탄과 사대 마녀들이 총출동해도 다섯 왕들이 충분히 막을 수 있을 것이라고 믿었다. 사실 그렇게 믿고 싶었다.

불안한 마음에 잠자리에 들어 깊은 명상에 잠긴 헥토르는 서너 시간 동안 온몸의 차크라를 모두 열어 에네르기를 순환시키고 다소 지친 기분으로 이완 릴렉스 명상으로 접어들었다. 그렇게 수면 대신 몸을 리프레쉬하는 명상은 늘 마음을 편안하게 만들었다. 비몽사몽 중에 지속적으로 에네르기가 몸을 순환하면서 뜨거운 목욕물 속에 누워있는 기분이 되었다.

채챙 차차창

명상에서 나온 헥토르가 즉각 금속성 소리에 반응하면서 커튼을 열었다.

"아니? 몬스터?"

밖에는 아니나 다를까 자신의 오대 경호병사들인 다섯 왕들이 몬스터들과 피가 튀는 살벌한 싸움을 벌이고 있었다.

"기다려! 내가 간다!"

그는 황급히 검을 찾았지만 실마릴 검이나 루미에르 검은 이미 성밖에서 싸우고 있었고 드래곤으로 변신한 스톰브링어도 불을 뿜어가며 엄청난 위용으로 몬스터들을 일방적으로 살육하고 있었다.

헥토르가 대 마스터인 베르트랑의 검을 들고 나서려는데 할디르 포드와 벨공주가 그의 앞을 막아선다.

"안됩니다. 마법사님! 다섯왕들이 너무 잘 싸우고 있어요."
"그래도 나가서 도와야지."

벨공주는 무척 차분하게 말했다.

"아닙니다. 함정일지도 몰라요."
"함정?"
"마법사님을 기다리느라고 악마들이 모습을 보이지 않고 몬스터들만 보내는 거에요."
"그럴 수도...."

그때 결계 밖에서 카랑카랑한 마녀의 목소리가 들린다.

"헥토르 대마법사! 위험한 전투에는 두려워 못 나오시나? 겁먹은 거야? 호호호호"
"저런! 건방진 마녀!"

헥토르는 할디르와 벨공주의 만류에도 불구하고 베르트랑의 장검을 들고 성문 밖으로 나가 밀려오는 몬스터들을 닥치는 대로 베었다. 베르트랑 대마법사의 검은 아주 가벼우면서도 상대가 검에 닿을 때마다 묵직한 에네르기가 순간 생기면서 가차없이 몬스터들을 죽여버리는 것이었다. 참으로 신기한 마법의 검이었다. 트롤이나 우르크하일 같은 거구들도 일검에 허리가 두 동강이가 났다.

그때 하늘에서 요망한 웃음소리가 들려왔다.

히히히히히히히

그리고 검을 구름이 몰려오면서 검은 옷을 입은 누군가가 눈에 보이지 않을 정도의 빠른 속도로 독수리처럼 하강했다. 그리고 무형의 기운으로 다섯 왕들을 차례로 공격하기 시작했다. 헥토르는 입이 다물어지지 않았다. 다섯 왕이 일순간에 그 괴인에게 당해버리는 것이 아닌가. 그들은 모두 원래의 병장기로 모습이 변해버렸다.

투르곤의 검으로 변한 바르테르 왕, 디콘창이 된 지그문트 왕, 실마릴의 검이 되어버린 케멜리왕, 갈라드리엘 여왕은 루미에르 검 그리고 그라노쿠스 드래곤 왕은 원래의 스톰브링어가 되어버렸다. 그리고 다크 클라우드 속에서 네 명의 마녀들이 나타났다. 그녀들은 순식간에 헥토르를 에워싸고 마력을 방사하기 시작했다.

헥토르는 에네르기를 최대한으로 끌어올려 네 명의 마력을 튕겨내고 그녀들에게 라이트닝 공격을 가하려 하는 순간 헥토르는 몸이 움직여지지 않았다.

"이럴 수가? 아아! 아아아악!"

헥토르가 다시 한번 더 에네르기와 마력을 모아보았지만 허사였다.

"이대로 끝인가?"

순간 헥토르가 침대에서 미끄러지듯 넘어질 뻔했다. 꿈이었다. 그는 가끔 명상 중에 혼침에 들기는 했지만 이처럼 생생한 꿈을 꾼 건 몇십 년 만에 처음이었다. 그는 다시 결계를 돌아보고는 엄청난 기도로 경계근무를 서고 있는 다섯 왕을 한참 동안 바라보았다. 그는 원시가 되어버린 자신의 눈에 초점을 맞추려고 미간을 찌푸리다가 이내 그만두고 한숨을 쉬었다. 그리고 다시금 늙어버린 노구를 이끌고 깊은 명상에 들어갔다.

최후의 대결

얼마나 시간이 흘렀는지 알 수 없지만 헥토르는 자신이 마력을 동원하여 근접거리의 할디르 포드에게 마법 항아리에 지속적으로 물을 길어다 붓게 했고 그런 세월이 수도 없이 흘렀다. 벨공주가 가져다준 마법약으로 만든 음식을 먹었다. 점차 길게 자란 수염과 머리카락 때문에 식사를 제대로 하지 못한 것도 수십 년이 지나버렸다.

드래곤 하트에서 나온 신비한 드래곤 블러드가 어느샌가 다섯 가지 보석들을 녹여 이제 완전한 겔상태의 약물이 용암처럼 끓었고 그 소리가 어떤 때에는 무척 요란하기도 했다. 마법사의 방은 쇠락하고 어두운 기운으로 점차 휩싸여갔다.

그리고 또 수십 년이 지나고 명상을 며칠씩 하고 식사를 거른 헥토르는 마법 약으로 에네르기를 보충하지만 온몸의 차크라마다 가득한 에네르기를 전신으로 회전시키면 아무것도 먹지 않고도 한 달 이상은 거뜬하게 지내곤 했다.

어둡고 무거운 기운이 마법의 성 전체를 에워 싼 어느 날, 벌건 핏빛 바람이 불고 대기 중에 희한하게도 붉은 기운이 가득해졌다. 그리고 잠시 후 마법 항아리의 진동이 느껴졌다.

우우웅우우우웅

할디르 포드가 방으로 달려 들어왔다.

"축하합니다. 대마법사님! 드디어 약이 완성되었어요!"
"그래?"
"네! 백년의 시간이 다 지났습니다. 정말 고생하셨어요."

"할디르, 그런데 밖에 이상한 에네르기가 감지되는데?"

"그건 온 세상에 시간 정지 마법이 다되어 삼라만상이 깨어나는 것이 겠지요."

"아니야! 어둡고 무거운 에네르기가 느껴진다."

그때 벨공주가 밖을 내다보고는 엉뚱한 소리를 한다.

"하늘도 대마법사님을 축하하는 모양이에요. 온 세상이 핑크빛이에요. 호호호"

"핑크색이라구?"

"예, 너무 예뻐요!"

"잠깐! 저건 핏빛이 아닌가!"

그때 드라쿠노스의 텔레파시가 들려온다.

"적 출현! 적 출현! 놈들이 온다!"

"뭐라구?"

헥토르는 아직 깨어나지 않은 마법사 제자들과 마력이 높은 마법의 성 내부의 어프렌티스들을 다 깨웠다.

"제자들이여! 깨어나라!"

헥토르의 명령에 천여 명의 마법사 제자들이 백년 동안의 잠에서 깨어났고 망루 위에서 감시하던 기사들과 제자들이 기지개를 켜다 말고 아연 실색을 한다.

"우와! 저, 저, 저건!"

파베르쥬 협곡으로부터 마법의 성으로 수평선 가득히 몬스터들이 몰려오고 있었다. 그리고 그들 위에는 네 명의 악마들이 날아서 헥토르를 향해 다가오고 있었다.

"모두 방어준비를 하라!"
"예!"

바야흐로 트리스탄의 사대 마녀들의 공격이 시작되었다.

"데몬 출현!"
"수 천 명의 마귀들이 몰려옵니다."

시간을 얼렸다가 녹이자마자 마법의 성 제자들이 비상사태를 외치며 나팔 소리가 성 전체에 울려 퍼진다.

"마녀들이다! 피해!"

트리스탄의 사대 제자들은 엄청난 아우라를 흩뿌리며 날아오고 있었다. 헥토르는 자신의 눈을 의심하지 않을 수 없었다.

"저럴 수가 있나? 다 죽었던 자들이 어떻게 부활했지?"

넷은 모두 여자였지만 그 모습은 실로 끔찍했다. 먼저 염소대가리의 살벌한 눈빛이 인상적인 사티레스(Satyres)는 삼지창을 들고 나타났다.

그 다음으로는 화려한 의상을 입은 그레모리가 커다란 활을 등에 메고 나타났다. 그리고 온몸이 화염에 휩싸여 불타는 몸으로 하늘을 날아다니는 릴리트라가 불붙은 채찍을 휘두르며 날아왔다. 마지막으로 갑주를 입고 긴 칼을 들고 현현한 샤크티가 가장 강해 보였다.

그녀들이 접근하자 다섯 왕들이 날아올라 그 마녀들을 제압하려 출동하는 순간 하늘에서 트리스탄의 강력한 마력이 라이트닝으로 뿌려졌다.

쿠콰콰콰쾅

동시에 맨앞의 드래곤 왕이 제일 먼저 스톰브링어로 변하자마자 나머지 네 명의 왕들도 변신하고 말았다. 케멜리왕이 실마릴의 검, 바르테르왕이 투르곤의 검으로, 지그문트왕이 디콘창으로 그리고 갈라드리엘 여왕은 루미에르 검이 되어 공중에서 수직 추락했다. 다만 스톰브링어만이 헥토르를 행해 날아왔다. 하지만 마법사 제자들이 거의 다 살육되었다.

"아아! 전세가 이미 기울었군!"

수천 마리의 몬스터들이 이미 마법의 성에 난입하여 마법 제자들을 무참히 공격해버렸다. 대혈투를 막기 위해 헥토르는 시간을 얼리는 마법을 다시 외쳤지만 허사였다. 선두에 선 마녀 사티레스가 이미 마법의 성 난입으로 주문을 방해하는 바람에 세상은 얼지 않았고 수천 명의 몬스터들이 쳐들어온 상황에서 기사들과 마법사의 일천여 명의 방어선이 속절없이 무너져 버렸다. 엄청난 전쟁에서 악마의 사대 제자들에 의해 일방적인 살육전이 자행되었다. 그리고 마법의 성에는 마녀들의 어두운 에네르기가 일대에 가득 차버린다.

스톰브링어를 발검한 헥토르는 마법의 방을 나서려고 긴 로브를 벗어 놓았다. 그리고 문득 청동거울을 보았는데 일백삼십 살의 노마법사가 보였다. 그는 일부러 청동거울을 신속하게 방패로 변화시켜 들고 성 밖으로 날아갔다.

헥토르의 스토브링어에서는 징징 거리는 라이트닝이 가득 충전되었고 그 누구라도 그 번개공격에 맞으면 순식간에 타버릴 상황이었다. 그런데 일대 사의 엄청난 전투가 예상되었지만 사티레스가 흉칙한 송곳니를 드러내면서 웃어보인다.

"마법사님 강령하시나이까?"
"마녀들! 무슨 수작이냐?"

그런데 마녀들이 헥토르를 봐주는 듯한 분위기를 풍긴다. 그녀들은 공격을 한다기보다 예를 갖추어 헥토르에게 선공을 양보하고 대기하는 것이 아닌가?

"이것들이 왜 이러지? 무슨 계략이 있는 모양이로군!"

헥토르는 에네르기를 극강으로 끌어올려 사대마녀들을 강하게 압박한다. 그러나 사대마녀는 공동 쉴드를 치면서 방어에 전념한다.

"마녀들아! 죽기 살기로 덤비지 않는 이유가 뭔가?"
"그럴 필요가 있을까요? 마법사님!"
"오냐! 너희들의 두목 트리스탄 모르그! 그 악마는 어디 있나?"
"직접 찾아보시지요. 호호호호호!"

릴리트라가 화염을 뿜어내며 살벌하게 웃어보였다. 그와 동시에 그녀의 웃음이 화염방사기처럼 불을 내뿜었다. 헥토르는 청동 방패로 화염을 막았고 그와 동시에 청동방패가 거울처럼 빛이 났다.

청동거울에 비친 헥토르의 모습은 이미 그가 아니었다. 그의 몸의 반은 불타는 악마의 화신 트리스탄 모르그의 모습이었다.

"베르트랑 마스터가 마녀 트리스탄을 내몸에 유폐시켰다니!"

"이럴수가! 으아아아악!"

그는 절규했지만 자신의 몸속에 들어있는 트리스탄을 어찌해볼 도리가 없었다.

간신히 기억을 되살리자 헥토르는 베르트랑 마스터와 자신이 이 대 일로 트리스탄 모르그를 몰아붙였던 백이십 년 전의 대결이 눈에 선하게 보이기 시작한다.

"대륙 최고의 흑마술사이고 다크 위치였던 트리스탄을 아주 죽여버릴 수가 없었던 베네딕트 마스터의 선택이었군....."

처음에는 아무리 스승이라 해도 자신의 몸에 다크 메이지를 유폐시킨 결정을 이해할 수가 없었다. 그러나 점차 스승이 이해되었다. 어쩔 수가 없었겠군. 우리 둘의 마력으로 트리스탄을 당할 수 없어서 마스터는 트리스탄의 에네르기를 뽑아 헥토르의 몸속에 저장하는 식으로 일주일간의 싸움을 버티었다. 그러다가 헥토르가 어느 정도 트리스탄의 마력을 흡수한 다음 에네르기가 역전되었을 때 베네딕트 마스터가 순간적으로 트리스탄 모르그를 자신의 몸속에 집어넣은 것이었다.

"아! 그랬구나! 그래서 내가 다크 메이지로 각성했고 그 때문에 내가 그렇게 고강해졌구나...."

헥토르는 베네딕트 마스터와 자신이 공동으로 트리스탄을 처리할 때 자신이 엄청나게 각성하여 그를 죽인 줄 알았지만 각성한 것이 아니었다.

"내가 마녀의 에네르기를 흡수한 것이었다니!"

그때 사대 마녀들이 공손하게 부복하여 예의 갖춘다.

"감축드리옵니다. 마스터! 이제야 기억이 되살아나셨군요. 호호호호!"
"뭐야?"
"다크 마스터님! 이제 우리를 이끌어주소서! 어서 악마의 세상을 만드
셔야지요!"

그런데 헥토르가 별안간 고통으로 절규를 한다.

"아아아악!"

순간 백삼십 세의 헥토르가 삼십 세의 젊은 헥토르로 변하기 시작한다.
그리고 강력한 마력으로 주위에 엄청난 라이트닝을 방사한다.

콰과과과광
"악! 으아악! 으악! 아악!"

순간 그 번개 공격에 맞은 네 명의 마녀들이 즉사한다.

"크크크크!"

젊은 모습으로 변하면서 헥토르는 트리스탄의 마성이 나타나는 걸 느낀다. 그리고 동시에 헥토르는 자신의 다크메이지로서 결국 트리스탄과 함께 죽어야 할 운명이라는 걸 깨달았다.

"트리스탄을 젊은 이 헥토르와 함께 사라지게 하고 나면 그야말로 송장 같은 껍데기만 남겠군. ㅎㅎㅎㅎ"

헥토르가 마력을 끌어올려 먼저 자신의 영혼을 분리했다. 지난날 위대한 다크 메이지로서 트리스탄을 죽였던 영웅의 영혼과 이제 아무것도 아닌 평범한 노인의 영혼이 분리되었다. 그리고 그는 내부의 또 다른 자아인 트리스탄과 과거의 젊은 헥토르의 영혼을 한데 묶어 새롭게 합쳐진 영혼을 서로 녹여 융합해버렸다.

"안돼!"

죽어가는 트리스탄 영혼의 목소리가 십 년 만에 들린다. 헥토르는 이제 선택의 여지가 없었다.

"다크 위치! 트리스탄! 그리고 다크 메이지 젊은 헥토르여! 한 몸에 두 개의 자아가 존재했지만 이제 너희들은 공멸하게 되었구나."
"이놈! 그만두지 못해!"

트리스탄의 절규를 뒤로하고 늙은 헥토르는 최후의 마력을 동원해 영혼 자살을 시도한다.

"영혼은 죽고 썩은 몸만 남아 한 줌 흙으로 돌아가라!"
후우우우욱

한 차례 바람이 불 듯 그들은 생명력이 사라지기 시작했다. 헥토르의 극강의 마력과 함께 그들의 영혼은 바람 앞의 촛불처럼 꺼져갔다. 그리고 헥토르의 주문을 끝으로 트리스탄과 다크 메이지의 목소리는 더 이상 들리지 않았다. 트리스탄과 젊은 헥토르를 동시에 보내버린 늙은 헥토르는 이제 껍데기만 남았다 마력도 사라졌다. 그는 이제 더 이상 마법사도 아니었다.

"후우!"

잠시 후 백삼십 세의 노구를 이끌고 마력이 사라진 일개 범부인 노인의 모습으로 헥토르가 긴 잠에서 깨어나듯 의자에서 일어선다.

"그렇지! 약을 전달해 주어야지...."

더 이상 마법을 쓰지 못하는 헥토르는 대제자 발데스가 모는 마차를 타고 미레이와 알제트의 집으로 향했다. 헥토르를 알아보지 못하는 이사벨라와 실비아에게 오색 벨벳으로 감싼 약을 건넨 헥토르는 인자한 미소를 지어 보인다.

"할아버지는 누구예요?"

"나는 헥토르 마법사의 할아버지입니다."

"헥토르는요?"

"그는 바빠서 오지 못하고 내가 대신 약을 전해주러 왔습니다. 이사벨라."

이사벨라가 고개를 갸웃한다.

"할아버지, 처음 뵙는데, 저를 아세요?"

"물론."

백삼 십 세의 노인의 모습으로 이사벨라 앞에서 헥토르는 비참한 생각이 들었지만, 그녀의 딸 실비가 약을 먹고 병이 완치되는 모습을 볼 수 있어서 그리고 이사벨라의 행복한 웃음을 볼 수 있어서 좋았다. 그뿐이었다. 그녀의 웃는 모습 그리고 그녀의 웃음 소리가 점점 멀어진다.

헥토르는 마음이 편안해지면서 더 이상 그 무엇도 필요하지 않은 상태, 말하자면 더 이상 평안할 수 없는 안락한 마음의 평정 상태가 되었다. 그리고 그가 편안하게 마지막 숨을 쉬고 입가에 미소를 지어보이는 순간 무언가를 깨달은 이사벨라가 그의 이름을 부른다.

"오! 헥토르!"

하지만 이미 헥토르는 그녀의 목소리를 들을 수가 없었다.

선

한

악

마

씨

선한 악마 씨

　하늘의 위상을 드높여주고 있을 맑은 날의 태양이, 조잡한 문양을 갖다 붙인 창문으로 가려져 들어오지도 못하는 모습을 보던 기사는 생각했다.

　'똑같군.'

　굳이 신전에서 오랜 시간 동안 기사 생활을 한 자신이 아니라 지나가는 민간인이 봐도 신을 모시는 사제라고는 볼 수 없을 정도로 품위를 갖추지 않은 모습이나, 행사를 진행하기 전에 더러운 가십거리들을 떠드는 행위를 보이는 그들이 빛을 가리고 왜곡하는 창문처럼 신의 뜻을 외면하고 이용한다는 그런 생각을.

　"막내가 생각보다 저돌적인 모양이네."
　"누가 보면 사제가 아니라 기사인 줄 알겠다니까."
　"저 종들에게 물어보면 엮여있을 수도 있겠어."

　저런 이들에게 죄를 묻지 않고 벌을 내리지도 않으시는 걸로 보아 이제는 존재하는 지도 모르겠다며 그는 푸념 섞인 한숨을 내뱉었지만, 되려

선한 악마 씨　247

주변 기사들이 긴장하는 효과가 나오자 혀를 차려다 말고 짧은 숨을 내쉬며 답답함을 해소했다.

"그나저나 행사에 이렇게 늦어도 되는 건가?"
"음? 사제는 다 온 게 아니었나?"
"왜, 교황님의 신임을 믿고 기고만장한 사제 하나 있지 않은가."

이번에 취임하는 이들 중 대다수는 교황의 낙하산이라는 말을 시작으로, 애틋한 사랑을 나누고 있던 줄 알았던 사제가 양다리를 걸치고 있었다는 이야기의 순으로 진행되던 이야기는 새로운 주제를 맞이하며 추문 잡담회를 이어가기 시작했고.

저런 사제들 밑에서 일하는 환경은 최악이니만큼 긴장을 풀라고 말하고 싶었지만, 저들이 떠드는 말처럼 일 년에 한 번 있는 연례행사가 곧 시작될 조짐을 보이고 있어 차라리 이대로 두는 게 낫겠다 싶어 그대로 두었던 그는, 차라리 풀라고 말할 걸 그랬다며 이미 지나간 일에 자그마한 후회를 하며 상념을 빠졌다.

'정말 그만두고 싶다.'

혼란이 가득한 정세만 아니었다면 진작에 때려 치지 않았을까, 하는 상념에 빠진 그는 대륙의 절반을 제패한 아베로스 황제의 통치 밖으로 벗어나면 겪을 무질서함을 떠올리며 누구 하나 나타나서 세상의 안정을 도모

해주면 좋겠다는 생각을 하던 그는.

'기왕이면 그 폭군이랑 저놈들도 물리쳐주고.'

알고 있는 사람 중에서 된다면 포르테 님이 좋겠다는 개인적인 바람이 담긴 세상을 떠올렸다. 뿌리부터 썩어버린 사제들과는 달리 기사들을 함부로 다루지도 않고, 갖은 일 처리도 절대 밑으로 내리는 일이 없으니 필시 살기 좋은 동네가 연출이 될 거라 그는 믿어 의심치 않았다.

하물며 기사 생활을 오래 하면서 나름 돌아다녀보았지만 아름다운 사람을 논할 때, 남녀 가리지 않고 한 손가락 안에 들어갈 외모를 가지고 있으니 고귀하기까지 하여 옥좌의 앉은 모습도 어울릴 거라 생각을 한 그는, 괜히 모든 기사들이 그녀를 동경하고 있는 게 아님을 알고 있었다.

물론 그들이 단순히 그녀를 출중한 외양을 가지고 있다고, 훌륭한 윗사람이어서 따르고 싶어하는 건 아니었다. 비록 신실한 사제라고는 소개하기는 어려울 정도로 자유분방한 사람이지만, 조금은 권태로운 모습을 보일지언정 세상을 돌아다니며 선한 영향력을 베푸는 의로운 사람이라는 점과.

"말이 나온 김에 나도 할 말이 많았는데."
"우연이군. 나 또한 그대들에게 할 말이 있었는데."

지금처럼 갑작스레 나타나, 그들은 하지 못하는 타락해버린 사제들을 한 방에 정리해버리는 모습에 매료가 되지 않고는 버틸 수 없었다는 점 때문이었다.

"그대들이 먼저 말하겠는가?"
"흠, 흠. 목이 아프니 그만하겠다."
"곧 행사가 시작될 것 같으니 더 떠들 수도 없겠지."

검푸른 머리를 단정하게 올려 묶은 단아한 미인이 과묵하고 권태로운 모습으로 홀로 다니는 모습은 고귀한 사람이 고독을 즐긴다는 모습으로 비쳤고, 고작 말단으로 시작하는 사제 다음인 고위 사제임에도 불구하고 몰려다니는 선임 사제들과 대사제에게도 당당하게 월권행위를 저지르며 그들에게 통쾌함을 전해줘 일할 맛을 나게 해주었다.

오죽하면 그녀가 없었다면 진작에 기사 생활을 때려치웠을 거라며 말하고 다니는 기사들의 비율이 절반을 넘게 차지할 정도라고 생각한 그는, 오늘도 플로네 신께 포르테 사제를 데리고 와줘서 감사하다는 기도를 남몰래 올리며 속으로 통한의 눈물을 흘려 보냈다.

"그래. 뒷방 늙은이라면 처신이라도 잘해야 오래 살아남지 않겠나?"

*

한편, 그들의 열망 어린 시선을 직접적으로 받고 있던 그녀는 아무 자리나 골라 앉는 행위로 누군가의 자리를 빼앗으며 태연하게 웃었다. 그 행위에 당연하게도 열이 받은 사제들은 터지려는 화를 입술을 짓이기며 참아내었고 자리를 뺏긴 이는 원래 그녀의 자리였을 말단 사제들의 자리로 향했다.

그 일련의 행위들을 보던 그녀는 더욱 진한 미소를 띠며 자신을 향한 부정적인 속삭임을 적당히 듣고는, 늘 하던 뻔한 말들밖에 나오지를 않자 무시하며 교황이 오기 전까지 시간이 꽤나 남았을 터이니 감상에나 빠지자는 생각을 하였다.

'대륙을 제패한다'

현 황제인 아베로스가 대륙 전체를 제패하겠다며 무자비한 폭정을 시작했을 때, 힘이 곧 질서라는 그의 뜻에 감복하기라도 했는지 휘하의 기사들은 자신들의 뜻대로 대륙을 마음대로 헤집고 다녔다.

황제의 뜻에 동참하지 않겠다는 뜻을 보인 마을을 무참히 짓밟고 지나간 황제의 뒤에서 패배자들을 마음대로 우롱하며 노예 취급을 하였고, 황제의 편에 서겠다며 수긍한 자들도 힘이 없다면 무시를 당하는 순리가 계속되자 그들 또한 자신의 아랫사람 취급을 하였다.

악마와 악귀를 막기도 버거웠던 곳곳의 마을은 악마보다 더한 그들의 무질서함을 온몸으로 겪으며 항복을 보였고, 결국 황제나 그 휘하의 기사들이 지나간 곳은 모두 아베로스 대륙이라는 이름에 속박되었다.

그리고 그런 황제의 기사 내부는 힘으로 순위가 매겨졌다. 당연히 혼란이 가득한 세상에서 무예를 단련한 사람은 극히 드물었으며, 힘의 척도는 마법으로 측정되어 황제의 마음에 들었다면 기사가 되어 들어가야 했고. 높은 직책에 나앉고 싶다면 그 기사들과도 싸워 힘으로 눌러서 윗사람이 되어야 했다.

'마음에 드는 마법이야.'

이러한 척도가 되는 마법은 태어날 때부터 정해져 있거나 배우는 게 아닌, 염원의 의지로 발현이 된다. 오래도록 누군가의 연인이 되고 싶다고 갈망한 사람은 타인의 마음을 빼앗는 마법을 깨닫고, 누군가를 지키고 싶다고 생각한 사람은 사람들을 보호하는 마법을 깨우친다.

그로 인해 마법을 인지하며 다룰 수 있게 되는 나이는 보통 성인 전후로 나뉘며, 그 이유는 강렬한 의지가 동반되어야 한다는 전제조건이 있었기 때문이었다.

'오늘부터 네가 살게 될 곳이란다.'

누구나가 강한 힘을 가질 수 있고 선한 영향력을 펼치는 이로운 사람이 될 수도 있다는 의지를 기반으로 한 마법은, 반대로 선악 구분이 없기에 악인에게도 필연적으로 들어가게 되고 선한 마음보다는 악한 마음이 강한 의지를 갖추기에 무질서한 세상은 악으로 물들었다.

황제의 무자비한 폭정과 무관심. 휘하 기사들의 폭거로 암운이 드리워지자 당연히 범죄도 서슴지 않고 일어나기 시작했고, 포르테 그녀 또한 범죄의 희생양이 되어야만 했다.

'고아가 됐으니 처신이라도 잘해야지 않겠니?'

그녀가 범죄의 대상이 된 이유는 대륙을 제패하는데 황제가 성공한다면, 그 뒤를 쳐 자신이 왕이 되겠다는 야망을 품은 교황 때문이었다.

평소 숨겨지지 않는 야욕으로 보다 약한 사람들을 세뇌하는 마법을 깨우친 그는, 자신의 마을로 쳐들어오며 대륙 제패를 하겠다는 황제에게 마법을 보여주며 그의 밑으로 들어갔고. 폭정으로 인해 괴로워하는 사람들을 모두 들여 사모했던 애인의 이름을 딴 플로네 신전을 만들었다.

계속 뻗어나가는 황제의 영토에서 같은 수작업을 부린 그는, 황제가 차지한 영토에 비하면 굉장히 초라할지도 황궁에 맞먹는 규모로 신전을 키우는데 성공했고 그의 야욕에 함께할 인재들을 데려와 사제로 안착시켰다.

'그러니 부디, 아파도 꾹 참는 착한 어린이가 되어 주렴.'

그 뒤로 사제의 규모를 불려나가는데 성공하자 황제의 밑에 들어가지 못한 이들을 양성해 기사로 만들었으며, 생각보다 진행이 잘 된다고 생각 했고 규모가 커졌음에도 이러한 모임으로는 드높은 황제에게 상대가 안 될 것을 알았던 그는 결국 아이들을 납치해 실험을 하기 시작했다.

아이들을 대상으로 한 이유는 간단했다. 성인의 근처에 다다른 사람은 마법을 보통 깨우쳤으니 상대하기 귀찮았으며 세뇌마법이 잘 먹히지 않을 사실이 있었고. 황제가 지나간 곳에는 고아가 굉장히 많았으며 없어도 황제의 무관심이 빚어진 가정을 부수고 아이들만 데려오면 되었었다.

그렇게 그녀와 아이들을 데려온 교황은, 황제 몰래 자신의 명령을 받고 세상에 떠돌아다니는 악마와 악귀들을 잡아와 아이들의 몸에 집어넣는 실험을 재개했다.

'제발, 제발!'
'차라리, 죽여……'

단 한 번도 벌어지지 않았던 실험이었던 만큼 성공은 쉽지 않았다. 사람의 혼과 악마의 혼이 맞물리자 혼의 그릇이 흔들리며 육체가 갈기갈기 찢어져 폭탄처럼 터져나갔고, 실험 환경이 멀쩡할 날이 없었기 때문이었다.

하지만 이 수단 말고는 방법이 없다고 생각했던 교황은 영혼을 결합시키는 마법을 배운 사제에게 계속하라며 명령하였고, 같은 야망을 품고 있었던 사제들은 모두 동참하여 학대하기 시작했다.

영혼이 갈라져 몸이 점차 조각나는 고통을 겪은 아이들이 곧 터져나갈 것 같은 징조가 보이면 전쟁터에 쫓겨나 황제의 기사를 죽이는데 이용당하였으며, 어떻게든 버텨나가는 아이들은 그저 그 고통을 떠안고 괴로움에 몸부림쳐야 했다.

'반드시, 반드시 죽인다.'

그렇게 신전에서도 몇 년의 시간 흘러가던 도중, 포르테에게 이변이 발생했다. 고작 열다섯 살에 불과한 그녀가 기어코 악마를 흡수하는 데 성공한 것이었다.

'무척이나 다행이군. 드디어 오랜 숙원을 이룰 방법이 나타났어.'

화목한 가정에서 태어나 누구보다 사랑을 받으며 자라고 있던 그녀는, 황제의 밑으로 들어가겠다며 인정한 마을의 입장 표명에도 불구하고 모든 어른을 죽여버린 채 자신들을 납치해온 교황과 끄나풀을 향한 복수심을 가지고 있었고.

'플로네 신은 존재하지 않는다.'

나날이 심해지는 몸이 찢어지는 고통과 죽어버린 부모님에 대한 복수심으로 저들을 벌해주고 자신들을 구해달라며 수없이 기도했지만, 커져 가는 복수심과는 다르게 점차 주변 아이들도 하나씩 죽어가고 그녀 또한 갈라짐이 심해지자 신은 없다고 인정하며.

'세상의 모든 악마를 흡수해서라도, 저 악인들을 죽일 수만 있다면.'

인고의 세월 동안 단 한 가지만을 바랬고, 악마를 영혼에 걸쳐서라도 저들을 죽이겠다는 염원이 마침내 이루어져 악마의 능력을 흡수할 수 있었다.

'벌써 악마를 백 마리나 흡수했다고?'

그 이후에는 일사천리였다. 악마를 흡수하고 마법을 배우면서 자연스레 세뇌 마법이 깨졌지만, 고작 한 마리의 악마로써는 안심이 되기는커녕 세상의 모든 악마를 먹어야 가능성이 있겠다고 생각한 그녀는 천연덕스러운 악마의 능력을 꺼내어 세뇌에 걸린 척 연기를 하였다.

'그렇다면, 저것이 스무 살이 되는 해에 사제로 등록시켜야겠군.'

한 번에 한 악마의 능력밖에 꺼내지 못하였지만, 다루는 게 익숙해진 그녀는 초 단위로 악마를 바꿀 수 있을 정도로 숙련이 될 때 즈음 아이들에게 자신의 뜻에 동참하기를 바라며 그들에게도 자신의 마법을 가르쳤다.

가르친다고 다 되지는 않는 마법은, 같은 의지를 가지고 있으면 마법의 존재 유무만 알아채도 배울 수 있었다. 그 덕분에 아이들은 모두 마법을 배울 수 있었고, 마침내 속박에서 벗어난 모두에게 그녀는 말했다.

'어차피 모든 관심은 나. 그리고 내 다음으로 나올 토레스에게 모일 테니 적당히 세뇌에 걸린 연기를 하고 기다려.'

백 마리의 악마를 흡수했음에도 교황을 이길지는 몰라도 휘하의 기사들. 그리고 사제를 혼자 감당할 수 있을지 계산이 되지 않았던 그녀였기에, 곧 그녀가 할 취임식을 토레스가 하게 될 때를 반역의 시기로 잡기로 하였고.

'생각보다…… 약했군.'

약한 무력의 악마 하나를 잡는데 대사제를 대동하고도 열 명 가까이의 고위 사제들이 합심하는 모습을 보자, 신전의 무력이 얼마나 약한지 깨달은 그녀는 일차적으로 쉬운 목표를 무시하고 다음 목적을 떠올렸다.

'아베로스 황제.'

무책임한 왕으로 인해 피폐해진 땅덩어리들과 말라가는 식량. 그리고 생겨나는 권위체계로 인해 죽어가는 사람들의 모습을 세상을 돌아다니면서 목도한 그녀는, 교황 다음으로 황제를 목표로 하였지만 야망만 클

뿐인 교황처럼 약할 수도 있다는 생각을 했지만 기사단의 규모 자체가 남달랐기에 쉽지는 않겠다는 계산을 하며 세상에 떠도는 악마들을 먹어 치우기 시작했다.

'알면 알수록 모르겠어.'

방법은 간단했다. 교황이 그녀를 세상 바깥으로 꺼내놓자마자 아베로스 측근으로 보이는 이들을 몰래 죽이라는 명령을 하며 뒷공작을 일임하였고, 세뇌에 걸린 척하던 그녀는 당당히 세상을 돌아다니며 고위 악마부터 하급 악마까지 모조리 흡수했다.

그러면서 자연스럽게 황제의 힘과 기사단의 규모를 알아보던 중, 의외로 황제는 직접적으로 나서지 않는다는 걸 알게 되었고. 악마를 잡는 데 백 명에 달하는 하나의 기사단을 내보내기도 하자 신전보다 약할 수도 있다는 생각을 하였지만.

'대륙을 제패한 황제가 고작 그 정도일 리가 없겠지.'

한편으로만 묻어두며 계산을 계속 해봐야겠다고 다짐한 그녀는, 그래도 자신이 있는 한 황제는 충분히 상대가 가능할 거라 믿어 의심치 않았다. 그 이유는 황제의 주변에 돌아다녀도 눈치를 채지 못하였으며 뒷공작을 펼치면서 죽어나가는 기사에게도 시선을 두지 않는 것으로 보아 조직력도 없어 보였기 때문이었다.

그럼에도 경계를 하면서 정보를 모으고 있는 이유는 대륙을 제패한 황제가 고작 이럴 리가 없다는 생각 때문이었지만, 생각보다 굉장히 약한 교황과 신전. 그리고 혼란스럽기 그지 없었던 세상과 집단으로 뭉쳐서 전진하는 황제를 떠올렸을 때는 약하다고 보는 게 합리적이어서 일 뿐이었다.

*

"교황님이 들어오신다면 바로 식이 진행되겠어."
"이번에는 어떤 사제가 교황님의 총애를 받았을까."

그렇게 그녀가 별다른 정보를 얻지 못한 채로 흡수한 악마가 천 단위를 넘어섰을 때 즈음, 더 이상 경계를 하지 않아도 된다는 결론에 도달했다. 아무리 날고 기는 황제라고 하여도 천 개의 능력을 자유자재로 다루는 자신 앞에서는 힘의 척도는 무의미할 거라는 계산이 나왔고, 지금 펼쳐지고 있는 같잖은 진급 식을 마지막으로 보게 되는 날이었기 때문이었다.

"요즘은 별의 별 같잖은 이유로 진급을 하는 가 보군."

어차피 교황을 제외하고 나면 자신의 숨소리 한 번에 몸서리 치면서 도망치기 바빴던 저들이었지만 대사제의 앞에서는 어느 정도의 선은 지켰던 그녀는, 이제는 굳이 세뇌에 허우적대는 꼭두각시를 연기할 필요가 없어졌기에 다리를 꼬아 턱을 괴며 평소 생각하던 내용을 거침없이 내뱉었다.

"피 한 방울 본 적 없는 이들이 진급의 이유가 된다는 게 말이 된다고 생각하는지?"

한심한 작태를 보고 있자니 말을 안하고 서는 버틸 수 없다며 중얼거리며 말을 마무리하자, 일대를 소란스럽게 만들었던 사제들이 조용해졌고 그 모습을 보던 그녀는 들어 올려지는 입꼬리를 숨기지 못했다.

"…… 그만해라."
"네, 네. 시정하겠습니다."

홀로 조용히 웃음을 흘리다 들려오는 대사제의 말에 고개를 대충 끄덕거려준 그녀는, 대미를 장식하는 건 다 같이해야 한다는 생각에 적당히 물러나 지켜보기로 했다.

"식을 진행하겠습니다."

그렇게 침묵으로 일관된 시간이 채 오 분도 안 되어서 들어온 교황을 본 대사제가 식을 진행하며 다시 깨졌고, 지루한 음악이 나온 후 천천히 호명되어 나온 이들의 진급을 읊었다.

'피는 어차피 곧 볼 테니, 의미 없는 진급식 정도는 관망해도 되겠지.'

그녀가 어떤 생각을 가지고 있는 줄도 모른 상태로, 일언반구의 축하

한마디도 없이 무의미한 행사를 보내게 하고 있는 교황은 무척이나 권위에 찌든 사람으로 비춰졌고. 평소라면 몸서리쳐졌을 그 모습에 고양감이 치솟은 그녀는 흥분에 젖어 떨리는 숨소리를 내쉬었다.

'드디어, 오늘이 마지막이야.'

침을 줄줄 흘리며 쓰러져 죽어간 아이들의 복수를 해줄 수 있는 날도, 뜯어진 손톱으로 벽을 긁으며 미쳐버린 아이들을 위로할 수 있는 날도. 새로운 아이들이 악취가 풍기는 악의 소굴로 들어올 필요도 없게 되는 날도 오늘로 끝이라는 생각에.

저들의 욕망에 하릴없이 쓰러져 천국에서 편히 숨 쉬지 못하고 있을 부모님께 위안을 드릴 수 있는 날이 도래했음에, 그녀는 증오하는 교황이 곧 무너진다는 생각으로 인해 떠오르는 쾌락을 억누르며 어느새 진행된 취임식으로 인해 홀로선 토레스와 눈을 마주했고.

'지금.'

비로소 이빨을 들어내 저들을 물어뜯을 수 있게 된 그녀는 입 모양으로 신호를 보냈고, 그 일련의 행동을 지켜보던 토레스는 부질없는 축하의 대사를 읊고 있는 대사제의 말을 오른손을 들어 올리는 행동으로 끊어내며.

"나와라."

그의 영혼에 걸쳐져서 잠들어있을 화마를 깨워 붉은 세계를 현현시켜 그들에게 지옥을 선사하였고, 그와 동시에 주변에 흩어져 있던 모든 아이들이 튀어나와 각기 다른 악마와 악귀를 깨워 순식간에 모든 사제들을 죽여나가기 시작했다.

"아, 악마다! 도망쳐!"
"악귀도, 악귀도 있……!"
"기사들은 무엇 하나! 우리가 도망칠 때까지 시간을 벌어라!"
"교황님 도망, 도망치셔야 합니다!"

펼쳐진 불지옥으로 인해 벌어진 참극으로 도망치는 이 따로 있고, 기사를 붙잡아 던지며 조금이라도 더 살아보려고 하는 사제. 그리고 대사제와 교황의 옆에 붙어서 도망쳐야 한다며 자신들의 충심을 꺼내고 있는 고위 사제까지.

급속도로 죽어나가고 있는 이들 사이에서 벌어진 그들의 소란으로 인해 소통은 불가능했고, 유일하게 그들을 진정시킬 수 있을 교황과 대사제는 아무런 명령을 하지도 못한 채 굳어만 있었다.

"기사들은 교황님을 우선으로 지켜라!"
"비켜, 비키라고! 이 곳을 나가야……!"

생각이 있는 기사단장이 주변의 기사들을 한대 모아 교황의 주위를 둘러 싸서 방어 진형을 갖추었지만, 신전의 무력은 이미 모두 파악한 상태였던 그녀는 수많은 아이들을 감당할 수 없을 사실을 알고 있었기에 기사들은 죽이지 말고 치워두라는 명령을 하며 천천히 앞으로 나아갔다.

"어째서, 이렇게 많은 악마가 여기 있는 거야!"

나이를 먹으면 먹을수록 강해지는 의지를 기반으로 한 마법을 지나치게 자신하고 있었던 교황의 세력은 복수심에 가득 찬 아이들에게 갈기 갈기 찢어져 죽거나 불에 타 죽어갔으며, 갈피를 잡지 못해 악마와 대적하고만 있던 기사들은 경상이나 중상을 입으며 구석에 날아가 박혔다.

하물며 교황의 주위에서 그를 따르고 있는 기사단장은 토레스가 직접 나서 반항할 새도 없이 장비를 입고 있는 채로 불태워버렸고 그 참혹한 현장을 보며 검을 떨어뜨린, 행사가 진행되기 전 한숨을 쉬며 주변 기사들을 긴장시켰던 기사부단장 에이머는 교황에게 다가서는 그녀를 멍하니 보다 길을 터주었다.

"좋은 생각이군."

그의 행동에 자신의 미소를 보면 넋이 나간 이처럼 행동했던 그를 떠올리며 웃음을 내보인 그녀는, 자신과 교황 사이에서 저울질을 잘해서 살아남은 그를 건드리지 않고 앞으로 나아갔다.

"어떤 의도인지 감히 물어도 되겠습니까."

"보면 알지 않는가."

뒤에서 들려오는 말에도 걸음을 멈추지 않던 그녀는, 어느새 교황의 주위에 있던 모든 기사들마저 집어치운 후 자신을 바라보는 토레스와 아이들에 비소처럼 얼굴에 걸치듯 지었던 미소를 한가득 지으며 뒤를 돌아서 말했다.

"혁명이다."

"아……."

모든 공간이 빨갛게 물들은 현장에서 유일하게 단 한 방울의 피도 묻지 않은 채, 정말로 행복해 보이는 그녀의 미소를 처음 맞이한 그는 그 모순적인 일련의 모습마저 몽환적이게 느껴졌고.

"충성까지는 필요하지 않아. 다만, 불필요한 희생은 없어도 되겠지."

저도 모르게 주군에게 맹세하는 자세를 취한 그를 보며 소녀처럼 웃음소리를 낸 그녀는, 그에게 이곳에서 나가라는 말을 하며 다시 교황에게 고개를 돌려 앞으로 나아갔다.

"기어코, 악마가 되었군."

"그래. 그토록 바래온 숙명을 이룬 소감은 어떤가."

곧 지옥으로 떨어질 교황의 앞에 앉아 눈높이를 맞춘 그녀는 떠오르는 행복하다는 감정과, 참고 인내했던 수없이 많은 세월의 복수를 행함으로 얻을 쾌락에 젖은 눈으로 그를 바라보며 한껏 비아냥댔다.

"생각보다 반응이 시원치 않은 걸?"

"크흐흐. 늙은이를 놀리는 것도 거기까지 하지 않겠나."

"무얼. 받은 게 얼마나 많은데 먼저 가는 길, 섭섭지 않게 갚아 드려야지 않겠나."

그녀는 자신 또한 지옥에 갈 사실을 이미 인지하고 있었다. 살인이라는 죄업과 수많은 악마를 흡수해 악으로 물들었을 영혼으로 인해 알 수 있었고, 절대 편하지 않을 사후를 보내게 될 사실을 알고 있었음에도 멈추지 않았다.

"내 진작에 네 년을 죽였어야 했거늘."

"그럴 능력은 있었나?"

그것은 수없이 다짐한 이 악인들을 모조리 죽여버리겠다는 복수심 때문이었고, 빛나는 태양을 시기라도 한 듯 세상의 모든 반짝이는 물질을 끌어 모아 고귀한 풍경을 억지로 구현한 이 신전을 그들에게 어울리는 잿빛노을처럼 만들어주기 위해서였다.

"내가 아무런 힘 없이 교황이 됐다고 생각하나?"

"저런. 아직도 상황 파악이 안 되는가 봐."

그 말을 끝으로 주제를 알기를 바라며 교황의 턱을 잡아 억지로 주위를 둘러보게 만든 그녀는, 자신이 그토록 원해왔던 전쟁 중심지의 폐가처럼 붉게 물든 신전과, 신전을 색칠하는 대가로 시체가 되어버린 이들이 모두 불타서 하늘에 잿더미로 흩뿌려지고 있음을 마주한 그는, 모든 시체들이 불살라지고 있음을 통해 그녀의 세력은 단 한 명도 죽지 않음을 깨닫고.

"무엇을 얻자고……."

끝내 놓지 못했던 야망의 끈을 놓으며 통한이 가득 담긴 말을 남기고 자신의 마법으로 심장을 정지시키며 죽음을 맞이했다.

"…… 편히 보내줄 생각은 없었는데. 손이 안 더러워진 것으로 위안을 삼아야 하나."

그런 일련의 행위들을 지켜보던 그녀는, 비록 타락했을지언정 끝까지 놓지 못했던 자긍심과 야망을 포기할 줄 몰랐던 교황이 자결로 마무리를 짓는 모습을 보면서 어쩌면 어울리는 결말일지도 모르겠다고 생각했다.

"다음 목표로 향한다."

그렇게 상념의 시간을 조금 가졌던 그녀는 신전 또한 제국 내에 있었기에 소문이 퍼지기 전에 황제와 대면하고자 했던 계획을 떠올리며 아이들에게 명령을 내렸고.

"지옥에서 기다리고 있을 테니, 따라가서 못다한 아쉬움을 풀면 되겠지."

손짓 한 번으로 시체를 불태워버리며 남은 미련은 사후에서 처리하자는 생각을 하며 황제에게 나아가기 시작했다.

*

무난하게 자라온 평범한 사람. 피치 못할 집안일로 인해 단련이 되어버린 사람. 그리고 무예를 배우며 훈련 받은 기사.

그런 이들과는 달리 포르테, 그녀가 이끄는 아이들은 모두 악마와 악귀의 능력을 흡수한 상태였기에 상식적으로는 이해할 수 없는 속도로 황제가 머물고 있을 궁전으로 나아갔다.

"끝일까. 시작일까."
"끝이기를 바래야지."

평상시라면 그녀 혼자 다니는 일조차 조심하며 인기척을 내지 않고 다녀야 했지만, 이제는 거리낄 문제가 없어져 능력을 쓰면 필연적으로 드러나는 악마의 형상을 숨기지 않은 채 쉬지 않고 달려갔다.

"그 편이 아이들에게도, 우리에게도 좋으니까."

악마의 능력이 육체를 다루지 않는 아이들은 빠르고 강한 능력을 가지고 있는 아이들이 데리고 가기 때문에 단 한 명의 낙오자 없이 그녀의 뒤를 따라오고 있었으며, 그런 모습을 잠깐 돌아본 그녀는 자신의 옆에서 같이 달리고 있는 토레스와 말을 주고받고 있었다.

"흠. 이러다 우리 미래 생각도 해야 하는 게 아닐지나 몰라."
"퍽이나 그렇겠어. 상대가 그 미치광이 황제인데."

조금은 행복한 상상을 해도 되지 않겠냐며 투정을 부리는 그의 말을 대충 넘긴 그녀는 자신도 바라던 일이었지만 황제의 성정을 잘 알고 있었고, 그녀가 아이들을 이끌고 있었기에 꺼낼 수 없었던 생각을 뱉어준 토레스에게 동감하면서도 핀잔을 놓을 수밖에 없었다.

"뭐. 어찌 됐든 일이 좋게 끝난다면 고즈넉한 별장에 살은 꿈을 이룰 수 있으려나."
"무엇이 됐든 너는 이룰 수 있겠지."
"너는?"

이따금씩 세상을 떠돌다 보면 한두 번씩 마주하는 일상의 평안에 대한 질문이 나오자, 그녀는 헛웃음을 내지 않기 위해 숨을 삼키며 이미 평화에 안주하기에는 너무 멀리 왔다는 생각과 죽어간 이들을 위해서라도 죽어서도 평안을 겪지 못할 사실을 떠올렸지만.

"내가 말한 별장에는, 너도 아이들도 같이 살아야 해."
"누가 들으면 고백이라도 하는 줄 알겠어."
"내가 미쳤냐!"

그도 그녀보다는 어린, 세상 밖으로 처음 나온 어른아이였기 때문에 입에서 화를 토해내고 있는 그에게 생각을 숨기며 말을 돌렸다.

"하여간, 죽든지 말든지."
"좋아하는 사람이 죽으면, 꽤나 힘들 텐데 괜찮나?"
"너 진짜……."

그녀는 그렇게, 처음으로 찾아온 풋풋한 스무 살의 첫사랑을 외면하며 나아갔고. 그녀의 비아냥거림에 한마디라도 더 짜증을 내던 토레스의 말이 점점 들리지 않을 때 즈음.

단 한 명의 낙오자 없이 황제의 궁전에 도착하자마자 지체하지 않고 그가 앉아있을 옥좌를 향해 한달음에 달려간 그녀의 뒤로, 백여 명의 아이들이 따라갔다.

"알고 있었나."
"지독한 냄새가 여기까지 풍기니, 모를 수가 없더군."

먼 거리를 빠른 시간 안에 도착했음에도 숨소리조차 내지 않는 아이들이 대견했지만, 그 속도로 주파했음에도 이미 알고 있었던 듯 궁전의 최상층에 있는 옥좌에 태평하게 앉아 턱을 괴고 있는 황제의 모습에 근래에 가져본 적 없는 긴장감이 차오르는 게 느껴진 그녀는 천천히 그의 앞으로 걸어갔다.

"그래서. 이건 시간 끌기인가, 아니면 자만으로 인한 배짱인가."
"호오. 같은 말이 하고 싶었나 보군."
"…… 무슨 뜻인가?"
"요컨대, 무슨 자신감으로 여기까지 찾아왔냐는 말이다. 아둔한 악마 년."

그와 이야기를 주고받으면서 무언가가 잘못됐다는 기시감이 느껴졌지만, 이미 알아낸 정보로는 그의 무력이 현저히 낮음을 알리고 있었기에 그저 시간 끌기이거나 오만 방자함으로 버티고 있다고 생각한 그녀는 천천히 입을 열었다.

"네 놈의 잘못을 문책하러 왔다."
"내 잘못이라. 그래, 이 내가 무슨 잘못을 저질렀지?"
"일말의 양심조차 없는 건가. 아니면 짐승새끼로 태어나 개념이 없는 건가."

헛웃음이 절로 나오는 답변에 하나 하나 짚어줘야겠다며 말을 이은 그녀는, 뒤늦게 병력을 소집해서 불러들여봤자 자신은커녕 아이들에게도 닿지 못할 사실을 알고 있었기에 천천히 과거를 되짚으며 입을 열었다.

"네 놈은 무책임한 폭군이다."

이세상에서 처음으로 황제라는 직책에 앉은 첫 인물인 아베로스는 폭군이었다. 그저 드넓은 땅덩어리가 목표라도 된다는 듯 자신의 무력을 믿고 세상을 향해 무차별적인 말발굽을 들이밀었고, 그로 인해 수많은 사상자와 함께 찾아온 무질서함이 극악한 범죄자들을 생기게 하였다.

"그 모든 사실을 방치하며, 힘이 곧 질서라는 되도 않는 말을 하여 세상을 더욱 혼란에 빠뜨렸고."

하지만 최고 통치자이자 결정권자인 그는, 그 무엇에도 관심이 없다며 힘으로 해결하라는 되도 않는 말을 하여 범죄자에게 오히려 힘을 실어주었다. 그리고 그 말은 아베로스 휘하에 들어간 제국민과 그렇지 못한 마을의 거주민들에게 불순한 사상을 심어주었다.

"각 마을마다 있었던 규율은 모두 무너지고, 잃어버린 질서로 몰려오는 무법자는 물론이고 악마와 악귀를 막기 버거웠던 모든 사람들은 무고한 죽음과 범죄의 희생양이 되게 하였다."

오로지 아베로스 소속의 사람들만이 편해질 수밖에 없는 구조가 아닌가, 하는 생각이 들게 만들어 그의 밑으로 들어가도 힘이 곧 법인 그의 대류에서는 황제 휘하 기사들이 계급 체계를 이루고 있었고. 마찬가지로 들어온 이들도 힘이 없다면 비명을 울부짖으며 피해자가 되어 그 어디든 안전하지 않은 혼란의 세상을 황제가 낳았다.

"하물며 네 놈은, 신전에서 벌어지는 비참한 참극 또한 모르고 있었겠지."

자신만의 유흥으로 이루어진 법도를 들이밀어 책임은 하나도 지지 않는 폭정을 일삼는 그로 인해, 신전에서 벌어졌던 아이들을 대상으로 한 실험도 생겨났으며 이는 그의 무지함으로 모르고 넘어갔다.

"우리들은 하루 하루 몸이 언제 찢겨져 나갈까 두려움에 젖은 채로 살아가야만 했지."

복수는 복수를 낳고, 악인은 또 다른 범죄자를 만든다 하였던 말처럼 그의 행동은 아베로스 대륙이라는 이름 하에 범죄자 집단을 키우는 나라로 만들어버렸다.

"피는 피를 부르기에 행동에는 책임이 따르는데, 네 놈은 아랫도리를 간수하지 못하는 범죄자와 같이 날뛰었을 뿐이다."

그녀는 폭군은 그릇된 왕이고, 성군은 훌륭한 왕이라는 생각을 하지 않았다. 사람 다섯을 모아놓고 보면 한 놈은 머저리라는데, 하물며 그들의 제일 꼭대기에 있을 왕이 비리를 저지르지 않을 수는 없었기에 그저 윤리에 어긋나지 않을 왕도만 있으면 충분하다고 생각했다.

 "그렇기에 넌, 저지른 행위에 대한 책임도 지지 않고, 자신만의 뜻도 없으니 누군가의 위에 있을 자격이 없다."
 "건방진 말이로군. 그렇다면 묻겠다. 그럼 누가 왕이 되어야 한다고 생각하지?"

 왕이 될 자격도, 자신도 없는 그녀가 오랜 시간을 들여서 생각해온 답을 내놓았지만, 이런 말로 감화될 이가 아님을 알고 있었기에 되려 재미있는 만담을 들었다는 듯이 더 해보라며 턱짓으로 물어보는 황제에게 더이상 이야기가 이어질 필요가 없음을 느낀 그녀는.

 "그건 후세의 아이들에게 맡길 일이니, 저승길에서 만난다면 말해주지."

 안에 내재되어 있던 악마의 능력을 불러 일으키며 전투의 신호를 알리고, 부디 죽는 아이들이 있다면 지옥에서는 덜 힘들기를 바라기를 기도하며 앞으로 나아갔다.

*

 "터무니 없다. 터무니 없어! 너무 하찮아서 웃음조차 나오지 않는 구나!"

포르테 그녀에게 살면서 많이 보아온 환경을 손에 꼽으라면, 생쥐들의 아지트 같이 더러운 신전의 실험장소와 돌아다니면서 마주한 노을이 지는 하늘.

그 노을과 닮은 잿더미가 흩날리는 전쟁터가 있었다.

"아베로스!"
"시끄럽군."

평소에는 지나가다 보는 마을간의 전쟁이나 아베로스 제국이 전쟁이라는 이름의 학살을 할 때, 그저 숨이 막혀 불쾌한 정도에 불과했던 잿더미는 하나 둘 자신의 살갗을 찢어 발기며 바람에 나부껴 하늘로 날아가는 것만 같았고.

"무엇이 책임이냐, 어떤 인간에게 왕이 어울린다는 것이냐!"
"비켜!"
"못 비킨다."

그저 날리는 재에 불과한 모습을 보며 그런 고통을 느끼는 이유는, 불에 타 사라지며 잿더미로 흔적을 남기는 시체들이 모두 자신을 따라온 아이들이었기 때문이었다.

"힘이 곧 책임이고, 강함의 척도가 세상을 평등하게 만든다. 그걸 아직도 깨닫지 못한 무능력한 짐승이 무엇이 옳고 그름을 논하는가!"

어디서부터 잘못된 생각이었을까, 하는 일말의 생각을 할 시간조차 없었다. 머리와 가슴을 스쳐가는 후회가 파문을 일으켜 고통이 되기도 전에 허리를 양단하려는 듯 그어져 오는 검에 허리를 뒤로 젖혀 도망치며 제발 죽으라는 간절한 마음을 담아 악마의 힘으로 중력을 힘껏 눌러보아도.

"같잖군."
"아악!"

황제도 아닌 총지휘관이라는 작자에게 뒤로 내몰리며 마법이 깨진 여파로 영혼이 흔들리는 고통을 맛볼 뿐이었다.

"우리가 우습게 보였나? 대륙의 반을 넘게 제패한 황제가 약해 보였나? 그래서 그리 기고만장했던 건가?"

무언가가 이상했다는 생각은 이미 머리를 스치고 지나갔었다. 하지만 계속 죽어나가는 아이들로 드는 후회와 마찬가지로 알아 보았던 내용과 다른 현실에 고민을 할 틈도 없이 몰아 붙이는 지휘관의 검을 오른손에 형상화한 채찍으로 궤도를 바꾸고, 왼손의 창으로 내리찍었다.

"이상하다 싶은가? 생각보다 강해서 당혹스러운가? 안심해라. 네 년이 알아봤을 정보는 틀림없이 사실일 테니."

하지만 계속해서 악마를 바꿔가며 사용해 강인한 신체와 많은 마법을 구사하고 있음에도 불구하고 그는 우습다는 듯 당기는 채찍을 무시하고 검의 경로를 바꿔 창을 밀쳐냈고, 뇌리에 꽂혀오는 황제의 말에 이를 악물고 뒤로 날아오르며 땅을 폭파시켰다.

"그저 부족한 여흥 거리로 인해 우리가 악마를 단체로 잡으러 나가서 악마보다 낮은 수준일 줄 알았겠지. 무얼 당연하게. 황제의 생각에 미치기에는 네 년이 하찮았을 뿐이다."

"그 입 다물어라!"

"포르테 님!"

조금의 거리라도 벌렸을 거라 생각했기 때문일까, 아니면 저 말에 넘어가 이성을 잃었을까. 저주를 한껏 담은 창을 만들어 날려보내려던 찰나 들려오는 비명과 같은 목소리에 정신이 들어 뒤늦게 뒤를 돌아봤지만, 이미 코앞에 접근한 지휘관에게 그대로 배를 뚫렸다.

"네놈들이 악마와 다른 게 무엇인가. 사람을 먹고 사는 악마들이나 힘도 쓸모도 없으면서 먹을 것이나 축내는 고아들 주제에 사람 취급이라도 받을 줄 알았단 말이냐."

"우리가 고아라는 것은 어떻……게 알았지?"

"설마 아직도 우리가 네 놈들을 대상으로 한 실험을 몰랐다고 생각하는 것인가?"

그야말로 악귀와 다름 없는 지능이라며 한껏 비웃는 목소리를 들으며 뜨거워진 신체와는 달리 일순 싸해진 머리는, 그가 입에 담은 말의 무게를 떠올리며 눈을 크게 뜨며 그를 쳐다보게 만들었다.

"알면서, 방치했다는 것이냐."

"악마라도 잡아다 먹이면 부족한 우리의 유흥 거리라도 채워줄 줄 알았건만. 이게 다 무어냐. 무엇이 신전이고 뭐가 반란이냐. 고작 내 앞에 다가오지도 못하는 수준이거늘."

"이 쓰레기가······!"

"조용히 들어라."

이어지는 말을 듣지 못하고 끓어 오르는 울분을 참지 못하고 일어서려 할 때, 검에 힘을 주며 나직이 경고하는 지휘관에 다시 무릎을 꿇으며 숨을 헐떡이며 찾아오는 무기력함에 입술을 짓이겼다.

황제의 말이 맞았다. 무어가 반란이고 혁명이며, 나의 멍청함으로 삶을 연명할 수 있었던 아이들까지 모조리 죽게 만든 건 모두.

"개 같은 소리 집어치워! 그딴 말에 굴복하고자 우리가 일어났을 것 같나!"

지옥에 가서도 상종하지 못할 황제였다. 가진 힘으로 상대를 억압하고 핍박하는, 천박하고 더럽고 역겨운 쓰레기이자 짐승이 자신은 사람이라고 합리화하고 있었다.

"역사의 뒤안길로조차 자리잡지 못할 쓰레기면, 합리화를 멈추고 자신이 그릇되었음을 깨달으란 말이다!"

"······ 말이 안 통하는 걸 보니, 짐이 나서서 깨닫게 해줘야겠군."

잇몸 사이로 빠져 나오는 핏물을 뱉어내며, 옥좌에서 몸을 일으키며 천천히 다가오는 그를 노려보다 문득 그가 향하고 있는 방향이 이상함을 깨달았다.

"토레스!"
"가만히 있어라."
"비켜!"

조잡한 검 따위로 막지 말라고 소리치며 토레스에게 다가가는 황제의 목을 치고 싶었지만, 검을 비틀며 더한 고통을 줘서 움직이지도 못하게 하는 지휘관에 이름만을 부르짖으며 피하라고 외쳤다.

"피해! 다 데리고 도망치라고!"
"이미 늦었다."
"토레스-!"

사람의 목소리가 이렇게까지 찢어질 수 있을까. 제발 닿기를 바라는 마음으로 전쟁이 멈출 정도로 소리를 질러 그가 돌아보게 만들었지만, 내 말을 듣고 돌아보기도 전에 그는 황제에게 머리를 붙잡혔고.

"아, 아아아-!"

지체 없이 내질러진 황제의 손에 심장을 꿰뚫렸다.

"추한 비명소리 잘 들었다. 과연 악귀의 헌신 그 자체답군. 그래서 소감
은 어떠한가?"

앞을 볼 용기가 나지 않아 고개를 숙여 숨을 헐떡였다. 현실을 외면하
려고 몸이 발버둥쳤지만 박혀있는 검에 몸이 더 찢어지는 고통에 정신이
돌아와 보았던 장면을 계속 떠올리게 만들었고 차오르는 슬픔을 이기지
못해 머리를 박았다.

"드디어 주제를 알고 머리를 조아리는가. 뭐, 말 안 듣는 동물을 길들였
으니 움직인 값을 했군."

남은 아이들이라도 구해야 한다. 토레스가 아직 살아있을 지도 모른다.
영혼에 걸쳐있는 악마를 뒤져보면 상황을 타개할 방법이 날지도 모른다.

'떠올려.'

우리는 어째서 이렇게까지 고통을 받아야 하는가. 사람을 죽이는 일이
받아들여지지 않을 죄업임을 알지만, 수많은 사람을 농락하고 자신들의
뜻대로 주무른 악인들을 처치한 게 잘못 되었던가. 아니면, 세상에 혼란

을 뿌린 악인마저 사람이라 그대로 두길 바란 신의 뜻이었을까.

'풀어라.'
"남은 잔당이라도 살기를 바라나? 그렇다면 감히 짐에게 입에 담지도 못할 말을 했다며 사죄라도 하거라. 그러면 네 년의 목숨을 끝으로 전쟁을 마쳐주지."

무엇이 잘못일까. 선인과 악인도 같은 사람인데 그 사이에 감히 무게를 재어서? 그렇다면 저들이 사람을 탐하고 멋대로 휘두른 것은 왜 방치하고 되려 힘과 권력까지 쥐어준 건가.

'떠올려서, 풀어라.'

"아."

그렇다. 신은 죽었다.

"내가, 바보였다."

원래는 있었을지, 지금도 있을지 누구도 모르는 일이라 하였지만. 살아오면서 수없이 다짐했던 말을 어째서 잊어버려 혼란스러워 했던 건지 모르겠지만, 지금이라도 떠올라서 다행이었다.

플로네 신이 존재했다면 교황이 생명을 가지고 노는 장난을 치게 하지 않았을 것이며, 오만 방자한 황제가 이렇게까지 날뛰는 일이 없었을 것이다. 그럼에도 그들이 이렇게까지 행동할 수 있었던 답은 애초에 하나밖에 없었던 것이었다.

"그래. 스스로의 존재 가치를 깨달았나 보……."
"너는 너대로, 나는 나대로."

그렇기에 너는 네가 뜻하는 대로 삶을 이어갔고, 다른 생을 빼앗아가는 자유를 얻었다. 그저 너에게 불합리할지라도 힘이 있었을 뿐이고, 죄를 물을 이는 없으니.

"나는 재고, 너는 먼지일 뿐."

흩날리는 먼지와 같이. 태양에 삼켜질 지 모르고 하늘 높이 올라가는 재와 같이 서로 다른 삶을 이루면 되는 거였다.

'풀어라.'
"풀겠다."

그렇기에 단 하나의 소망과도 같았던 내가 이루고자 했던 일은 하나의 큰 죄업이었고, 그걸 이루기 위해서라면 망설일 필요가 없었다.

"절망 속에 악이 있다면."

내가 저들의 절망이 되겠다.

*

세상을 바라보는 시야가 달라졌다. 멀리서 죽어나간 아이들의 얼굴을 알아볼 수 없어 손을 움켜쥔 게 금방이었는데, 이제는 그 주위에 서성거리는 벌레들의 숫자를 셀 수 있을 정도로 격변했다.

"…… 주제를 안 줄 알았더니, 아니. 오히려 이게 제 주제를 깨달은 것인가."

실로 어울린다며 지척도 아니어서 들리지 않아야 할 속삭이는 그의 목소리가 확실하게 귓가에 꽂히는 걸 시작으로, 하나 둘씩 내게서 멀어지는 그의 기사들의 발걸음 소리까지 들려왔고 검을 움직이려고 안간힘을 쓰는 지휘관의 신음소리도 적나라하게 들려왔다.

"그래. 조금은 흥미로운 시간이 될 수도 있겠군. 끝까지 짐의 광대가 되어주겠다는 눈물겨운 충심을 이제라도 알아서 다행이로다."

단편적으로 보이고 들리는 규격이 달라졌음을 몸소 체험하고 나자, 너무도 달라진 몸의 형태를 하나 둘 체감하며 천천히 몸을 일으켰다.

"무엇 하나. 내 허락 없이 움직이지 않게 하여야 하거늘."

그러자 몸에 달려있던 검이 부서지는 소리가 났고, 그대로 검을 앞으로 빼내자 금세 아무는 살가죽에 기이함을 느낄 새도 없이 검을 던지며 내게 손을 뻗는 기척마저 느껴져 중력을 다루는 악마를 떠올리자.

"무슨-."

자신을 제외한 주변의 일대가 짓눌리는 것을 확인한 그녀는, 영혼에 걸쳐져 있던 악마들이 외피처럼 밖으로 꺼내져 있다는 걸 느끼며 길쭉하게 뻗은 손톱을 바라보았다.

"⋯⋯."

소망이 이루어졌다는 생각과는 별개로 돌아갈 수 없다는 현실이 보여지는 것 같아 눈을 지그시 감았다 떠 주변을 다시 둘러보자, 이미 자신을 제외한 모든 아이들이 죽어서 굴러다니고 있는 모습이 보였고.

"너는 두려움을 느낀 적이 있었나."

자신의 곁에 아무도 남아있지 않음을 확인하자마자 차오르는 감정을 억누른 나는, 우리들의 단 하나밖에 없었던 소망을 떠올리며 그에게 질문을 던졌다.

"짐이 일평생 그런 기분을 느껴본 적이 있을 것 같나?"

고작 지휘관을 이겨낸 주제에 건방진 질문을 한다며 갈무리한 검을 들어 내게 닥쳐오는 그의 행동에 손을 뻗은 나는.

"그렇다면, 내 소망은 올바른 게 맞아."

악인에게 절망을 안겨주는 악이 된다면, 이루어지지 않을 일들이었다는 우리의 이야기가 맞았다는 결론을 지으며 그에게 절망을 선고하였다.

"흔적도 남기지 말고, 먹어라."
"뭣! 이, 이게 뭐냐!"

영혼에 걸쳐져 있던 수 백의 악마들을 영혼합일을 통해 받아들이기 전까지 태산처럼 높아 보였던 그는, 모든 악마들과 하나가 된 내 가벼운 손짓 한 번에 사지의 끝자락부터 존재 자체가 갉아 먹히기 시작했다.

"감히 짐의 옥체에 손을 대다니, 당장 그만두지 못……!"
"입부터 먹어 치워."

한순간에 하나의 악마의 능력을 다룰 수밖에 없었지만, 악마들을 전부 받아들이며 악의 현현이 되어버리자 다루기는커녕 있는 줄도 몰랐던 영혼을 먹는 악마의 능력도 깨워버렸다. 그로 인해 누구도 못 막았을 황제는 내 앞에서 허무하게 말도 못한 채 비명을 지르며 죽어갔고.

"아니."

기어코 악마 그 자체가 되었냐며, 일평생을 지옥 같은 삶을 살 것이라며 저주하겠다는 의미를 담은 듯 고통으로 충혈된 눈으로 바라보던 그의 행동에 답을 해주었다.

"나는, 이미 지옥에 와있어."

그 말을 끝으로 차오르는 허무함이 정신을 덮쳐오는 게 느껴져 손을 움켜쥐며 그의 몸을 터뜨리며, 짓눌러진 몸을 일으키지도 못한 죽어버린 그의 기사들에게도 같은 형벌을 내리며 토레스와 아이들을 공중에 띄우며 말했다.

"갈 수는 없겠지만, 부디 천국으로 가기를."

세상의 혼란을 다잡는 날, 혼자 살아남은 용서를 빌겠다는 생각을 마치며 토레스를 끝으로 모두를 태워서 하늘로 잿더미가 올라간 것을 확인한 나는, 하나의 몸처럼 느껴지는 날개를 펼치며 궁전 바깥으로 날아갔다.

*

무질서했던 세상은 그 혼란에 박차를 가했다. 폭정을 일삼는 왕은 없는 게 낫다지만, 중심축이 사라진 드넓은 땅덩어리는 각자의 욕심과 야심을 숨기지 않고 드러내며 제2, 제3의 아베로스가 생겨났고. 집과 돈이 없는 사람들도 먹고 살 궁리를 하지 못해 범죄를 일삼기 시작했다.

고아는 늘어나고 범죄의 횟수는 더 이상 숫자를 세는 것을 포기해야 했으며, 야욕으로 인한 전쟁과 사상자 수는 더할 나위 없이 늘어나기 시작했으나. 빠르게 찾아온 혼란은 그 속도 그대로 종결되었다.

"애야, 인사해야지."
"도와주셔서 감사합니다!"

그 이유는, 악마의 형상을 띤 사람이 세간에 악인이라고 소문이 난 이들과 범죄자들을 처벌하고 사라진다는 소문 덕분이었다.

소문이라며 무시하던 이들은 모두 어디론가 사라지거나 죽음을 맞이한 상태로 세상에 나타났고, 반대로 소문과는 다르게 착했던 사람들은 새로운 기회를 얻으며 바깥으로 나왔다.

그리고 실제로 그 악마 같은 사람과 마주해서 덕을 본 사람들의 이야기와 죽어나가는 악인이 많아지자 세상에는 반 강제적인 평화가 찾아왔고, 야망에 물들은 사람이 모여서 악마 같은 사람이 아니라 악마 그 자체라며 연합하여 죽이려고 하였지만.

"저럴 줄 알았다니까."

"꼭 당해봐야 정신 차리는 놈들이 있어."

"우리에겐 오히려 다행이지."

세상의 혼란을 야기했던 궁전이 그 자체로 불타올랐던 때처럼 그들 모두 같은 형벌을 받은 채로 나타나자, 악인들은 악함을 숨기고 살아야만 하는 세상이 도래했다.

"그렇게 해서 세상에는 평화가 찾아왔답니다."

그리고 그 이야기는 혼란이 종결되자 사라진 악마 같은 사람에게 고마운 뜻을 담아 동화를 만든 이들로 인해 어른 아이 구분할 것 없이 퍼져 나갔고, 악마를 보고 싶다며 그가 누구냐고 묻는 아이들이 생겨나며 그 아이들을 가르치는 부모들은 입을 모아 말했다.

'선한 악마 씨'라고.

야

령

유령

이희동

   살랑거리는 바람이 바다에 조그만 물결을 만든다. 물결치며 우리에게 오는 파도는 거품을 만들어내며 사라진다. 날아다니던 수많은 황금빛 나비들이 하늘에서 땅으로 저물어가며 피를 쏟아낸다. 창문 앞에서 노을을 쳐다보며 앉아있는 짧은 순간, 세인은 우형이 떠나간 날을 다시 경험하기라도 한 듯 몸을 떤다.

   어느 한 남자가 찾아왔다. 그의 얼굴은 특징적인 것도 없었다. 마치 안개에 가려진 것처럼 세인의 기억 속에는 흐릿하게만 남았다. 아마 정장 코트를 입고 비싼 시계를 차고 굽이 낮은 구두를 신고 왔던 것 같았다.

   우형과 남자는 서로 이야기를 나누었다. 긴 밤이 지나도록 그들의 방은 불이 켜져 있었다. 세인도 잠에 들 수 없었다. 그들은 떠날 준비를 하고 있었다. 그러나 어디로? 세인은 알지 못하는 곳이었다. 그들은 항해를 준비하며 밤을 지새웠다.

   한기가 담요 너머에서 세인을 위협한다. 언제가 되었든 우형이 떠난 날을 생각하는 것은 고통스러운 일이다. 더욱 슬픈 것은 떠난 우형과 나누었던 가장 기쁜 순간을 떠올릴 때마다 마음속에서 지진이라도 난 것처럼 흔들리고, 간신히 붙잡고 버텨왔던 모든 것이 무너진다는 사실이다.

   검정에 가까운 갈색 나무 탁자가 거실 가운데서 홀린 듯이 빙글거리다가 자리로 다시 돌아온다. 세인은 그 장면을 멍하니 지켜본다. 하얀색 벽에 걸린 나무 시계에는 조그마한 어둠이 잠들어 있다. 그것은 절대로 흘러가지 않을 것이다.

살랑거리는 바람이 데리고 온 물결은 점점 세게 요동친다. 태양이 이젠 보이지 않는다. 나무 시계의 어둠은 마치 테러범과도 같다. 세인이 돌아다니다 보면 어느 순간 갑자기 찾아와 그녀를 위협하고 고통스럽게 만드는 것이다. 아무런 저항할 수 없이 비참하고 고독한 세인의 위로 그들은 폭탄을 떨어뜨리지는 않는가?

잠시 후 세인은 여러 맛을 느낀다. 단맛은 하지도 않은 일에 대한 보상을 받은 것처럼 그녀를 행복하게 만든다. 캐러멜. 그 후엔 짠 맛이 나기 시작한다. 점점 더 강해지던 맛은 결국 머리가 아플 만큼 쓴 맛으로 변해버린다. 마치 밖에 있는 들판의 붉은빛이 맴도는 갈색 풀을 씹는 것처럼. 그리고 마침내 이 모든 것들이 세인의 정신을 흩트려놓고 끔찍한 기분을 맛보게 한다. 회색 빛 잿더미 속을 혀로 파헤치고 있는 기분에 세인은 헛구역질을 참을 수 없다.

벽에 붙어 있는 거울에 세인의 얼굴이 보인다. 검은 머리칼에 새까만 눈썹, 그리고 거무튀튀한 입술. 천장에는 샹들리에가 달려 있다. 새하얀 빛과 호박색에 가까운 빛이 밖으로 나와 식탁 위 유리에 가서 부딪힌다. 불쌍하게도 그들은 탁상에서는 거부당하고 다른 곳으로 향한다. 그들이 한참을 헤매다가 발견한 곳은 천장과 벽에 붙어있는 연갈색의 거대한 수납장이지만 얼마 머무르지는 못한다. 세인은 불쌍하다고 생각한다. 그들은 평생을 순간 머물렀다가 떠나야 하는 것을 반복해야만 하는 신세이기 때문이다. 마침내 자신들의 빛이 사라질 때까지.

세인은 멍하니 있다가 식탁을 쳐다본다.

식탁에 놓인 치워지지 않은 그릇. 속이 점점 역해진다. 머리 위에서 하얀 조명이 꺼졌다가 켜졌다 가를 반복한다. 대략 십 초 후에 깜박거리던 것이 멈춘다. 세인은 머리를 숙이고 더욱 안 좋아진 속을 기다린다.

바닥의 구석마냥 세인은 자신의 입에도 먼지가 쌓이는 것이라는 생각을 한다. 처음 느꼈던 단 맛은 어디로 갔는가? 그것은 알 수 없지만 분명한 이유를 가지고 자신에게 찾아왔다. 그게 언제 떠날지 몰라 불안해했던 자신이 떠오른다. 지금 세인은 불안함보다 짙은 맛을 느끼는 중이다. 그녀의 혀에선 피가 나오고 있다. 비린 맛. 아니, 세인은 이제는 아무 감정도 느낄 수 없다.

한기가 담요 너머에서 세인을 쳐다본다. 마치 그것은 안개처럼 흐릿하다. 거기에서 세인은 두 눈을 본다. 자신을 쳐다보는 가장 기분 나쁜 눈. 그래.

"당신이 다시 올 줄 알았지."

그 남자다. 얼굴이 안개에 흐릿하게 가려져 보이지 않는다. 그는 아무런 말도 하지 않는다.

"다시 우형을 데리고 와."

남자가 나타나서인지 너무나 추워진다. 세인은 담요를 집어 던진다.

"빨리!"

그러자 남자는 간단한 손짓으로 담요를 치워버리더니 말을 꺼낸다.

"우형은 죽었다. 넌 우형을 지우고 그냥 네 삶을 살면 된다."

"그럴 리가 없어."

세인은 고개를 세차게 흔든다.

"분명해. 우형은 죽었어. 아주 간단하고 명확하지."

마치 신중하게 단어를 고르는 듯한 남자의 모습이 세인의 성질을 돋운다. 더 이상 그녀를 괴롭히는 미각은 없다. 마치 신기루처럼 사라져버리고 만 것이다. 이제는 자신의 앞에서 존재하는 듯 흐릿한 안개가 문제였다. 그들은 짙은 어둠과 함께 세인의 집에 머무른다. 당장 그들을 쫓아내고 싶더라도, 어떻게 그럴 수 있단 말인가? 세인의 몸은 축 처졌고, 피곤하고 아프다. 단지 세인은 그들을 피해 침대로 도망가서 이 모든 상황에 눈물을 흘릴 수밖에 없다.

아침이 되어 햇빛이 세인의 집으로 비쳐 들어온다. 밖에서 왁자지껄한 소리가 들려온다. 마을 사람들은 관광버스를 타고 어딘가로 떠날 생각인지 다들 신나있다. 세인과는 관계 없는 일이다. 여전히 안개가 그녀의 방에 머무르고 있기 때문이다.

"우형을 데리고 오라고."

세인이 낮게 읊조린다. 유령은 그녀에게 말을 건넨다.

"살릴 수 있다면 어떤 위험이든 감당할 수 있나?"

"물론이지."

"죽을 수 있는데도."

세인은 코웃음을 치며 그런 건 아무런 문제가 되지 않는다고 말한다.

"그럼 그를 구하러 가게 도와주도록 하지."

유령이 세인에게 되묻는다.

"정말 구하러 갈 생각인가?"

세인은 고개를 끄덕인다. 물을 것도 없다. 우형을 구하기 위해서라면 무엇이든 하겠다는 마음이 그녀 안에 가득 차 있지 않은가.

"그래, 기대되는 군."

창 밖이 까맣게 물든다. 마치 바깥세상은 더 이상 존재하지 않는 것처럼 변한다. 천장에서 물이 샌다. 물방울이 세인의 얼굴에 닿는다. 손을 대고 천장을 쳐다보니 물이 새는 것이 아니다. 비가 내리는 것이다.

집 안이 곧 쏟아져 내리는 비에 잠긴다. 침대는 물 위로 둥둥 떠오르고 한 치 앞도 보이지 않는 안개 속으로 들어간다. 유령의 몸 속으로 빨려 들어간다. 세인은 자신이 정확히 어디로 가고 있는 것인지 종잡을 수가 없다.

이내 시끌벅적한 소리가 들린다. 사람들, 배에 탄 사람들이다. 그들은 하나같이 갑자기 들이닥친 밤중의 파도에 어떻게든 힘쓰며 대처하고 있다.

살랑거리는 바람이 데리고 온 파도는 아주 매섭게 요동친다. 배가 무척 위험하게 흔들린다. 검은 하늘 위로 섬광이 번뜩인다.

콰쾅. 두렵게도 커다란 그 소리가 세인이 정신차리게 만든다. 유령은 자신을 이 배로 데리고 온 것이다. 청바지에 가죽 재킷을 입은 우형이 배 위에서 누군가에게 소리치고 있었다. 그러나 이 모든 소란은 소용돌이치는 파도에 의해 가라앉는다.

너무 짧은 시간이다.

배가 침몰하기 시작한다. 점점 더 깊은 곳으로 끌어당겨진다. 세인은 우형에게 이리로 오라고, 자신이 여기에 있다고 외치지만 천둥소리에 묻힌다. 우형은 바다에 빠져버리고 만다. 꼭 그를 구하겠다는 마음을 가진 채 세인도 바다로 뛰어든다.

얼음처럼 차가운 겨울 파도가 그녀의 몸을 덮친다. 사람이 버틸 수 있는 수준이 아니다. 우형이 거기에서 정신을 잃고 한없이 멀어진다. 두렵다. 세인은 자신의 죽음을 두려워 할 수 있어서 다행이라는 생각이 든다.

사랑하는 사람이 죽는 것은 그것보다는 더 슬픈 일임이 분명하기 때문이다. 세인은 어떻게든 우형을 향해 헤엄친다. 한 번씩 물결을 헤치고 나갈 때마다 그와 가까워지고 있는 것이다. 세인에게 아무런 생각이 없어진다. 한참을 헤엄치고 나서야 우형에게 간신히 닿아 그의 손을 꼭 잡는다. 너무나 차가운 감촉. 그제서야 세인은 마음을 놓을 수 있다.

그가 세인에게 일어나라고 말한다. 벌써 아침이 찾아온 것이다. 온 몸이 고통스럽게 울부짖는 것을 느끼면서 세인은 일어난다. 꿈결에 우형의 품 속에서 머물고, 그의 손길을 받은 것만 같다. 매번 자신이 겪어왔던 그 방식으로. 그런 세인에게 찰랑거리는 파도가 들이닥친다. 차가운 감촉이 새로운 세상에서의 아침을 맞이하라고 이야기하고 있다.

하늘엔 구름이 잔뜩 껴있고 바다는 잠잠하지만 여전히 차고 무자비하게 세인과 우형을 적신다. 유령이 세인을 깨운 것이다. 그때의 공허감이란!

세인은 원망스럽다는 듯 유령을 쳐다본다. 차라리 영영 깨우지 않았다면 우형과 영원히 함께일 수도 있지 않은가.

"우형을 살리러 가야 하지 않겠나?"

"어디에 우형이를 숨겨둔 거야?"

유령은 어깨를 으쓱한다.

"다 그렇게 될 일이니까 그렇게 되지 않았겠나."

세인은 코웃음 친다. 모래가 반짝거리며 세인이 가야 할 곳을 비춰준다. 어디로 향하는 지도 모른 채 유령이 먼저 가는 길을 따라간다.

눈에 담기도 힘들만큼 멀리까지 뻗은 황폐한 모래로 덮인 언덕까지 그들은 세인을 데리고 온다. 그러나 거기에서 세인이 무엇을 해야 한단 말인가?

"여기가 죽은 자들의 무덤이야."

아무런 풀도 자라지 않는 말 그대로 죽음의 언덕이 보인다. 저 멀리에서 불어오는 바람은 어떤 불행의 전조인 것만 같다. 까마귀들이 하늘에서 빙글빙글 돈다.

"더 이상 모래언덕이 넓어지지 않으면 우형이 여기에서 누울 자리도 없겠지."

그 말만 충고랍시고 해준 다음 유령은 어디론가 가버린다. 세인은 어떻게 해야 할지 고민하다가 멀리에 보이는 산까지 가서 일단 나무를 가져와 심고 물을 가져와 뿌린다. 그러나 나무는 그대로 말라붙어 버린다.

그녀의 노력에 대한 보상은 곧바로 사라진다. 허무한 감정이 세인을 채우지만 그렇다고 멈출 생각은 없다. 그렇다면 애초에 시작도 하지 않았을 테니까. 몇 시간 후에 세인은 그 곳에 수많은 나무들로 채운다.

그러나 야생마들이 푸른 초원을 질주하듯 세인이 간신히 심어놓은 작고 좁은 공간을 지나간다. 세인을 향해 달리는 것처럼. 그것들은 나무들을 전부 헤집어놓고 간다. 세인은 주저앉는다.

"애초에 불가능했어."

그녀는 유령이 말한 것이 얼마나 터무니없는 일인지 깨닫는다. 이 모든 죽음의 경계선을 조금도 좁힐 수 없을 것이다. 그것은 인류가 처음 태어날 때부터 그래왔으며, 앞으로도 영영 막을 수 없을 것이다. 그래. 차라리 모두가 이 곳으로 온다면 된다. 우형이 먼저 기다리고 있을 것이다. 자신은 그저 따라가기만 하면 될 뿐이다.

끼애엑. 야생마들의 비명소리가 언덕 전체에 쩌렁쩌렁하게 울려 퍼진다. 세인이 쳐다보니 유령은 그 유령마의 가죽을 벗긴다. 시뻘건 피로 비명을 지르며 고통 속에서 정신을 잃은 채 달리던 야생마는 이내 쓰러지고 만다. 야생마의 피, 몸통은 전부 시간 속에서 꺼매지며 바닥에 내장을 쏟은 채로 달라붙는다. 유령이 그것을 빨아들이자 형체도 볼 수 없이 사라진다.

경악스러운 모습에 세인이 뒤로 도망치려고 주춤거린다. 분명 유령은 그것을 즐기고 있다. 그는 싸이코다. 그는 자신의 이득을 챙기려고 할 뿐이다. 그는 자신에게 하등 필요가 없는 존재다. 세인은 그런 생각을 한다.

시끄러운 비명에 이어 모터 사이렌 소리가 하늘 끝에서부터 들려온다. 그 검정색 커다란 트럭은 점점 가까워진다. 아주 큰 북 소리, 노래 소리가 울려 퍼진다. 아주 눈이 부시게 태양처럼 빛을 내는 유령차. 가까이에서 들으니 굉음이 도대체 어디서 무엇 때문에 나오는 건지 알 수 없을 정도로 여러 소리들을 뿜어낸다. 차는 잠시 멈춰있다가 떠나갔는데, 그것은 시체를 내려놓기 위함이었던 것이다.

세인은 그 시체들에게 다가간다. 그것들은 전부 꽁꽁 얼어붙어 있다. 그 중에 우형이 있는가? 세인이 이들 속에서 우형을 찾아보아야 함을 직감한다. 그러나 그 속에 우형은 없다. 그들을 납두자 햇빛에 녹으며 시꺼멓게 변하고 물처럼 뚝뚝 떨어진다.

세인은 어느 정도 녹은 시체들의 옷에서 라이터를 찾아낸다. 그리고 유령차가 다시 올 때마다 죽은 자들에게 위안이 되기를 바라며 그들을 불로 태운다. 나무는 어디에 정착해서 자라는 것이 아니고 활활 타오르기 위한 것이다.

"힘들게 그럴 필요는 없는데."

유령이 세인에게 다가와서 말한다. 그들은 얼어붙어 있고, 그들이 적정하게 녹을 때까지 기다렸다가 태워주는 것은 말 그대로 고된 일이다. 그러나 세인은 유령을 완벽하게 무시한다. 이것은 사라지는 사람들을 위한 애도다. 게다가 그는 지금껏 세인을 제대로 도운 적이 없지 않은가? 세인은 유령이 살아 있는 사람이었던 적이 있는지 의문스럽다.

어느 날 시체들 속에서 우형이 없는 것을 확인하고, 똑같이 차에서 버려진 시체를 불태우던 세인은 유령이 자신을 보고 비웃는 것을 본다. 그것은 정말이지 무언가 시체에 있다고 생각하게 만들지 않을 수 없는 것이다.

무언가 잘못되고 있다. 세인은 불타고 있는 시체들을 본다. 그리고 그속에 우형이 있는 것이 보인다. 하얗게 얼어 있지만 그렇기 때문에 아직 다른 시체들처럼 타오르지 않은 것이 보인다.

뜨겁게 피어 오르는 불구덩이 속으로 세인은 들어간다. 온 몸이 고통스럽다고 울부짖는 것을 느끼면서 세인은 우형의 손을 잡아 거기에서 끌어내려 안간힘을 쓴다. 피부가 시뻘겋게 변하고 숨도 제대로 쉴 수 없다. 하지만 끝내 거기에서 숨도 쉬지 않고 얼어붙어 있는 우형을 꺼낸다.

"이제 어떻게 해야 해."

막막하고 답답한 상황에 놓인 세인이 유령에게 묻는다.

"이제 그의 영혼을 구하러 가야지."

유령은 우형의 영혼을 구하러 가야 한다며 유령들의 집으로 세인을 이끈다. 세인은 우형의 시체를 걱정하고, 유령은 뜨거운 햇빛에 녹아 내리지 않게 하려면 시간이 없다고 말한다. 유령들의 집은 가까운 곳에 있다. 유령이 망가진 차량을 알려주고 거기에 우형의 시체를 넣는다. 차량 안에서 시체는 계속 얼어붙어 있을 것이다. 그제서야 둘은 집 안으로 들어간다.

집의 모양과 집 안의 모습은 끊임없이 바뀐다. 유령들은 마치 기차역이나 터미널에 있는 사람들처럼 분주하게 움직인다. 세인은 뛰어다니며 우형의 영혼을 찾지만 어디에도 없다. 갑자기 공간이 바뀐다. 침대가 뒤에 놓이고 세인은 쓰러지듯 눕는다.

깨어난 세인은 온통 검은 곳에 있다. 먼 곳이라고 추측되는 곳에 별이 보인다. 자신이 딛고 있는 곳조차 어둠이어서 공간감도 사라져있다. 유령은 움츠려있다. 그는 별자리처럼 빛나더니 곧 깨어난다. 우형이다.

"왜 왔어."

우형은 왜 왔냐고 세인을 질책한다. 그는 세인이 어떻게 이 자리까지 왔는지 알고 있는가?

"그만 가."

단호하게 우형은 말한다.

"날 만나고 싶지 않았어?"

우형은 곤란해한다. 세인은 그것이 자신을 만나고 싶어했다는 것으로 생각하지만 이내 우형이 대답한다.

"그건 네가 만들 유령일 뿐이야."

"하지만 난 널 사랑해."

우형의 표정이 굳는다.

"난 아니야."

"넌 더 이상 날 사랑하지 않아?"

"응."

세인은 그럴 리가 없다며 고개를 흔든다. 하지만 우형은 진정으로 자신을 사랑한다면 제발 떠나달라고 이야기한다. 이후 우형은 다시 별자리로 돌아가고 세인은 그 모습들을 바라보며 밤을 샌다.

새벽빛이 사라지고 햇빛이 떠오른다. 마치 뫼르소처럼 세인은 태양에 혐오를 느낀다. 세인은 창고처럼 변한 유령의 집에서 기름통을 쓰러뜨리고 마개를 연다. 그리고 유령의 집에 불을 지르고 밖으로 나온다.

비가 내리기 시작한다. 하지만 집은 멈추지 않고 불타오른다. 연기가 세상을 가득 매워서 한 치 앞이 보이지 않는다. 한참 울던 세인은 모래사장에 서 있다.

마을 사람들이 타고 여행을 떠났던 버스가 돌아오고 있다. 그들은 세인이 어떤 일을 겪든 하등 상관이 없다는 듯이 신나서 수다를 떨며 마을을 가득 채우고 있다. 수많은 나비들이 하늘에서 땅으로 저물어간다.

다시, 세인은 혼자이지만 더 이상 유령은 없다. 세인은 그를 떠나 보내고 자신을 받아들이는 것을 연습할 것이다. 사람은 누구나 그렇게 사랑하는 것이니까. 짧은 순간, 세인은 우형이 떠나간 날을 다시 경험하기라도 한 듯 몸을 떤다.

작 가 소 개

김정진

김정진은 문학과창작 평론부문 신인상을 수상하며 문단에 나왔다. 그리고 조선일보사 신춘문예 당선작인 <볼수록 낯선 거리>라는 리얼리즘 소설이후 단편창작집을 세권 출간한 바 있다. 과거 순수 소설을 위주로 집필했는데, 창작의 지평을 넓혀 최근에는 판타지 소설을 주로 쓰고 있다. 현재 <다크 판타지>에 이르기까지 대중적인 다양한 장르 소설 창작에 몰두하고 있다. <제왕의 탄생>, <석탈해>, <창해신궁> 그리고 <겨울 판타지> 등을 발표했다. 지금은 한국형 판타지 집필을 진행 중이다. 작가는 대학에서 후학들과 함께 소설창작을 병행하면서 향후 공동작업으로 지속적인 판타지 소설집 출간을 구상하고 있다.

조응기

조응기는 열 다섯살 때부터 글에 대한 관심을 가지게 되어 취미로 글쓰기를 시작했으며, 주로 1인칭 시점의 글을 배워서 써나갔다. 하지만 하나에 몰두하기에는 경험이 부족하여 다양한 시점과 판타지 외에 다른 장르를 연습하고 난 후, <겨울 판타지>의 '눈의 여명'을 시작으로 이번 <다크 판타지>의 '선한 악마씨'를 통해 판타지 소설에 몰두하기 시작했다. 향후에는 독보적인 색채가 짙은 글을 쓰기 위하여 연구하고 있는 중이다.

이희동

이희동은 스토리텔링 관련 분야에 크게 집중하고 있다. 사람이 살아가는 데 있어 이야기라는 것은 어쩌면 가장 근본이 되는 것이 아닌가 하는 이유다. 현재 여러 소설들을 접하고 있지만 그 중에서도 사랑과 관련된 소설을 쓰고 읽는 것을 가장 즐긴다. 이번에 <다크 판타지>를 집필하며 많은 것을 배웠고, 다른 분들에게 너무 감사함을 느끼고 있다. 나중에는 사랑과 관련하여 소설에서 새로운 지평을 열고 싶다는 야심찬 꿈을 가지고 있다.

김진호

김진호는 판타지 소설, 장르문학에 관심을 가지고 있어 5년 전부터 글을 쓰게 되었으며
주로 판타지 소설, 추리 소설 장르의 글을 쓰고 연구하고 있다.
과거 각종 웹소설이나 공모전에 응모하며 여러가지 작품들을 투고했다.
현재 김정진 교수와 함께 <다크 판타지> 장르에 대해 집필을 하고 있으며 '호문클루스 체이서' 라는 작품을 집필하고 있다.

김노은

김노은은 고등학교 때 작가라는 직업에 흥미를 느꼈다. 그래서 고등학교때 학교 도서관을 매일 가면서 책을 빌려읽었다. 주로 문학 혹은 장르

소설을 많이 읽었다. 고등학교때 문학동아리에 들어서 시집을 만들었다. 소설을 본격적으로 쓰기 시작한 것은 대학 진학이후 였다. 현재 로맨스와 스릴러 장르에 흥미를 느끼고 있다. 이번 <악귀 퇴치>를 집필하면서 아쉬움과 부족함을 느꼈다고 한다. 좀 더 글에 대한 공부를 해서 자신이 만족하고 다른 사람도 재미있게 볼 수 있는 글을 쓰고 싶다고 한다.

소설집

다크 판타지

초판 1쇄 인쇄일	2021년 02월 08일
초판 1쇄 발행일	2021년 02월 15일

지은이	김정진, 김노은, 조응기, 이희동, 김진호
펴낸이	한선희
편집/디자인	우정민 우민지
마케팅	정찬용 정구형
영업관리	정진이
책임편집	김보선
인쇄처	국학자료원 새미(주)
펴낸곳	국학자료원 새미(주)
	등록일 2005 03 15 제25100−2005−000008호
	경기도 고양시 일산동구 중앙로 1261번길 79 하이베라스 405호
	Tel 442−4623 Fax 6499−3082
	www.kookhak.co.kr
	kookhak2001@hanmail.net

ISBN	979-11-91440-01-0 *03800
가격	15,000원